Photoshop

平面图像处理

徐加美◎编著

清华大学出版社

北　京

内 容 简 介

本书共分为 10 章，详细介绍了 Photoshop 图像处理的 3 大核心技术——图像拼接混合技术、色彩校正与调度技术和图像文字特效技术，主要内容包括平面图像处理的基础知识、色彩与通道、选择与编辑、填充与编辑、画笔和制图、图层的混合、图层的样式、路径与文字以及特效滤镜。

本书内容全面，脉络清晰，编写体例新颖，构建了以案例为出发点、技术训练为主导线、小课题研究为拓展面的点、线、面三位一体的教学内容体系。读者不仅能够在实践中循序渐进地掌握图像处理的诸多技术要点，还能在小课题研究中领会和应用平面图像处理的相关理论知识，进而快速掌握 Photoshop 平面图像处理的应用技能。

本书既可作为理工类本科院校的公共课教材以及高职院校的相关基础课教材，还可以作为广大计算机美术爱好者掌握和精通 Photoshop 的自学用书和使用手册。

图书在版编目（CIP）数据

Photoshop 平面图像处理/徐加美编著. —北京：清华大学出版社，2011.6

ISBN 978-7-302-25869-8

I. ①P… II. ①徐… III. ①图像处理软件，Photoshop IV. ①TP391.41

中国版本图书馆 CIP 数据核字（2011）第 114938 号

责任编辑：朱英彪
封面设计：刘　超
版式设计：文森时代
责任校对：姜　彦　张彩凤
责任印制：杨　艳

出版发行：清华大学出版社　　　　　　地　　址：北京清华大学学研大厦 A 座
　　　　　http://www.tup.com.cn　　　邮　　编：100084
　　　　　社　总　机：010-62770175　　邮　　购：010-62786544
　　　　　投稿与读者服务：010-62776969，c-service@tup.tsinghua.edu.cn
　　　　　质　量　反　馈：010-62772015，zhiliang@tup.tsinghua.edu.cn
印　装　者：北京市清华园胶印厂
经　　销：全国新华书店
开　　本：185×260　印　张：17　字　数：393 千字
版　　次：2011 年 6 月第 1 版　　印　　次：2011 年 6 月第 1 次印刷
印　　数：1～5000
定　　价：29.80 元

产品编号：041618-01

Shangri-La Photo

图像香格里拉

香格里拉（Shangri-la），意为心中的日月。在英国小说《失去的地平线》发表之后，香格里拉成为近半个世纪以来人们不断寻找的象征美与和谐的乐土，也是人们不断追求完美的精神象征和境界。

本书作者徐加美老师在多年的图像处理实践和教学实践中，掌握了精湛的 Photoshop 技巧，积累了丰富的教学经验，并多次获奖。针对 Photoshop 的初学者和进阶者在学习和实践过程中遇到的种种问题，作者进行了对策研究，发表多篇教学研究论文，并多次获奖。可以说，这是作者 8 年心血的凝结。教材内容丰富，体例新颖，从某种角度上反映了作者对 Photoshop 平面图像处理的最新探索和研究成果。

Photoshop 技术图像处理指的是对已有的位图图像进行编辑加工处理及一些特效处理，其重点在于对图像的加工处理。其技术运用总体来讲有以下 3 方面的实用价值：

第一是图像拼接混合。通过结合多幅独立的图片制作一种合成图片，也有可能为了某种宣泄，传达某种潜台词而对图像进行合成处理。

第二是色彩调整。其目的是为了弥补拍摄过程中的不足，追求的是接近真实的画面效果；或者创作者为了得到一种气氛或者唤起某种情绪而做的色彩调度，这往往可以促进摄影人的创作激情和艺术表现力。

第三是图像特效。包括图像的特效创意和文字创意，也可以表现各种艺术形式。

可以说，Photoshop 技术就是诸多图像处理技术中的"图像香格里拉"，本书即是通往"图像香格里拉"的一条大道。最后，希望本书可以顺利带领读者进入 Photoshop 世界，并且可以为读者的生活增添美的情趣。

2011-03-01

如何使用本书

写给读者

图像艺术是人类文明的一个重要标志。自 20 世纪 80 年代以来，计算机图像处理技术飞速发展，推动了现代图像艺术的革命。计算机图像处理技术，是以计算机为主要工具，依据美学原理进行图形开发和图像处理的一项可视化技术。Photoshop 是当下最为流行的平面图像处理软件之一，其主要功能是图像编辑与处理。

《Photoshop 平面图像处理》一书不仅适用于计算机类信息电子、数字媒体专业的基础课，也适用于艺术类平面设计、视觉传达以及工业设计专业的核心技能课，还适用于训练计算机平面图像处理软件的公共通识课。当然，本书也可以作为广大平面设计师、动漫设计师以及网页设计师的参考资料。

本书在一步步教会读者 Photoshop 实用技巧的同时，还启发和培养读者的图像设计能力。教材基于多年教学实践研究成果，以案例引导训练为主线，精心组织课程内容，每一章由"本章案例"、"技能训练"和"本章小课题研究"3 大部分组成。教材中还有扩展阅读和拓展研究图像技术部分，希望学有余力的读者可以有更多获益。

写给教师

基于图层、通道和路径的 Photoshop，注定是一款技术性、创造性很强的软件；同时，图像处理本身也是艺术范畴的一个特殊门类。因此，本课程亟待解决以下几个关键问题：第一，课程本身的知识点多而繁杂，知识体系前后结构松散；第二，课程强调艺术背景知识的增加和操作技能的循序渐进；第三，授课对象存在极大的差异性；第四，教学目标的定位也颇为棘手，课程是单纯的技术训练，还是通过技术训练提升艺术素养，实现艺术与技术相融合的教学目标。

针对上述几个问题，作者认为，大学本科阶段的 Photoshop 平面图像处理课程不仅是计算机类通识技能课，也是一门颇具难度的艺术修养课。为此，本教材构建了以案例为出发点、以技术训练为主线、以小课题研究为拓展面的点、线、面三位一体的教学内容体系，辅之以相适应的网络教学平台，实现了"艺术创意与技术实现相融合"的教学目标。具体研究成果可以参看作者相关研究论文。

全书包括 10 个教学单元，教师可以根据授课背景和教学对象的不同自行组合增删，灵活安排教学计划和内容。本书除纸质教材外，为了方便教学使用，还配有辅助教学网站，包括专门为本书制作的 PPT 课件、独立的复习和考核单元、必要的案例素材、练习素材和案例实现等内容，同时还提供了一些书中未介绍的上机操作内容以及课后习题供任课老师使用（下载地址：http://ecs.zstu.edu.cn/ps）。

　　本书由徐加美编著，沈志宏、陶红和王丽娴参与了本书的编写工作。特别感谢徐定华教授为本书的策划和编写提出了许多宝贵的意见，在此表示衷心的感谢。由于作者水平有限，书中难免存在不足和错漏之处，恳请广大读者批评指正。

目 录

本章要点：

- 图像处理与平面设计
- 位图与矢量图
- 色彩模式与文件格式

本章难点：

- 理解图像文件的格式
- 理解文件存储与色彩模式的关系

在学习 Photoshop 前，需要对 Photoshop 以及相关知识作必要的知识准备，为今后的 Photoshop 工作打下扎实的基础。

在本章中，将要对 Photoshop 的常用术语、概念及其主要功能展开全面的认识和了解，包括位图、矢量图、色彩模式、色空间等内容。通过本章的案例练习，读者可以较快地获得一些相关的基础知识。

本章小课题研究部分可以帮助读者充分理解平面图像处理的 3 大原则。

本章案例：荷花的美丽转身

荷花，"花之君子者也"。炎炎夏日，绽芳吐蕊，亭亭玉立，香远益清。

古代文人书画中的荷花素材不少，下面利用 Photoshop 来体验其平面图像处理的神奇魅力。案例示范如图 1-1 所示。

实现本案例的 3 大步骤如下：

（1）确定主题，选择素材

就像文字一样，图像也是传情达意的最佳媒体之一，因此，主题是平面图像的灵魂，素材是图像的基本要素，素材的品质将决定图像的质量。

（2）平面构图，确定关系

构图是指各元素之间的位置关系和色彩关系，是形成图像的详细方案。

（3）图像处理，从技术上实现"一朵荷花的美丽转身"的艺术创意

Photoshop 是目前公认的最好的通用平面图像处理软件，不仅使用户告别了图片修正的传统手工方式，还让他们可以通过想象，创造出现实世界里难以实现的图像，无限拓展视觉体验。

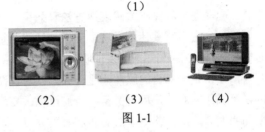

（1）

（2）　　　（3）　　　（4）

图 1-1

本案将在平面设计基本原则的指导下，带领读者体验 Photoshop 强大的图像处理功能。（源文件位置：第 1 章\素材与效果\1-1、1-2、1-3、1-4）

1.1 Photoshop 与图像处理

Photoshop 是专门用于数码图像处理和平面设计辅助的应用软件。通过它对图像或图形进行修饰和编辑，使图像或图标产生特技效果。此软件广泛应用于二维动画和网页设计，将它和其他工具软件配合使用，可以制作出高质量的广告设计、美术创意和三维动画。

随着当前软件的不断更新和推广，Photoshop 已被越来越多的图像编排、广告和形象设计以及婚纱影楼等领域广泛应用。

Photoshop 几乎支持所有的图像格式和色彩模式，能够同时进行多图层处理；它的绘画功能和选择功能使编辑图像变得十分方便；它的图层样式功能和滤镜功能给图像带来无穷无尽的奇特效果。在深入学习 Adobe Photoshop 的功能之前，先来了解一些常见的数码图像概念。

认识 1：关于矢量图和位图

数码图像可以分为图形（Graphic）和图像（Image）两大类：前者往往指通过电脑绘图软件绘制出来的矢量图。后者往往指通过扫描仪、数码相机等输入设备将照片、印刷品或图画作品数字化后的位图。Photoshop 图像处理对象主要指图像，因此，位图的概念认知是学习重点。这里需要指出的是，Photoshop 是基于位图的平面设计和图像处理，但也不回避用矢量工具做些辅助工作，相关内容将在第 9 章中作详细介绍。

图 1-2

位图是由离散的点阵组成的图像，它将图像分解成一个个的像素，每个像素在空间上的位置是固定的，不同的是像素的颜色值。这就好比马图（见图 1-2），远看是一幅图，近看却是一个个穿着不同颜色服装的人，那么其中的每个人便是组成这幅马图的"像素"，每个不同颜色的服装便是每个像素的"颜色值"，如果换个位置或换个颜色，马图的形状将会变化甚至完全不同。如果组成马图的人数减少，马图的分辨率也会大打折扣。由此可见，在一定的面积之内，图像的分辨率决定于像素的多少。

图 1-3

一幅马图在计算机数码表达方法和效果上可以有巨大差别，虽然不需要设计师去研究其计算方法，但仔细认识图形图像的特征属性还是有必要的。图 1-3 和图 1-4 可以说明矢量图和位图的制作原理和视觉差异。

图 1-3 是一幅马的照片，是位图。在对位图图像进行编辑操作的时候，可操作的对象是每个像素，我们可以改变图像的颜色（色相、饱和度和明度），从而改变图像的显示效果。

图 1-4 是一幅马的矢量图，矢量图形的特点是图形质量与分辨率无关，对矢量图形的位置、尺寸、形状和颜色作出的任何改变，图形仍能保持清晰、平滑，丝毫不影响图形质量。

图 1-4

认识 2：图形与图像的区别

　　图形、图像都被广泛应用到出版印刷、广告或互联网中，如 Flash 和 SVG 等，它们各有优缺点。二者各自的优势几乎是无法相互替代的，所以，长久以来，矢量图和位图在应用中一直是平分秋色。矢量图和位图有时还可以相互转换。用户可以根据需要选择不同的软件进行图像处理。如图 1-5 所示，是一幅运用了天坛位图和茶壶矢量图的广告图。

图 1-5

　　下面将研究位图和矢量图之间的特征差别。

　　图 1-6 是天坛位图，此图看起来更实际、更细致，数以千万计的彩色像素呈现出图像色彩的逼真效果，这样的位图可用于某些印刷品，但是位图的应用也有其局限性。

图 1-6

　　如图 1-7 所示是对位图图像放大到 600% 时的效果，可以看到图像的质量相比下降了很多。

　　当图像放大到 1600% 时的效果时，如图 1-8 所示，单个像素都清晰可见，此时图像的质量已经很差了。

图 1-7

　　最新版的 Photoshop 支持图像放大到 3200%，这时位图的整个图像就模糊了，除非有其他特殊用处，否则一般不会容忍整体图像如此失真。

图 1-8

　　图 1-9 是天坛矢量图，图像中的特征更突出。由于矢量图是以形状作为载体，既可以任意调整或缩放大小，又可以保证图形质量不变，可用于 logo 或指示牌。

　　由此可见，在设计开始时，就要考虑图像的最终用途，进而设置图像的大小、分辨率和色彩模式等图像文件属性。

　　提示：SVG 是可交互的和动态的图形，可以在 SVG 文件中嵌入动画元素或通过脚本来定义动画。

图 1-9

另外，在编辑图形、图像时，经常要对局部区域进行编辑。常用的编辑功能包括复制、移动、删除和变换等。

如图 1-10 所示，想要改变悉尼歌剧院房顶帆的色彩，如果在位图中处理，首先要想办法选中这一部分，操作起来就显得有些困难。因为计算机不知道这些像素都是同一对象的一部分，所以需要使用比较复杂的选择工具才能完成。

图 1-10

而对于图 1-11 所示的矢量图，由于图形是由形状组成的，要选中帆，只要单击一下帆，就能将帆选择出来。

综上所述，位图和矢量图的确存在很多差异，如图像品质、文件大小、表现方式、编辑时的复杂度、图像质量和应用场合等方面，表 1-1 总结了位图和矢量图的一些差异。

图 1-11

表 1-1 位图和矢量图的差异

	位 图 图 像	矢 量 图 形
品　质	高品质的艺术作品和现实图像，如照片	简单的最佳作品，如图表和logo
大　小	较大文件，较大信息存储	更小的文件，只有小信息存储
方　式	数以千计的像素	只有几个形状
编　辑	可以更复杂地编辑	可以简单地编辑
质　量	质量随编辑的改变而改变	质量不随编辑而改变
应　用	在网络的各种媒体上	在Flash网页动画

1.2 分辨率与图像大小

Photoshop 图像是非常适合于网页使用和印刷输出的图像。在图像设计制作过程中首先要考虑图像分辨率和图像大小。

图像分辨率：指图像中存储的信息量。这种分辨率有多种衡量方法，典型的是以每英寸的像素数（Pixel）来衡量。

图像大小：指图像分辨率和图像尺寸的值一起决定文件的大小，该值越大图形文件所占用的磁盘空间也就越多。图像分辨率以比例关系影响着文件的大小，即文件大小与其图像分辨率的平方成正比。如果保持图像尺寸不变，将图像分辨率提高 1 倍，则其文件大小增大为原来的4 倍。

如图 1-12 和图 1-13 所示，这两幅图像宽都是 7 厘米，唯一的区别是分辨率。图 1-12 设置为每英寸 300 像素，图像大小为 1.47MB，适合于印刷。图 1-13 设置为每英寸 72 像素，图像大小为 86KB，在网页上看起来尚可，但若用于印刷，看起来就模糊，不符合印刷质量要求。

图 1-12

用 Photoshop 软件制作印刷品时经常会用到扫描和输出图像功能，这两项功能对应的两个专业术语分别为扫描分辨率和印刷分辨率。

扫描分辨率：指在扫描一幅图像之前所设定的分辨率，它将影响所生成的图像文件的质量和使用性能，决定图像将以何种方式显示或打印。

图 1-13

印刷分辨率：在用 Photoshop 制作印刷品时，分辨率有特别的要求。因为高分辨率的图像比相同大小的低分辨率的图像包含的像素多，图像信息也较多，表现细节更清楚，这也是考虑输出因素确定图像分辨率的一个原因。

因此应恰当设定图像分辨率，若分辨率太高，则运行速度慢，占用的磁盘空间大，不符合高效原则；若分辨率太低，则影响图像细节的表达，不符合高质量原则。表 1-2 列出了常见扫描和输出图像的分辨率。

表 1-2　各类输出图像分辨率设置

	扫描分辨率（dpi）	印刷分辨率（dpi）
网　页	72~96	96
报　纸	125~170	150
杂　志	300	300
传　真	200	150
放大100%	可用扫描后增加图像尺寸的相同倍数值来增加分辨率设置。例如：分辨率为300dpi，但要将图像尺寸放大至200%，则将分辨率设置更改为600dpi	

1.3　图像的色彩模式知识

在 Photoshop 中，了解各种色彩模式的概念及使用非常重要，在设计图像和图像处理中，采用什么色彩模式要看设计图像的最终用途，因为色彩模式决定显示和打印电子图像的色彩模型（简单说色彩模式是用于表现颜色的一种数学算法），即一幅数码图像用什么样的方式在计算机中显示或打印输出。Photoshop 中色彩模式主要有以下几种：RGB 模式、CMYK 模式、Lab 模式、灰度模式以及位图模式和 HSB 模式等。色彩模式除了可以确定图像中能显示的颜色数之外，还影响着图像的通道数和文件大小。

认识 3：认识几种色彩模式

RGB 彩色模式，又叫加色模式，是屏幕显示的最佳颜色，由红、绿、蓝 3 种颜色组成，每一种颜色的亮度变化范围为 0~255。现在的电脑足以能够显示这 3 种颜色产生的数百万种颜色，如图 1-14 所示。

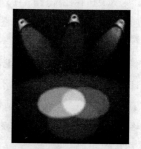

CMYK 彩色模式，又叫减色模式，由品蓝、品红、品黄和黄色组成，一般打印输出及印刷都是这种模式，所以打印图片一般都采用 CMYK 模式，如图 1-15 所示。

图 1-14

Lab 彩色模式：这种模式是通过一个光强和两个色调来描述一个色调 a 和另一个色调 b。它主要影响着色调的明暗。一般将 RGB 模式转换成 CMYK 模式都要通过 Lab 模式的转换。

灰度模式：即只用黑色和白色显示图像，像素 0 时为黑色，像素 255 时为白色。

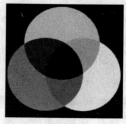

位图模式：像素不是由字节表示，而是由二进制表示，即黑色和白色由二进制表示，因此位图模式占磁盘空间最小。

图 1-15

HSB 模式：HSB 模式中的 H、S、B 分别表示色相、饱和度、亮度，这是一种从视觉的角度定义的颜色模式。Photoshop 可以使用 HSB 模式从颜色面板拾取颜色，但并没有提供用于创建和编辑图像的 HSB 模式。基于人类对色彩的感觉，HSB 模式描述颜色的 3 个特征：

色相（Hue）：也叫色泽，是颜色的基本特征，反映颜色的基本面貌。

饱和度（Saturation）：也叫纯度，指颜色的纯洁程度。

明度（Brightness）：也叫亮度，体现颜色的深浅。

1.4　色彩模式的正确运用

如果图像是用于电子媒体显示（如网页、电脑投影或录像等），图像的色彩模式最好用 RGB 模式，因为 RGB 模式的颜色更鲜艳、更丰富，画面也更好看些。并且图像的通道只有 3 个，数据量小些，所占磁盘空间也较少。

如果图像要在印刷纸上打印或印刷，最好先采用 RGB 色彩模式，此时可以选择菜单【视图】|【校样设置】|【工作中的 CMYK】命令，将图像转换成 CMYK 色彩模式，使得屏幕上所看见的颜色和输出打印颜色或印刷的颜色比较接近。

如果图像是灰色的，则用灰度模式较好，因为即使是用 RGB 或 CMYK 色彩模式表达图像，虽然看起来是中性灰颜色，但其所占磁盘空间却大得多。另外灰色图像如果要印刷的话，用 CMYK 模式表示，出菲林及印刷时有 4 个版，不仅费用大，还可能会引起印刷时因灰平衡控制不好而引起偏色问题，当有一色印刷墨量过大时，会使灰色图像产生色偏。

1.5　图像文件格式

从上述内容已经知道图像的色彩模式实际是指在计算机中以什么样的方式来保存图片，而图像的文件格式是指在不损失信息的条件下使得存储数据量最小时采用的压缩算法。因此，保存文件不是以个人的喜好而定，而是以图像的最终用途来决定保存为某种相应的文件格式。

练习：打开和保存图像文件

（1）启动 Photoshop 应用软件，打开"忆江南.jpg"图片文件，如图 1-16 所示。

（2）选择菜单【文件】|【存储为】命令或按【Ctrl】+【Shift】+【S】键，弹出"存储为"对话框。

（3）选择存储文件格式。在【存储为】对话框中的【格式】下拉列表中，可以看到很多的图像格式，通常情况下，文件格式的第 1 个选项为 Photoshop 默认的 PSD 格式，如图 1-17 所示。

图 1-16

（4）选择默认格式 PSD 并保存文件。按【保存】按钮保存图像。

> 提示：如果在编辑图像的过程中，经常需要保存文件，就可以用快捷键【Ctrl】+【S】来保存图像。用【Ctrl】+【Shift】+【S】键来另存图像。
>
> 从"存储为"对话框中，可见 Photoshop 可存储多种文件格式，每种文件格式都有各自的特点。

图 1-17

1.6　案例实现

从初始的数码照片、扫描图片到一幅可用的艺术作品，一般要经过 3 个步骤，首先是确定主题，在心中进行粗略的创意；其次是借助构图知识，确定作品中各元素的位置关系和色彩关系，形成详细的方案；最后是综合运用计算机图像处理技巧呈现成果图，即如图 1-18 所示的效果图。

图 1-18

实现 1：确定主题，选择素材

本案主题是忆江南，根据白居易"江南忆，最忆是杭州"的诗句，确定荷花、西湖作为本案主体，从个人素材图库中找出所有西湖、荷花的照片，经过比较，筛选出 4 幅图，如图 1-19 所示。其中图 1-19（1）、图 1-19（2）、图 1-19（3）均为位图照片，但图 1-19（3）文件分辨率低，放大到图像所要求的尺寸时，已略显模糊，图 1-19（4）为矢量图，因此，将图 1-19（1）和图 1-19（2）设为本案主体，图 1-19（3）设为背景陪衬，图 1-19（4）暂时放弃。其中图 1-19（3）由于拍摄时数码相机分辨率较低，若作为主体，图像质量显然不够。

（1）　　　　　　（3）

（4）

（2）

图 1-19

实现 2：平面构图，色彩调整

本案设计将体现一种温馨、一宗记忆，最后效果图用于广告或包装，所以选择横向构图法，其画面结构平衡、完美，能给人带来一种满足感。色彩选择荷花的自然色，与之对应的颜色是黄色，也是一种易于引起怀念的色彩。

实现 3：图像处理，技术实现

经过简单的构想和分析后，下面将使用 Photoshop 对这些选定的素材进行技术处理，从而达到"一朵荷花的美丽转身"的效果，其处理过程如图 1-20 所示的①~⑦所示。

①素材准备：对荷花图像进行抠图，对"三潭映月"图片进行褪色操作，并添加文字和背景。

②构图：使用水平横向构图法。在图中的三个色块中，将安排主体、文字和背景。

③合成：将抠图后的主体对象置入图中。

④设置视觉焦点：引入一圆框，作为荷花的衬托，以突出主体。

⑤设计背景色：将作为背景的"三潭映月"图像色彩调整为与背景一致的色彩，使其融入背景。

⑥文字是图像的重要组成部分，也是图像画龙点睛的一笔。艺术化地安排文字，包括颜色、大小、排版，使画面充分显示出设计感。

⑦色彩调整，改变背景色，找到匹配效果较好的色彩进行配置并保存文件。

图 1-20

实现 4：保存图像，发布作品

> 分析：作品可能还需要修改，因此先在 RGB 模式下保存一份 PSD 格式的文件，以保留所有"图层"和"通道"的信息，留做备份。另外，作品结果将用于包装印刷，将颜色模式转为 CMYK 格式，再在 CMYK 模式下保存一份 PSD 格式文件，以供四色印刷。请注意，颜色模式转换前后图像的颜色略略变暗，这是 RGB 与 CMYK 的"色域"差异。

保存图像、发布作品的具体操作步骤如下：

（1）转换色彩模式。选择菜单中【图像】|【模式】|【CMYK 颜色】命令，然后选择【文件】|【另存为】命令，保存文件。

（2）设置"灰度"色彩模式。选择菜单中【图像】|【模式】|【灰度】命令，这时"位图"和"双色调"模式呈灰色状态，表示不能用，如图 1-21 所示。

图 1-21

> 注意：将图像转换为灰度模式后，颜色信息丢失。更改图像模式返回 CMYK 模式，图像可以增色不少，但不会恢复原先的颜色。恢复颜色的唯一办法是使用命令撤销，或者使用历史面板返回至原来模式。

（3）选择菜单【图像】|【模式】命令，此时，所有的图像模式都不能用了，先选择【位图】命令，弹出是否丢弃图层的对话框，单击【确定】按钮。现在图像只有 2 个颜色，就是黑色和白色，没有灰色或彩色像素，如图 1-22 所示。

（4）使用撤销命令。按【Ctrl】+【Z】键返回图像灰度模式。

（5）设置"双色调"色彩模式。选择菜单【图像】|【模式】|【双色调】命令，弹出【双色调选项】对话框，单击图中颜色框，弹出【颜色拾色器】对话框。垂直拖动颜色滑块至黄色色调，如图 1-23 所示。

图 1-22

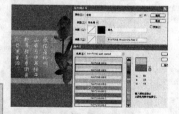

图 1-23

> 提示：双色类似于灰度图，图像在打印时用一个彩色的点替代一个黑色油墨点。更多的彩色点创建了一个着色的黑白图像效果。

（6）单击【确定】按钮，关闭【颜色拾色器】对话框。再单击【确定】按钮，关闭【双色调选项】对话框，这时得到了一张深褐色调的类似老照片的灰度图像，保存图片即可。

1.7　本章小结

本章为图像处理技术做了些基本介绍，要求掌握位图、矢量图、图像的分辨率、图像的色彩模式和图像文件格式等基本知识。除此之外，虽然平面图像处理技巧各有不同，但是从平面

设计的角度来说，还是存在一些基本原则的。在下面的小课题研究中，将从主题、构图和色彩
3 个方面进行讨论。

1.8　小课题研究：平面图像处理的基本方法

平面图像处理通过对素材的重新组合，从而达到引起别人的注意、给人留下深刻的视觉印
象和信息沟通的目的。处理过程中一般只要遵循以下 3 个基本原则，就能实现这个目标。

原则 1：一幅好作品要有一个鲜明的主题，主要表现一个人、或是一件事物、甚至可以是
该题材的一个故事环节。主题必须明确，毫不含糊，使任何观赏者一眼就能看得出来。

原则 2：一幅好作品必须具有足够的吸引力以引起观赏者的注意。

原则 3：一幅好作品必须画面简洁，除了那些可以引起观赏者注意的内容外，尽可能排除
或压缩那些可能分散注意力的内容。

综上所述，在 Photoshop 中创作一幅成功的平面图像作品，可分 4 个步骤，即确定主题、
设计构图、调和色彩和技术控制，如图 1-24 所示为"一朵荷花的美丽转身"的效果图，它的实
现就包含了这 4 个步骤。

图 1-24

主题是作品的灵魂，是构思作品之前设计者心中已经有的画面、想法和感情。为什么艺术
家和平常人看世界的方式不同？因为艺术家不是被动地去看世界，而是积极主动地在真实世界
中寻找心中的理想。设计者要多看、多想，在练习过程中不断提升艺术修养。

而构图是作品表达的具体手段，为了表现作品的主题思想和美感效果，在一定的空间内，
对要表现的元素进行组织，形成画面的特定结构，从而实现设计者的表现意图。传统艺术作品
对此要求很高，要求必须在创造前尽可能地控制好。通常构图方法有均衡、对称、分割以及对
比视点等几种，以突出主体、赏心悦目为准则。Photoshop 图像处理的目的就是强化构图手段，
将构思中的元素加以强调、突出，舍弃那些繁琐的、次要的东西，并恰当地安排陪衬，选择环
境，使作品比现实生活更高、更美、更典型，把主题思想传递给读者。下面归纳了常见的平面
图像处理的基本构图法和实现案例，有助于初识平面图像处理的读者快速地入门。

方法 1：平面图像处理的基本构图法

平面图像处理的基本构图法主要有以下几种，如图 1-25 所示。

这种倾斜构图方式常用来表现运动、流动、倾斜、动荡失衡或紧张危险等场面，也可以利用斜线指出特定物体，起到一个固定导向作用。

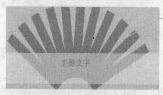

这种放射构图方式常用来突出主体，以避免同类元素多而复杂，也可利用向四周发散的线条调整画面比例失调或制造气氛。

这种垂直构图方式能充分显示景物的高大和深度，常用来表现参天大树、险峻的山石或摩天大楼等，设计师也常用它来表现细长物体。

这种水平构图方式，能给人带来一种满足感，画面结构完美无缺，安排巧妙，对应而平衡，常用于日出、月夜或水面景象，也常用来表现房地产方面的设计。

这种对角线构图方式，富于动感，显得活泼。它也容易产生线条的汇聚趋势，吸引人的视线，达到突出主题的视觉均衡效果，常用于广告设计。

这种三角形构图方式有 3 个视觉中心，具备三点成一面的几何特性，稳定中蕴含活泼。常用来表现多个视角中心的景物。

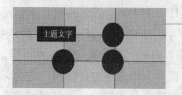

这种九宫格构图方式，最符合人们的视觉习惯，很自然地使主题成为视觉中心，具有突出主体，并使画面趋于平衡的特点。常用来表现安定的场景。

图 1-25

图 1-26 是运用垂直构图法制作的相册，由多张照片组成，清新中不乏活泼，源文件及方法详见第 8 章。

图 1-26

图 1-27 是利用水平构图法以及近景、中景和远景的层次制作的"西湖文化"效果图，给人带来一种安乐的满足感，源文件及方法详见第 4 章。

图 1-27

图 1-28 的斜线对角构图法在宁静中蕴含着灵气，文字与图片相映成趣，好似一次对话，又好似一次倾听。源文件及方法详见第 10 章。

图 1-28

色彩是图像表达情感和特征最直接、最关键的因素。通过 Photoshop 调整图像色彩和色调，不仅可以烘托主体更赋画面予情感，从而使主题升华。通常调度色彩有调整亮度对比、色彩对比、饱和对比几种技术手段，选择合适的色调来叙述色彩，利用色彩调整全局或局部反差以实现心中的艺术创意。Photoshop 提供了功能强大的色彩调整功能，但前提是要求用户对色彩有个基本认识。下面将介绍图像处理的色彩 3 要素：色相、亮度和饱和度，这有助于读者快速认识色彩，指导图像处理的色彩调度。

方法 2：平面图像处理色彩 3 要素

色相是色彩的首要特征，是区别各种不同色彩的最准确的标准。事实上任何黑白灰以外的颜色都有色相的属性，而色相也就是由原色、间色和复色构成的。

如图 1-29 所示，是一个 12 色色相环，色相环中的各色都有较明确的色相。如三原色是红、黄、蓝，由三原色混合而成的是二次色，如橙、绿、紫，再由原色和二次色混合而成的红橙、黄橙、黄绿、蓝绿、蓝紫和红紫 6 个三次色，构成了这 12 色相环。穿过色相环相对的颜色称为互补色，互补色之间形成了强烈的颜色对比效果。

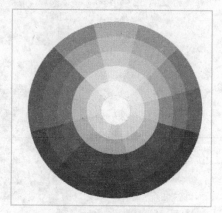

图 1-29

亮度是指色彩的明亮程度，白色的程度越多，图像就越亮，反之，黑色的越多，图像就越暗。图像中色彩越亮，越容易成为视觉焦点。如图 1-30 所示就演示了亮度值加 50 和减 50 时的图像效果对比。

色彩的亮度是一种相对比较的关系。亮度越高，表现的细节也越多。亮度高的颜色带有膨胀感和前进感，图中的黄色最吸引人的视觉。而图像整体高亮度，则给人轻松愉快的感觉，低亮度则给人深沉压抑的感觉。

图 1-30

饱和度是指一个颜色的纯度，饱和度的值越大颜色越鲜艳。如红色，有很多种红：比较纯的（鲜艳的），或者夹杂有其他颜色的，就需要饱和度来描述。图 1-31 演示了饱和度加 50 和减 50 时图像色彩的效果对比。

在图像处理中经常通过提升或降低饱和度的手段来突出或提升空间感。

图 1-31

方法 3：利用色环配色

色环的搭配有 3 种：单色搭配、类比搭配和补色搭配。

单色搭配

一种色相由暗、中、明 3 种色调组成，这就是单色。单色搭配上并没形成颜色的层次，但形成了明暗的层次。这种搭配在设计中应用时效果不错，如图 1-32 所示。

图 1-32

类比搭配

类比色搭配产生一种令人悦目、低对比度的和谐美感。这种搭配可以产生不错的视觉效果，如图 1-33 所示。

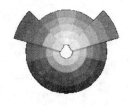

图 1-33

补色搭配

在色轮上直线相对的两种颜色称为补色。补色要达到最佳的效果，最好是其中一种面积较小，另一种面积较大，如图 1-34 所示。

图 1-34

图 1-32、图 1-33、图 1-34 的源文件及制作方法详见第 2 章。

Photoshop 不仅使得图像处理变得非常便利，同时也成为键盘艺术世界的一种必需。熟练使用 Photoshop，正确使用画笔、选区、图层、通道、路径和色彩调整功能是键盘艺术的要求。

综上所述，平面图像处理作品的本质可以概括成：主题是灵魂；构图是基础；颜色是关键；Photoshop 是技术实现；成功的图像处理作品是建立在勤观察、多实践、常思考的基础上的。在以后的章节中，将继续逐渐逐项研究和介绍 Photoshop 图像处理软件的各项功能。

本章要点：

- Photoshop 预置
- 工具箱认识
- 浮动面板认识

本章难点：

- 整体认识图像处理技术和工作环境
- 理解 Photoshop 的工作流程

第 2 章

Photoshop 的整体认知

　　Photoshop 的学习有其自身的特点和规律。其整体认知是从软件特点出发，在学习各种技巧前先通过对 Photoshop 的工作环境、工具、面板以及各种内部设置等原理进行整体的学习，从而建立起知识框架。Photoshop 学习的关键之一是学会梳理工作思路并建立起各种良好的专业习惯，例如 Photoshop 的一些重要工作流程等。

　　小课题研究主要解决 Photoshop 图像处理的 10 个基本技术。

本章案例：父爱如山

　　父爱如山，一路相伴。父亲会将所有的感情都默默地隐藏在他那伟岸的脊背上，这份浓浓的父爱和亲情，将会永远伴随我走过千山万水！

　　利用 Photoshop 的图像处理功能实现"父爱如山"的特殊效果。案例示范如图 2-1 所示。

　　实现本案例的 4 大步骤如下：

　　（1）对素材编辑加工

　　图像编辑是图像处理的基础，对图像做各种变换，如放大、缩小、旋转、倾斜、镜像或透视等。也可对图像进行复制、去除斑点、修补或修饰等。

　　（2）有效合成图像

（1）

（2）　　　　（3）　　　　（4）

图 2-1

　　图像合成是将几幅图像通过图层操作、工具应用合成完整的、传达明确意义的过程，这是美术设计的必经之路。Photoshop 提供的绘图工具让外来图像与创意很好地融合在一起。

　　（3）色彩调度

　　校色调色是 Photoshop 软件的功能之一，可方便快捷地对图像的颜色进行明暗、色偏的调整和校正，也可在不同颜色之间进行切换以满足图像在不同领域的应用，如网页设计、印刷、多媒体等。

　　（4）特效制作

　　特效制作在 Photoshop 中主要由滤镜、通道及工具综合应用来协作完成。包括图像的特效创意和文字效果的制作，这也是设计师热衷于 Photoshop 的原因之一。

2.1 定制 Photoshop

要完成案例的各项任务，对于初学者来说，要从了解 Photoshop 工作区域的布置方式开始。

练习 1：认识 Photoshop 的工作环境

（1）本次操作将为图像处理设定一个标准的工作界面。启动 Photoshop 后，选择菜单【窗口】|【工作区】|【基本功能（默认）】命令，打开一个图像文件，此时工作界面如图 2-2 所示。

> 提示：读者也可以根据自己的工作习惯随时改变。

（2）依次阅读 A、B、C 等指示项，各指示项的具体意义如下所述。

A. 快捷工具栏
B. 菜单栏
C. 工具属性栏
D. 工具箱
E. 调色板
F. 浮动面板
G. 状态栏
H. 现用图像区域

图 2-2

快捷工具栏：是把各种常用的工具放在设计师目力所及之处，包括 Bridge 文件管理器，用它来组织、浏览和寻找所需资源；在编辑时帮助精确定位的参考线、网格线；还有同时有多个文档工作时的各种排列方式；同时还包括一些基本功能如设计、绘画和摄影等功能。

菜单栏：Photoshop 图像处理程序提供文件管理和按任务组织的所有命令，例如，"图层"菜单中包含的是对图层进行处理的各项命令。在 Photoshop 中，可以通过显示、隐藏菜单项或向菜单项添加颜色来自定义菜单栏。

工具箱：集中了 Photoshop 中的所有工具。左侧所列的是最常用的工具图标。注意，使用工具箱中的各项工具时，都有相应的工具属性栏，并配以精确的参数供选择。

工具属性栏：这是一个与所选工具相关的属性栏。准确使用工具属性栏，可以快速访问设置和准确使用功能。

现用图像区域：显示当前打开的文件，包含打开的文件窗口，也称为文档窗口。

调色板：可以自定义组合，或从色板中调整颜色。选择的颜色可以为前景颜色或背景颜色，这取决于工具箱中滴管工具的颜色选定。其他调板如图层面板、通道面板和路径面板暂时隐藏，可以单击快捷工具栏的【设计】按钮使其显示。

练习 2：定制 Photoshop 工作设置及配置技巧

（1）选择菜单【编辑】|【首选项】|【常规】命令，或者按【Ctrl】+【k】键，弹出如图 2-3 所示的【首选项】对话框。对话框中有很多可帮助提高工作效率的辅助设定，可按实际使用情况，对各种选项进行设置。下面将对重点选项进行练习。

（2）常规选项设置：单击列表框中【常规】选项，会弹出【常规】设置页面。它允许直接更改更多的选项，而不必返回到主菜单再做其他类别的选择。通过单击【上一个】和【下一个】按钮来选择类别。如单击【下一个】按钮将移动到【界面】设置页面，之后以此类推。

图 2-3

（3）界面：定义视图屏幕模式等项目，以辅助工作时能更合理、有效地观察图像处理结果。

（4）文件处理：Photoshop 会对最近打开的 10 个文件保持追踪记录，可以在【近期文件列表包含】增加要显示的最近文件数，这样就能够方便迅速地查看最近打开的文件。

（5）光标：在 Photoshop 中，指针会与工具图标相匹配。共有 6 种匹配方式，以供使用时的实际需要随时调节。一般选择正常画笔笔尖，如图 2-4 所示。如果按【Caps Lock】键会影响鼠标光标的显示方式，显示方式有"标准"和"精确"两种。

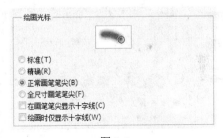

图 2-4

（6）单位与标尺：选择【单位与标尺】选项将显示可用的计量单位名称。如果图像主要用于显示在屏幕上，最好选择以像素为单位来测量图像。如果是用于印刷，那么选择毫米比较合适。

（7）参考线、网格和切片：参考线是用户自己设置的一条或者数条水平或垂直的线条，用来做对齐图层或画线的参考位置。

（8）性能：Photoshop 要求一个暂存磁盘，它的大小至少要是你打算处理的最大图像大小的 3~5 倍，不管正在使用的电脑内存有多大。例如，如果打算对一个 5MB 大小的图像进行处理，则至少需要有 15~25MB 可用的硬盘空间和内存大小。

> 注意：要获得Photoshop的最佳性能，将物理内存占用的最大数量值设置在50%~75%之间。并且不应将 Photoshop 的暂存磁盘与操作系统设置在同一个分区，因为这样做会使 Photoshop 与操作系统争夺可用资源，导致整体性能的下降。

（9）完成后单击【确定】按钮以关闭【选项】对话框。

2.2　打开文件的多种方式

在 Photoshop 中打开文件的过程与打开其他应用程序的过程大致是相同的，但 Photoshop 也提供了一些自己的方法。在继续练习之前，请确认已经准备好了可以使用的文件。

练习 3：打开一个文件的几种方式

（1）用标准的方式来打开文件。选择菜单【文件】|【打开】命令或按【Ctrl】+【O】快捷键，都会弹出一个【打开】对话框。

（2）从【资源管理器】或【我的电脑】上来打开文件。右键单击一个图像文件，并选择其打开方式为"Photoshop"。也可将文件直接从【资源管理器】拖到 Photoshop 的工作区中。

（3）通过 Bridge 文件浏览器打开文件。单击【Adobe bridge】浏览器按钮，如图 2-5 所示。这是一种非常方便的工作方式，建议养成用 Bridge 的习惯，Bridge 将在后文进行详细介绍。

图 2-5

（4）双击浏览器内的图像，图像将在 Photoshop 工作区中打开。

下面将练习打开一个或多个图像的方式，用几种视图方式来察看图像。

练习 4：打开多个图像文件

（1）打开多个图像文件。分别打开图像文件 1.jpg 和 2.jpg，如图 2-6 所示。

> 提示：打开图像文件后，它们会自动缩放，使整个图片在工作区中有适合的可用空间。在调整例子中，图片已显示为正常的 12.5%的大小。每个图像的顶部标题栏显示文件名、缩放值和色彩模式。

图 2-6

（2）调整图像在窗口的可视性。拖动图片 1 的标题栏，将其移动，以便看到当前图像后面被遮住的图片 1。点击图片 2 使其处于活动状态。如果要编辑的图像被遮住后看不见，还有其他的方法来选择图片。

（3）激活图像文件。选择菜单中【窗口】命令，然后选择一个打开的文件列表，在需要打开的文件名旁边打勾，与另一文件交换激活。

（4）文件激活切换。按【Ctrl】+【F6】键可以在打开的文件之间进行切换。

（5）调整排列图像方式。选择菜单中【窗口】|【排列】命令，在其下级菜单中可以选择

不同的方式排列图像，以便操作。

　　每个设计师都会有自己的图片资源库，在图像处理过程中，更是会涉及大量的图片素材，因此，简便有效地组织和管理图片资源，对设计师来说，就显得尤为重要。

练习 5：认识 Adobe Bridge 文件浏览器

　　Adobe Bridge 是一款在搜索、组织图像、放大查看和图像浏览等方面具有创新性突破的文件浏览器。此浏览器有很多的优越性，如图 2-7 所示。下面来对其优点进行一一介绍。

　　（1）Adobe Bridge 浏览器有过滤面板（Filters panel），它对于不同的比率、文件格式、长宽比例、ISO 设置和文件的关键字，软件都可以提供预览，并帮助用户找到想要的图像，如图 2-7（1）所示。

　　（2）相对于搜索系统而言，对于习惯使用关键字进行查找的人来说更方便，因为不需要再去猜想使用的关键字是什么，只需要打开文件夹中的文件，看看里面有什么关键字，然后找到想要的东西即可。

（1）

　　（3）堆栈（stork）可以帮助用户对图片进行归类。当用户手头有同一个镜头的多个版本时，使用它对文件夹下的图片和剪辑进行分组会更加简单。

　　（4）标签 Label 和标准的星级系统（一星到五星）也可帮助用户进行文件分类，用户可以使用拒绝命令来隐藏不想看到同时又不想删除的文件，如图 2-7（2）所示。

　　（5）图片下载器可以从数码相机里取出图片。

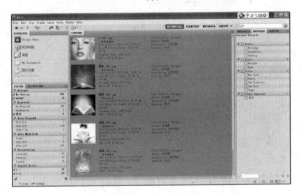

（2）

　　（6）预览面板可以同时浏览几张图片，并且具有放大镜功能；幻灯片浏览选项，新增元数据（metadata）编辑和创建新模板功能，还可以进行撤销粘贴、复制、转移等操作，如图 2-7（3）所示。

　　文件与文件夹的基本管理，是 Adobe Bridge 的主要功能，可以在此查看、搜索、排序、管理或处理图片文件。可以使用 Bridge 创建新文件夹，并对文件夹或文件进行重命名、移动、删除操作，或者编辑 metadata 元

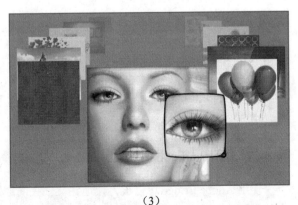

（3）

图 2-7

数据、旋转图片、运行批处理命令等。还可以查看从数码相机导入的图像文件的信息。

练习 6：文件的显示（View）方式

使用 Bridge 窗口右下方的不同视图控制图标，可以在不同的视图方式之间进行切换。在每种视图中，使用窗口下方的滑块可以调节图片缩略图的显示方式，如图 2-8 所示，按【Ctrl】+【L】快捷键可以切换到全屏显示模式浏览图片，在全屏模式下，按【H】键可以显示操作快捷键，按空格键可以控制播放或暂停。

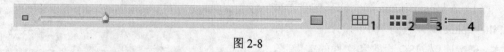

图 2-8

4 种视图的显示方式简介如表 2-1 所示。

表 2-1　4 种视图显示方式简介

缩略图视图	以缩略图方式显示文件，类似于在 Windows XP 的资源管理器中以缩略图方式浏览图片时的效果
幻灯片视图	使用幻灯片视图，可以像使用 Windows 中的"图片与传真查看器"或 ACD See 一样预览和自动播放图片
详细信息视图	显示可滚动查看的缩略图，并在缩略图右侧显示出选中文件的相关信息，如创建日期、修改日期、文件类型、像素大小、文件大小、颜色模式、作者、来源和关键词等
版本与交替视图	显示可滚动缩略图列表，并在右侧显示出 Version Cue

练习 7：指定要显示的文件类型

由于图像文件有各自的类型，Bridge 可以指定在内容区域所要显示的文件或文件夹类型，也可以指定它们的排列顺序，以满足查阅的需要。

（1）选择菜单【视图】|【显示】命令可以指定要显示的文件或文件夹类型。

（2）选择菜单【视图】|【排序】命令可以指定文件或文件夹的排列方式。

练习 8：在 Bridge 中打开文件

（1）选择菜单【文件】|【打开】命令，或直接双击选中的文件后按【Enter】键，都会在 Photoshop 中打开该文件。

（2）选择菜单【文件】|【打开相片 Raw 格式】命令，则可以对数码相机的 Raw 格式文件设置进行编辑。

练习 9：使用 Bridge 管理文件

使用 Adobe Bridge 可以很方便地在文件夹间通过拖放的方式移动文件，如同使用 Windows 中的资源管理器一样，也可以对文件进行复制、粘贴、剪切、删除和重命名等基本操作，由于这些操作与使用资源管理器类似，因此在表格 2-2 中只对其中重要管理做介绍。

表 2-2　Bridge 的重要管理功能和操作

管 理 图 片	功　　能	操　　作
旋转图片	在 Bridge 中可以对 JPEG、PSD、TIFF 格式及数码相机 Raw 格式文件进行旋转，旋转并不会对图像文件的数据产生影响	选中一幅或多幅图片后，单击工具栏上的 或 按钮，即可将图片进行逆（或顺）时针旋转
为图片添加标签	使用 Adobe Bridge 为图片文件加上不同颜色的标签，是快速标识大量图片的一种有效而灵活的方法	使用工具栏上【Label】菜单，可以为选中的文件加上标签。一共有 5 种颜色可以选择
为图片打分数	可以给图片评定等级，或称打分数。共有一星到五星的 5 个等级，星星数目越多，表示图片越出色	使用工具栏上【Label】菜单，可以为选中的文件加上星级。一共有 5 种颜色可以选择
为图像批量改名	使用 Adobe Bridge 可以将一组文件或文件夹批量改名。在改名时，可以对文件名称作必要的设置。批量改名可以大大节省用户的时间	选中要改名的文件或文件夹，选择菜单【工具】|【批量改名】命令，然后在打开的对话框中作必要的设置。例如可以选择文件名称的开头文本、新扩展名、当前文件名、日期、序列号或序列字母等

　　思考 1：假设从数码相机中导入了很多图片，然后在 Bridge 中浏览它们。当浏览的时候，发现有些相片自我感觉不错，有些却没什么价值，那你打算怎么做？

　　思考 2：给图片做标签或打星号对于图片的管理无疑是非常有帮助的。现在有 50 张图片，其中有一些需要顺时针转 90°，有些需要逆时针转 90°，那么你打算怎么做呢？

　　思考 3：当浏览每一张新图片时，可以随时根据自己的喜好给它们打分，以后就可以只浏览并处理那些比较喜欢的图片（比如打了五颗星的），但现在不想要这些标记或者要升级或降级了，你有什么技巧吗？

　　小技巧：其实还有一种办法可以快速为图片打分：选中图片后，会发现图片下方显示星星的地方有些小点，直接在标签上某个位置单击这些小点即可加星星。

练习 10：使用 Bridge 搜索文件与文件夹

　　在 Bridge 中，可以使用它所提供的搜索功能快速找到所需要的图片文件。选择菜单【编辑】|【查找】命令，弹出如图 2-9 所示的【查找】对话框，在搜索时，可以指定多个搜索条件，包括文件名、文件大小、创建或修改日期、关键词、元数据信息、评分、标签、数据、文件类型、关键词、注释以及描述等。

图 2-9

在"资源"区域可以选择要搜索的文件夹，默认情况下会显示出当前打开的文件夹。单击右侧的【浏览】按钮可以浏览其他的文件夹。

对话框中有几个复选框，为方便大家使用，下面作一个简单介绍。

● 所有文件夹：选中此项，搜索时会包括选定文件夹的所有子文件夹。

● Adobe Version Cue 的老版本：选中此项，搜索时会包括老版本的 Adobe Version Cue 文件。

● 在新窗口中查找：选中此项，在一个新的 Bridge 窗口中显示出搜索的结果。如果不选该项，则搜索结果会出现在当前窗口的内容区域。

【查找】对话框下方的【匹配】右侧下拉列表非常重要，有两个选择，【任何】是搜索符合任一条件的文件，【符合条件】是搜索符合所有条件的文件，这两种选择得到的搜索结果是不同的。

练习 11：文件色彩管理功能

有时候同一幅图像中的颜色在不同的显示器上查看会显示不一样，使用打印机输出的图像颜色与印刷出版的图像颜色可能也会不一样，因为每台设备都有自己独有的色彩空间。要在不同设备之间生成一致的颜色，必须使用色彩管理。

许多从事印前工作的人员都是在 Photoshop 中完成分色和图像调节工作的。在 Photoshop 中，可以使用色彩管理功能对屏幕的色彩、Gamma 线以及打印机的喷墨调配比例进行设计，防止在图像输出的时候出现颜色溢出或失真问题。Photoshop 的色彩管理功能随着版本的升级也在不断地提高，几乎每个版本的色彩管理功能都不一样，但总的趋势是色彩管理效果越来越好，应用领域也越来越宽。

Photoshop 除了继续保持以前版本色彩管理方面的优势功能之外，最大的改进就是可以通过 Adobe Bridge 在 Adobe Creative Suite 的不同程序之间很方便地同步颜色设置。

当在 Adobe Bridge 中设置色彩管理时，颜色设置会自动在这些程序间同步。同步可以确保在所有的 Adobe Creative Suite 程序之间移动文档时保持一致的颜色。如果颜色设置没有同步，在每个 Creative Suite 程序的【颜色设置】对话框的顶部就会出现一个警告信息，建议在开始一个新文档或处理旧文档之前先同步色彩设置。

2.3 工具箱的使用

练习 12：认识工具箱的工具

Photoshop 的工具箱如图 2-10 所示，看起来比较复杂，实际上却是简单易用。

工具图标右下角的小箭头表示该工具有更多的选择。单击工具图标并按住不放或右键单击工具图标，可以打开相应的工具，相关的工具将出现更多的选择。每个工具都可以用相应的字母键进行切换，在练习中将会介绍。以下是对工具箱的每一个图标的快速描述。

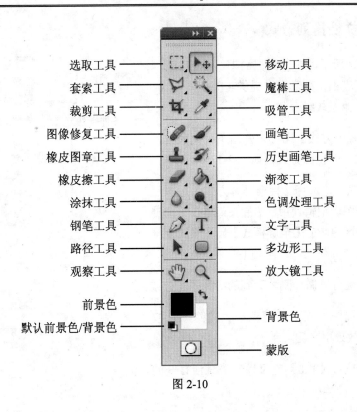

选取工具	移动工具
套索工具	魔棒工具
裁剪工具	吸管工具
图像修复工具	画笔工具
橡皮图章工具	历史画笔工具
橡皮擦工具	渐变工具
涂抹工具	色调处理工具
钢笔工具	文字工具
路径工具	多边形工具
观察工具	放大镜工具
前景色	背景色
默认前景色/背景色	蒙版

图 2-10

启用一个工具时，都会弹出相应的工具属性栏，以便更精确地操作。例如选择【椭圆】工具，就有相应的工具属性栏，如图 2-11 所示。其他的工具也都会有相应工具面板，不再赘述。

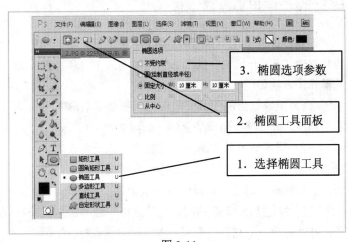

3. 椭圆选项参数

2. 椭圆工具面板

1. 选择椭圆工具

图 2-11

2.4　文件的视图方式

在文件操作过程中，Photoshop 可以随时改变视图的大小，有时需要看到整个图像，有时只需对某个区域进行详细地修改。Photoshop 提供了用于查看图像的几种方式。

练习 13：调整文档排列方式

（1）如图 2-12 所示，单击【文档排列方式】图标，会弹出一个下拉列表框，列表框中提供 4 类排列方式，每一类又可以和其他方式组合。

（2）单击【视图方式】图标，弹出下拉列表框，此下拉列表框提供 3 个视图方式，如图 2-13 所示。

（3）一般情况下，选择【标准屏幕方式】选项，即全部方式，适合图像编辑使用。【带有菜单栏的全屏方式】显示的工作区更大。【全屏模式】显示黑底全屏视图。

（4）按【F】键可以循环刚才看到的各种视图方式。

（5）在全屏视图方式下，调色板也被隐藏，按【Tab】键，观察效果更有趣。

（6）按【Ctrl】+【Tab】键可以轮流激活打开的文件。

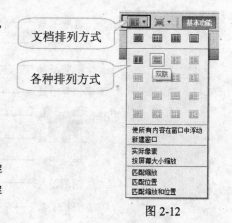

图 2-12

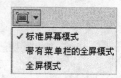

图 2-13

练习 14：使用导航器变焦

导航器提供了几个有用的工具，用来显示图像的缩放和移动。下面介绍调色板底部的图像缩放工具和标签的操作，方法如图 2-14 所示。

（1）用导航器的工具缩放图像。拖动导航器下方的滑动条，可以缩放图像的显示，如图 2-14（1）所示。

（2）用导航器预览图像。导航器实际上主要用来预览图像的那一部分是可见的。拖动预览图上的红色矩形，会得到与手形工具一样的看图效果。

（3）按住【Ctrl】键的同时按住鼠标左键不放再预览，可以拖动一个红色矩形框。当在放大图像时，红色矩形在预览放大该部分图像时就像使用缩放工具一样。

（4）直接使用滑块控制方式。分别有数值输入、点击放大三角按钮、拖动滑块和点击还原按钮几种，如图 2-14（2）所示。

> 提示：导航器可以用来直接观察和操作指定的局部区域，建议在工作中能养成此习惯。

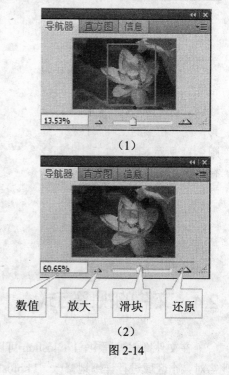

（2）

图 2-14

练习 15：使用缩放工具变焦

（1）选择使用工具栏的放大缩小工具 🔍。单击选项栏中的"放大"图标 🔍，按住【Alt】键不放，"放大"图标 🔍 就会变为"缩小"图标 🔍，点击要放大或缩小的区域。

（2）连续放大，每次单击，将会按照 33%、50%、66% 和 100% 等倍数进行放大，如图 2-15（1）、图 2-15（2）和图 2-15（3）分别是放大 33%、100% 和 800% 时的图像。

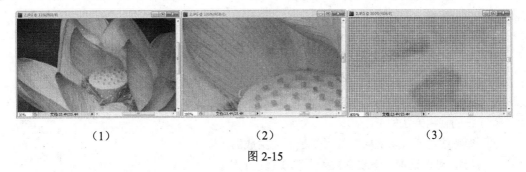

（1）　　　　　　　　　　　（2）　　　　　　　　　　　（3）

图 2-15

（3）在"放大"图标 🔍 下继续单击，直到达到 3200% 倍率时，"放大"图标变为 🔍，表明再不可以进行放大。在这个放大倍数时，图像显示为像素。

（4）按住【Alt】键不放，放大镜图标变为 🔍，单击可以缩小图像。

（5）当双击缩放图标时，将使图像恢复到 100% 正常大小。

（6）当缩放工具仍处于选中状态时，按住左键不放，在图像区域拖拽一个矩形，将放大被选择的指定区域。

（7）按住【Ctrl】键或空格键不放，同时按住鼠标左键不放，移动鼠标，可移动图像，改变观察点。

（8）单击工具箱上的其他任一图标，缩放工具此时不可用。

（9）图像的缩放值是在图像框的左下窗口的角落里显示，因此，也可以在框中输入需要放大的值，以达到准确改变放大级别的目的。

键盘快捷方式也可用于放大或缩小。键盘快捷方式很多，记住其中一些常用快捷键，可以更有效地对图像进行相关操作。

练习 16：使用键盘变焦

（1）打开荷花图，按【Home】键观察点移到图像左上角，按【End】键观察点移动到图像的右下角。

（2）按【Page Up】键或【Page Down】键图像向上或向下滚动。

（3）按【Ctrl】+【Page Up】或【Ctrl】+【Page Down】键图像向左边或向右边滚动。

（4）同时按住【Ctrl】+【+】键，图像放大一个级别；同时按住【Ctrl】+【-】，图像缩小一个级别。

（5）按住【Ctrl】+【Alt】键，同时按【+】或【-】调整缩放窗口。

（6）按住【Ctrl】键不放，同时按【0】键对图像进行放大，使图像在屏幕上以适当大小显示（与双击手工具一样的效果）。

（7）按住【Ctrl】+【Alt】键不放，同时按【0】键，图像将满屏显示在工作区。

（8）从【视图】菜单中选择【打印尺寸】命令，此时图像的大小约等于其印刷的大小显示。

（9）如果希望在图像放大或缩小时，总有合适大小窗口，可以设置默认。选择菜单【编辑】|【常规】|【首选项】命令，选择【常规】选项，在其【选项】区域选中【缩放时调整窗口大小】复选框即可。

练习 17：参考线和智能参考线的区别及切片的作用

打开快捷工具栏上的参考线图标，有 3 个选项，如图 2-16 所示。一般在编辑时，只有打开显示标尺，参考线和网格线才会有意义。

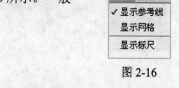

图 2-16

参考线的使用方法如下：

（1）参考线是通过从文档的标尺中拖出而生成的。从标尺往下拖拽，可以设置一条或者数条水平或垂直的线条，用以对齐图层或画线的参考位置。

（2）拖动参考线时，按【Alt】键就能在垂直和水平参考线之间进行切换。即按【Alt】键，单击当前垂直的水平线就能够将其改变为一条水平的参考线，反之亦然，如图 2-17 所示。

（3）按住【Shift】键不放拖动参考线能够强制它们对齐标尺的增量/标志。

（4）要防止参考线对齐画布边缘及层对象，只需要在拖动的时候按住【Ctrl】键即可。

（5）双击参考线可以打开参考线、网格和切片的对话框，效果与按住【Ctrl】+【K】组合键、【Ctrl】+【6】组合键或选择菜单【编辑】|【首选项】|【参考线、网格和切片】命令一样。

图 2-17

（6）参考线不仅能对齐到左、右、顶部及底部的活动图层或选中区域的边缘，还能够对当前图层或选中区域的垂直与水平中央进行对齐。反过来也适用：可以对齐一个选中区域或图层到当前的参考线中，无论是通过边缘还是中央。

> 注意：参考线不能够对齐背景图层。另外，当视图菜单中的【对齐】以及【视图】|【对齐到】命令中的【参考线】是选中状态时，才能够按照上述的方法来进行操作。

（7）要在画布上指定的位置添加参考线，可以选择菜单【视图】|【新建参考线】命令。选择菜单【视图】|【显示】|【显示额外选项】命令，跳出"显示额外选项"对话框，就可以设置当选择"显示额外内容"时屏幕中的哪些对象是包含在内或不包含在内的。

（8）显示智能参考线。需要使菜单【视图】|【显示】|【智能参考线】命令中的【智能参考线】处于选中状态，当在一个图层中拖动的图形与另一个图层中的图形接近对齐状态时，它

就会自动吸附成对齐状态，并显示智能参考线。智能参考线应用于切片时，它自动根据切的位置出现。CS 版本及更早版本没有智能参考线。

（9）使用切片工具。使菜单【视图】|【显示】|【切片】命令中的【切片】处于选中状态。它主要是用来将大图片分解为几张小图片，这个功能在网页中用得比较多，现在的网页中图文并茂，而显示图片的时间比较长，为了不让浏览网页的人等待时间太长，所以网页制作者将图片切为几个小的组成部分。

2.5　使用浮动面板

Photoshop 的浮动面板共有 4 组：第 1 组包含了导航、信息和直方图面板；第 2 组是颜色、色板和样式面板；第 3 组是历史和动作面板；第 4 组是图层、通道和路径面板。浮动面板可以根据设计者的工作方式任意组合排列。

练习 18：自定义浮动面板

（1）选择菜单【窗口】|【工作区】|【基本功能（默认）】命令，浮动面板将围绕工作区四周的方式排列。各浮动面板组可以在工作空间随意打开或折叠，以方便操作，如图 2-18 所示。

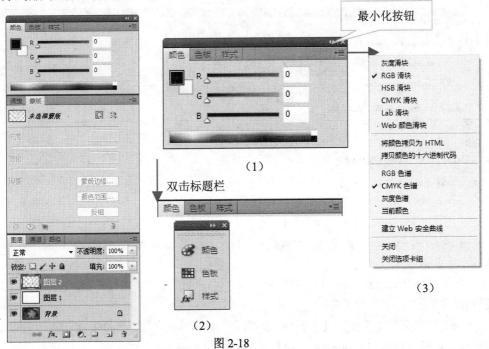

图 2-18

（2）以调色面板组为例：双击标题栏，展开如图 2-18（1）所示，单击最小化按钮，折叠如图 2-18（2）所示，单击三角按钮，将弹出下拉菜单。

（3）将鼠标指针放在面板右上角的三角按钮上，显示浮动面板菜单，并单击弹出如图 2-18（3）所示的下拉菜单。

（4）拖移面板的任一角，更改面板的大小，但是【颜色】面板无法通过拖移来调整大小。

（5）双击面板的选项卡，折叠一组面板，只显示标题，或单击最小化按钮 也可使面板处于折叠状态。

（6）按【Tab】键，隐藏或显示所有面板（包括工具箱和选项栏）。

（7）按【Shift】+【Tab】组合键，隐藏或显示除工具箱外的所有面板。各面板组可以在工作空间随意移动和任意组合。Photoshop 中所有面板组都可如此操作。

练习 19：浮动面板的调整组合

（1）浮动面板可以根据操作时的要求和个人习惯任意组合，如图 2-19 所示。

（2）要使某个面板出现在它所在组的前面，单击该面板的选项卡即可。

（3）要移动整个面板组，拖移其标题栏即可。

（4）要重新排列或者分开面板组，需要拖移面板的选项卡。如果将面板拖移到现有组的外面，则会创建一个新面板窗口。

（5）要将面板移到另一个组，将面板的选项卡拖移到该组内即可。

（6）要停放面板以使它们一起移动，将一个面板的选项卡拖移到另一个面板的底部即可。

（7）要移动整个停放的面板组，拖移其标题栏即可。

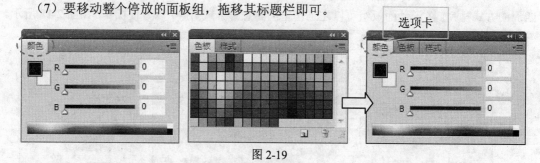

图 2-19

练习 20：关于预置文件

当根据要求设定好各种设置后，在每次启动 Photoshop 时，都会继承上次的各种设置，但是要想改变当前的这些设置，Photoshop 提供了以下方法：

（1）删除 Adobe Photoshop Setting 子文件夹，重新启动 Photoshop，将恢复所有设置和工具箱选项。

（2）利用 Photoshop 提供的预置设定，结合设计者的要求来进行设置。选择菜单【编辑】|【预设管理器】命令，设定选项。

（3）选择菜单【文件】|【文件简介】命令，在打开的【文件简介】对话框中选中【锁定】复选框，这样每次启动 Photoshop 都会回复到锁定状态的设置。

练习 21：预设管理器

图 2-20 是 Photoshop 预设管理器的对话框。预设管理器中有管理画笔、色板、渐变、样式、图案、等高线、自定形状和预设工具。可以使用预设管理器来更改当前的预设项目集和创建新

库。当更改大部分预设时，Photoshop 会提示在关闭图像文件时是否将已更改的项目存储为新的预设。通过这种方式，将不会丢失任何现有或新的预设。

Photoshop 的工作环境就介绍到此，下面将一一介绍 Photoshop 的核心功能，例如图层、通道、路径、滤镜等。

图层是 Photoshop 在图像处理过程中关键的技术之一，可将其视为一叠投影胶片层，每一层有不同的信息，但层与层之间叠加在一起，就成了一幅新图像，而每一层不会影响其他层。

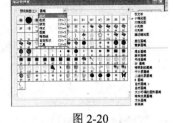

图 2-20

练习 22：图层面板

（1）认识图层：打开如图 2-21（1）所示的"咖啡杯"文件。

（2）观察图层：单击图层组浮动面板的图层标签，分别单击各个图层，如图 2-21（2）所示。

（3）隐藏、显示图层：单击"眼睛"图标，图层隐藏，再单击"眼睛"图标，图层显示。

（4）编辑文件：若要将咖啡杯上的"笑脸"图案换成"理工的 logo"图标，只要将"理工的 logo"替换"笑脸"层即可。但是如果"笑脸"是在图像上，修改就不方便了。因为 Photoshop 的工作是基于图层的，它可以提高工作效率。修改后如图 2-21（3）所示。

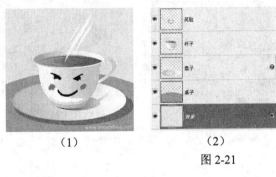

（1）　　　　　　　　　　（2）　　　　　　　　　　（3）

图 2-21

（5）得出结论：图层是存放图像信息的地方，所有操作都是借助图层面板来完成，图层面板如图 2-22 所示。

图层主要由 4 个部分组成：

第 1 部分为图层区，理论上可以堆叠 255 层，但图层太多时，Photoshop 用 Windows 管理文件的方法，将它们分成组。管理图层的操作包括新建或删除、命名、调整层次、隐藏或显示。

第 2 部分为图层效果操作，包括图层样式、图层蒙版和调节图层等，主要作用于图层内容，改变图层像素的呈现效果。

第 3 部分为图层的混合方式，包括图层不透明度、图层混合方式和填充，主要用来控制图层像素与下一层图层像素之间的颜色混合效果。这里涉及 3 个术语：基

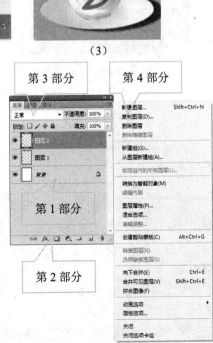

图 2-22

色、混合色和结果色，了解这 3 个术语是学习颜色混合的基础。

第 4 部分为图层面板的一些操作命令。

图层的相关操作将在第 7 章中详细介绍。

通道是 Photoshop 在图像处理过程中最重要的处理技术之一，是数码图像与传统图像的色彩沟通途径，同时，它也提高了图像处理的选择功能，是提高设计工作效率的捷径。

简单地说，通道是存放色彩的地方，也是存放选区地方。

练习 23：通道面板

（1）认识通道：打开如图 2-23 所示的"荷花图"文件。

（2）观察通道：单击图层组浮动面板的【通道】标签，会发现在打开荷花图时自动生成一个混合通道，3 个颜色通道，如图 2-24 所示，可见颜色通道在默认情况下是由灰度图表达的。

（3）选择菜单【编辑】|【首选项】|【界面】命令，选中【用彩色显示通道】复选框。城市颜色通道由 3 个颜色 RGB 表达，如图 2-25 所示，由此可见，通道是存放颜色的地方。

（4）逐一单击红通道、绿通道、蓝通道，观察荷花图在工作区中显示变化。

（5）隐藏通道：单击"眼睛"图标，观察荷花图在工作区中呈现的变化。

图 2-23

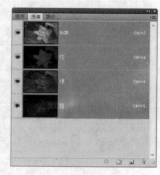

图 2-24　　　　　　　图 2-25

（6）新建通道：用白色画笔在通道上画一个圈，再按住【Ctrl】键，同时单击【Alpha 通道】按钮，此时就激活了选区。可见，通道也是存放选区的地方。

（7）通道的操作是基于通道面板来完成的，通道面板如图 2-26 所示。

（8）通道由 4 部分组成：

第 1 部分是颜色通道，RGB 混和通道和红、绿、蓝通道，是存放颜色的地方。单击通道后，蓝色反白，表示通道激活，色彩调整操作都将作用于此。

第 2 部分是 Alpha 通道操作，用于创建通道选区，是存放选区的地方。

第 3 部分是通道面板最简单的功能。包括新建通道、通道蒙版和将通道转换为选区的操作。

第 1 部分

第 2 部分

第 3 部分

第 4 部分

图 2-26

通道蒙版，使用蒙版可保护部分图层，该通道不能被编辑。

第 4 部分是通道面板的控制菜单，如面板选项等。

通道的相关操作将在第 3 章中详细介绍。

路径是平面设计中不可或缺的工具，是设计过程中的辅助工具，最终的图像中并没有路径，设计过程中在屏幕上表现为一些不可打印、不活动的矢量形状。路径工具实际也是选区工具。

练习 24：路径面板

（1）认识路径：打开如图 2-27 所示的"荷花图"文件。

（2）观察路径：单击图层组浮动面板的【路径】标签，此荷花图由几个路径组成，如图 2-28（1）所示。

（3）观察路径：分别单击路径面中的荷花路径、花瓣 1 路径、花瓣 2 路径。

（4）选择路径面板上的【新建路径】图标，用钢笔工具建立一些路径。

（5）选择【路径转换选区】图标，可见一选区。

（6）选择【路径描边】图标，对选区进行描边。使用前景色描画路径，从而在图像或图层上创建一个永久的效果；但路径通常被用作选择的基础，它可以进行精确定位和调整；比较适用于不规则的、使用其他工具很难进行选择的区域。

（7）选择【路径填充】图标，对选区填色。

（8）体验路径：选择【图层】标签，新建一个图层，单击工具箱中【钢笔】工具，使用钢笔工具画一条曲线，可见路径由定位点和连接定位点的线段或曲线构成；每一个定位点还包含了两个句柄，用以精确调整定位点及前后线段的曲度，从而匹配想要选择的边界，如图 8-28（2）所示。

（9）路径的操作是通过路径面板来完成的，路径面板由以下 3 部分组成：

第 1 部分是路径堆栈区，像图层一样可以堆叠，但路径没有层次的顺序关系，每一条路径，都是独立存放的。

第 2 部分是路径操作，用于创建路径、路径与选区的转换、路径描边以及路径填充等。

第 3 部分是菜单命令。与图层、通道一样，路径面板也有控制菜单，包括面板选项等。

路径的相关操作将在第 9 章中详细介绍。

滤镜在 Photoshop 的特效处理中常用到，主要是用来实现图像的各种特殊效果。Photoshop

图 2-27

（1）

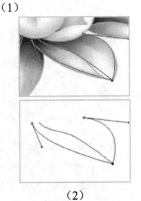

（2）

图 2-28

滤镜分内置滤镜和外挂滤镜，内置滤镜都按分类放置在【滤镜】菜单中，使用时只需要从该菜单中执行相关命令即可。

练习 25：滤镜菜单

（1）打开图像文件，如图 2-29（1）所示。

（2）选择菜单【滤镜】命令，弹出滤镜下拉菜单，滤镜菜单被分为 5 部分，如图 2-29 所示。具体功能将在第 10 章中介绍。

（3）分别使用【像素化】下级滤镜命令对原图进行特效操作。从图 2-29（2）、图 2-29（3）、图 2-29（4）各图的变化可见经过滤镜处理后的图像与原图迥然不同。即便是同一种滤镜，由于参数不同也会有很大差异。

分析：观察图像的各种变化后可知滤镜的操作是非常简单的，但是真正用起来却很难恰到好处。滤镜通常需要同通道、图层等联合使用，才能取得最佳艺术效果。

如果想得到最佳的滤镜效果，除了需要一定的美术功底之外，还需要用户对滤镜的熟悉和操控能力，甚至需要具有很丰富的想象力，这样才能有的放矢的应用滤镜，发挥艺术才华。滤镜的功能强大，用户需要在不断的实践中积累经验，才能使应用滤镜的水平达到炉火纯青的境界，从而处理出具有梦幻色彩的照片。

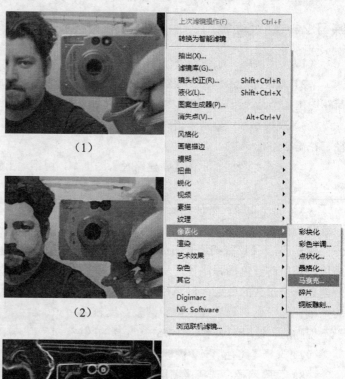

（1）

（2）

（3）

（4）

图 2-29

2.6　案例实现

本案例旨在让读者全面了解 Photoshop 图像处理的工作流程，例如如何使用视图、工具、图层、路径、通道和滤镜等，预览 Photoshop 的核心技术，为后续学习做好准备。如图 2-30 所示的历史记录中，基本记录了本案例图像处理的工作过程。

图 2-30

案例实现的操作步骤如下：

（1）打开 Bridge 图像文件浏览器，根据主题选择图片文件 2-1、2-2 作为本案素材。双击图层缩览图，文件将在 Photoshop 中打开，单击"排列文档"图标，排列文件，便于观察和使用。

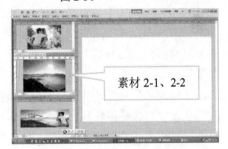

素材 2-1、2-2

（1）

（2）新建一个文件，尺寸为 800×500、分辨率为 72、色彩模式为"RGB 颜色"、文件名为"父子"。素材和新建文档界面布置如图 2-31（1）所示。

（3）选择图片 2-1，用移动工具将其拖拽至新建文件中，为图层 1。

（4）加工素材。用"裁剪工具"裁剪图像，再用"变换工具"缩放图像至合适大小。选择"图章工具"，修复图中水印及脏点等图片不需要的内容。处理后的图片效果如图 2-31（2）所示。

（2）

（5）选择图片文件 2-2，用移动工具将其拖拽至新建文件中，为图层 2。

（6）加工素材，编辑图片。用变换工具水平翻转图片，再缩放图像至合适大小，如图 2-31（3）所示。

（3）

图 2-31

（7）编辑图像图层蒙版。添加图层蒙版，隐去图片中"父子"以外的背景。黑色画笔涂抹将隐藏被涂抹部分像素，用白色画笔涂抹，显示被抹部分像素，如图 2-31（4）所示。

> 提示：实际上也可以选择"父子"后删去背景，但这种编辑称为破坏性编辑，一般不建议使用。

（4）

（8）为其添加文字。单击工具栏中的"文字工具"，单击要输入文字的位置，出现输入文字提示光标，输入"父爱如山"文字。

（9）选择菜单【视图】|【文字】属性面板，调整文字大小、字体、字号以及文字基线偏移等参数值。

（5）

（10）为文字添加效果。双击"父爱如山"文字图层，弹出【图层样式】对话框，选中【投影】复选框，改变其相关参数。修改后的图片如图 2-31（5）所示。

（11）最后为图片添加一些光环装饰，单击工具栏中"形状图层椭圆工具"图标⬭，在椭圆属性工具栏中选中"形状图层"工具图标▢，通过加减制作出第一个圆环，然后经过复制、粘贴和变换等操作，制作多个光环。处理后的效果如图 2-31（6）所示。

（6）

（12）整体协调，利用 Photoshop 编辑工具，进一步完善图片。也可以改变其色彩，增添一种往日情怀。图片的最终处理效果如图 2-31（7）所示。

（7）

图 2-31（续）

（13）保存图片，选择菜单【文件】|【存储为】命令，选择 PSD 文件格式进行保存。

2.7 本章小结

本章通过对 Photoshop 的工作环境、工具、面板的介绍与 Photoshop 工作流程的示范，对 Photoshop 建立了初步的认识和了解。简单地说明了图像处理与平面设计的差别与联系。

下面将通过小课题研究，了解利用 Photoshop 工具进行图像处理的 10 个基本技术，以引起读者对 Photoshop 平面图像处理软件的工具与平面设计基本要素的充分重视。

2.8　小课题研究：Photoshop 平面图像处理的 10 个基本技术

对一般人而言，平面图像处理，似乎是一项神秘而复杂的技术，但是，一旦理解并掌握了平面图像处理的 10 个基本技术，并充分利用 Photoshop 提供的强大处理功能，平面图像处理就变得很简单。下面就来逐个介绍 10 个关于图像处理的基本技术。

技术 1：抠图，分离图像元素

很多时候，设计师做的是命题作文。也许用户会提供他喜欢的图像素材，让设计师处理成用户需要表达的主题。因此，设计师首先要做到分离图像元素，然后根据主题将元素融合在一张画布上。例如，要将一张如图 2-32 所示的"蔬菜图"重新组合成一些蔬菜娃娃，观察发现这张图包含了很多元素，如哈密瓜、蘑菇、洋葱、菠菜等，需要对它们一一进行分离。

Photoshop 提供了许多选择工具，包括矩形和圆形框选工具，套索、魔棒等选择工具，也提供了通过描画路径转换成选择图像元素的钢笔工具。处理后的组合图像如图 2-33 所示。

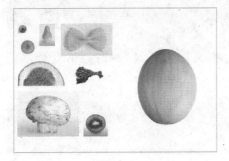

图 2-32　　　　　　　　　　　　　　　　　图 2-33

但面对轮廓复杂或背景复杂的图，如图 2-34 所示，仅仅是使用工具箱中的选择工具来处理就比较困难，好在 Photoshop 还提供了如蒙版工具、色彩选择和滤镜抽取等工具，如果还不行，可以考虑 Photoshop 提供的外挂插件，例如 Vertus Fluid Mask 的抠图软件，也是一个抠图的好帮手。如图 2-34 所示为一个花盆素材，抠图后应用到另外的图片中的效果如图 2-35 所示。

　　　　　　　　　　　　　　　　　　　（1）　　　　　　　　　　　（2）

图 2-34　　　　　　　　　　　　　　　　　图 2-35

抠图的方法将在第 4 章中详细介绍。

技术 2：裁剪，小空间里的大图片

如果空间有限，而又要求传递很多信息：网页横幅、新闻标题处的空间或柱状的广告等，但一张来自照相机的照片尺寸很大，它们的比例一般是 6×4 英寸。该如何处理这两者的关系？裁剪是一种有效的解决办法。

选择照片中最重要的部分，然后在照片上应用裁剪工具即可，如图 2-36 所示。

图中传递的信息有：
- ❖ 他们的年纪；
- ❖ 他们的性别；
- ❖ 他们的头发；
- ❖ 他们的衣服；
- ❖ 他们的表情；
- ❖ 他们的关系。

图 2-36

当裁剪掉一部分后，所需要的信息依然存在，而且更集中了！将裁剪后保留的部分用于婚纱摄影中的效果，如图 2-37 所示。

图 2-37

技术 3：画笔与路径，最直接的方法

虽然 Photoshop 最强大的功能是图像处理，但它提供的绘画工具也是十分强大的。"画笔+路径"是 Photoshop 画图最简便、最直接的方法，喷枪、加深和减淡工具可以产生照片般细腻画质。另外，图层样式也很简单，它能做出与当前流行按钮差不多所有的样式。

图 2-38 是利用 Photoshop 的画笔徒手完成的画作，如果利用路径会更简便，当然也需要其他工具比如滤镜的协作。所以用这种"画笔+路径"的组合技术可以应用到大部分的鼠绘作品中。

图 2-38

图 2-39 是表现材质的物品。用这种"画笔+形状路径+图层样式"的组合工具，Photoshop 能使物品有更完美的表现。这种技术通常用于工业设计，表现尚未完成的物品外观，如果用于广告设计，应使用数码图像进行再加工。

图 2-39

画笔、路径与图层样式的相关操作将在第 3 章、第 5 章和第 8 章详细介绍。

技术 4：阴影，无中生有的真实

图像处理可以让画面呈现出那些在真实世界中并不存在的东西。而阴影却能制作出事物的真实性。制作阴影的方法很简单，只需要复制需要添加阴影的元素，并把复制层调成全黑，或者是深灰，再执行【高斯模糊】命令，然后根据具体情况更改它的大小、倾斜角度和位置即可。

图2-40是SlashTHREE Art Pack 创作的作品。它是一个很好的用来证明阴影重要性的例子。即使是一幅幻想场景，加入阴影后也会使其显得真实可信。仔细观察这张图，发现几乎所有的画面元素下面都有阴影。

图 2-40

有时，在明亮的阳光下拍摄的肖像，人物皮肤的纹理和头发的质感等使照片看起来并不美丽，然而，只要使被摄对象转入阴影区域，并相应地调整曝光量，就会发现刺眼的东西消失了，取而代之的是一系列微妙的、增加肖像魅力的色调，如图 2-41 所示。

图 2-41

比例是指部分与部分，或部分与整体之间的数量关系。比例是构成设计中一切单位大小，以及各单位间编排组合的重要因素。对比又称对照，是把质或量反差很大的两个要素成功地配列在一起，使人感觉鲜明强烈而又具有统一感，能使主体更加鲜明。

技术 5：比例，视觉冲击的有效手段

比例协调是图像处理中最重要的技巧之一。一般情况下，是不能把一只手做得比房子还大的，但这也不是绝对的，要根据物体的位置和图像要表达的主题来决定。

如技术 4 中的大象，在一般情况下，是不会比大厦还高的，但是，此例中，通过将手巨大化，提醒人们的环保意识，还是比较成功的，如图 2-42 所示。

图 2-42 是一个比例调整实例。通过大小的对比，在方寸之间可以容纳一个世界，但远小近大是图像处理必须遵循的比例原则。

图 2-42

图 2-43 通过放大主体招徕读者的视线，引起某种视觉或心理的需求。放大，可以通过物体对比来实现。

图 2-43

调整比例技巧的相关操作将在第 4 章中详细介绍。

纹理既可以是物体表面呈现的凹凸不平的沟纹，也可以是物体光滑表面上的彩色图案，通常情况下称之为花纹。在 Photoshop 中常使用【纹理】滤镜赋予图像一种深度或物质的外观，或添加一种有机外观。

技术 6：纹理，衬托环境的法宝

图像处理中，添加纹理并非必需，但是它确实能让图像混合的效果更自然。图像元素的混合是图像处理中很重要的一环。

纹理可以制造出作品的质感，比如金属、玻璃、塑料、木头、石头或大地等大自然的各种事物。例如想做一幅呼吁环保的公益广告，需要一幅晦暗的画面，可以使用一个粗糙干裂的地面纹理。

Photoshop 除自带滤镜中提供的很多纹理外，还可以从网上下载。

图 2-44 给人以破旧和幽暗的感觉。它是使用了一个干涸的大地纹理。画面中央的元素使用了与纹理完全不同的颜色。纹理在此起了一个很好的衬托作用。

图 2-44

图 2-45 背景较暗，有一种压抑感，在右上角加一片丝绸纹理，呼应飘动的红绸，使画面有一种"动"的感觉。记住：如果没有一个合适的背景来衬托手头上的画面元素，此时不妨找一个与之匹配的纹理。

图 2-45

图像的纹理技巧、图层混合的相关操作将在第 7 章和第 10 章中详细介绍。

蒙太奇就是将摄影机拍摄下来的镜头，按照生活逻辑、推理顺序、作者的观点倾向及其美学原则联结起来的一种手段。它不仅使用摄影机的手段，还使用了剪刀的手段。当然，电影的蒙太奇，主要是通过导演、摄影师和剪辑师的再创造来实现的。

蒙太奇的思想扩展到计算机的图像处理技术中，便在 Photoshop 中产生了"蒙版"的概念，蒙版分为快速蒙版、图层蒙版和通道蒙版 3 种，是一种图像融合的处理技术。

技术 7：蒙太奇，混合的良方

Photoshop 提供了非常丰富的蒙太奇效果混合工具，如画笔的混合方式、图层的混合方式、图层的渐变映射、图层的蒙版、通道蒙版、滤镜的模糊、纹理等功能巨大的工具，它们都可以用来提升或者削弱图像中的颜色，创造出完美的蒙太奇效果，使图像很和谐地与其他图像融合在一起。这对一幅成功的作品来说尤其重要。

　　如图 2-46 所示的是同一个主题、相同素材的不同混合效果，这是一个色彩混合非常成功的例子。虽然有很多不同类型的素材，而且数量非常多，但通过不同的构图设计，仍然混合成了一个比较完整的整体。

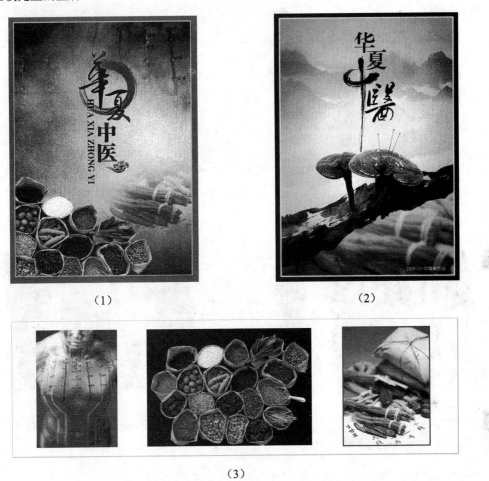

（1）　　　　　　　　　　　　　（2）

（3）

图 2-46

　　色彩混合技术的相关内容将在第 3 章、第 5 章、第 6 章、第 7 章和第 10 章中详细介绍。

　　一幅作品中，总有一个区域是画面的焦点，如何将这个焦点设计成一个亮点以引起大家的注意？Photoshop 中提供了很多可以帮助设计师达到这种目的的工具。

技术 8：焦点，突出主体的好办法

　　要突出图像的主体，首先必须知道图像的主题是什么，只要主体确认下来了，剩下的步骤就很简单了，通过提高主体与背景的大小对比、色彩对比、景深对比、锐化模糊对比、弱化主体细节或主体描边等手段，都可以达到突出主体的目的。

　　图 2-47 中绿衣女子是要聚焦的主体，通过几个简单的技术，就可以达到聚焦的效果。图 2-48 通过模糊背景的方式来聚焦主体，图 2-49 通过放大并位移主体的方式来聚焦主体，图 2-50 通

过改变背景形态的方式来聚焦主体，使得图中女孩是图像中最具动感和明显的部分，从背景中凸现出来。这正是想要得到的效果。

图 2-47

图 2-48

图 2-49

图 2-50

　　强调焦点技术的相关操作将在第 3 章、第 4 章和第 10 章中详解。

　　为了丰富照片的图像效果，摄影师们在照相机的镜头前加上各种特殊镜片，这样拍摄得到的照片就包含了所加镜片的特殊效果。这种特殊效果称为"滤色镜"。

　　特殊镜片的思想延伸到计算机的图像处理技术中，便在 Photoshop 中产生了"滤镜（Filer）"的概念，也称为"滤波器"，它是一种特殊的图像效果处理技术。

技术 9：滤镜，提升素材意义的魔法

　　使用滤镜可以提高素材质量以达到表达主题的目的。通常找到的素材都很普通，通过"滤镜"的处理可以使它变得更有吸引力。一幅简单的"热带仙人掌"的照片和"豆豆先生"的眼睛照片，通过相关操作处理后变成了高科技数码相机的代言。最终作品富于层次和趣味，如图 2-51 所示。

　　设计师首先复制了原始素材，使用滤镜更改了它的相貌，添加了眼睛素材，加上渐变效果

使其光芒四射，立刻使这幅作品的层次和质量大大提高了。

图 2-51

一般地，滤镜都是遵循一定的程序算法对图像中像素的颜色、亮度、饱和度、对比度、色调、分布以及排列等属性进行计算和变换的处理，处理的结果便是使图像产生一些特殊效果，如图 2-52 所示。

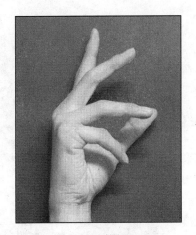　　

（1）原图　　　　　　　　　　　（2）效果图

图 2-52

图像处理中的滤镜与图像混合技术的相关操作将在第 3 章、第 4 章和第 10 章中详解。

渐变是图像处理中常用的一种手段，在自然界中能亲身地体验到，如在行驶的道路上我们会感到树木由远到近、由小到大的渐变。Photoshop 中不仅可以通过提供的简便的色彩渐变工具来实现渐变效果，也可以通过其他工具实现更多的渐变效果。

技术 10：渐变，创建空间感

在平面空间造型中，可以在基本图形的基础上进行渐变填充。循环渐进的逐步变化，用渐变的填充方式来完成具体对象的造型表达。在视觉效果上，可以产生三元的空间感，并含有明确而强烈的空间效果。

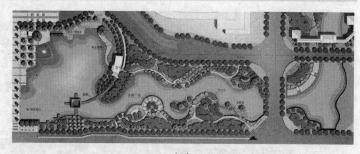

（1）

如图 2-53 所示，此处的渐变填充呈现的是比较有空间感的河流效果。在渐变的使用过程中，要注意渐变的距离和色彩的构成探索。

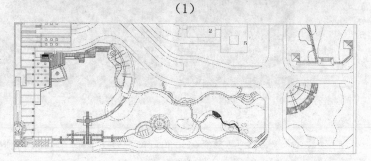

（2）

图 2-53

图 2-54 包含的渐变形式很丰富，大致有以下几种类型：

（1）形状的渐变：一个基本形渐变到另一个基本形，基本形可以由完整的渐变到残缺，也可以由简单渐变到复杂或由抽象渐变到具体。

（2）方向的渐变：基本形可在平面上作有方向的渐变。

（3）位置的渐变：基本形作位置渐变时需要骨架的支撑，因为基本形在作位置渐变时，超出骨架的部分会被切掉。

（4）大小的渐变：基本形由大到小的渐变排列，会产生远近深度及空间感。

（5）色彩的渐变：在色彩中，色相、明度和纯度都可以产生渐变效果，并会产生层次感。

图 2-54

知识要点：

- 色彩属性
- 色彩校正
- 色彩调度

本章难点：

- 图像的色彩关系
- 利用通道调整色彩

第 3 章

色彩与通道

色彩在图像中有着举足轻重的地位。Photoshop 具有强大的色彩功能，足以支持用户选择、应用和更改颜色。

色彩模式是指色彩在通道中的存放方式，通道是 Photoshop 存放色彩信息的地方，色彩与通道最终会影响图像色彩的输出效果。所以，图像处理工作者首先要明白色彩模式。采用何种色彩模式取决于图像的最终用途，因为色彩模式决定了显示和打印电子图像的色彩模型，即一幅数码图像用什么样的方式在计算机中显示或打印输出。

本章案例：三台山的四季

三台山是杭州最美丽的地方之一，小桥应和着流水，青松应和着茅屋，四周的芦苇是那么的茂盛，春天的浓绿正酝酿着秋天的金黄、冬天的素妆……，一张三台春图引发的三台山四季遐想也由此诞生。案例示范如图 3-1 所示。

实现本案例的 3 大步骤如下：

（1）使用曲线

在 Photoshop 中，曲线往往是设计者首先想到的色彩调整手段，但在实践过程中，有时曲线却并非首选。

（2）使用色阶

色阶是色彩调度的首选，它的明度、灰度和暗度 3 个滑标，可以解决大部分问题，且其亲和力远在曲线之上。

（3）色相、饱和度和色彩平衡

调整色彩在本案例中的作用也是不可低估的。

通过本案例让读者了解色彩调度的目的基本有 3 种：有时是为了弥补拍摄不足，追求接近真实的画面效果；有时是为创造一种气氛，有时为唤起某种情绪而做图像色彩处理。而通道是存放色彩的地方，也是存放选区的地方，因此所有的操作都将基于通道。

（1）

（2）

（3）

（4）

图 3-1

3.1 色彩模式

要想顺利地完成图像色彩的调整，首先要了解色彩的基本概念及 Photoshop 对色彩的表现，下面将介绍色彩的基本知识。

色彩模式主要有以下几种：RGB 模式（红色、绿色、蓝色）、CMYK 模式（青色、洋红、黄色、黑色）、灰度模式和位图模式等。色彩模式除确定图像中能显示的颜色数之外，还影响着图像的通道数和文件大小。

（1）

认识 1：RGB 色彩模式

在自然界中绝大部分的可见光谱，在数码图像中都可以用红、绿和蓝 3 色光按不同比例和强度的混合来表示。红绿蓝色彩模型称 RGB 模型，也称为加色模型，如图 3-2 所示。（源文件位置：第 3 章\案例与练习）

RGB 模型为图像中每一个像素的 RGB 分量分配一个 0~255 范围内的强度值。

RGB 图像只使用 3 种颜色，就可以使它们按照不同的比例混合，在屏幕上重现 16581375 种颜色。例如，如图 3-2（1）所示圈中的颜色（RGB:190、104，153）。在 RGB 图像中，当红色、绿色和蓝色这 3 种颜色的值都是 0 时，就会产生黑色。反之，当这 3 种颜色的值都是 255 时，就会产生白色。

（2）

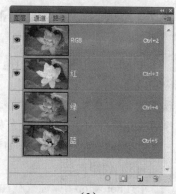

（3）

图像在 Photoshop 中是由 3 个通道来表达的。红、绿、蓝通道称为"颜色通道"，如图 3-2（3）所示，当这 3 个通道结合创建彩色图像通道时，称为"复合通道"。实际上，颜色通道使用灰度图的亮度级数来表示所属颜色的数量值。

RGB 色彩模式，是 Photoshop 图像处理最佳的选择，因为它是全屏幕的 24 位的真彩显示。

RGB 模型通常用于光照、视频和屏幕图像编辑。

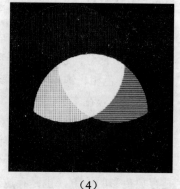

（4）

图 3-2

认识 2：CMYK 色彩模式

　　CMYK 色彩模式以打印油墨在纸张上的光线吸收特性为基础，图像中每个像素都是由靛青（C）、品红（M）、黄（Y）和黑（K）色按照不同的比例合成的。每个像素的每种印刷油墨会被分配一个百分比值，最亮（高光）的颜色分配较低的印刷油墨颜色百分比值，较暗（暗调）的颜色分配较高的百分比值。例如，如图 3-3（1）所示圈中的红色包含 38% 的青色、70% 的洋红、25% 的黄色和 0% 的黑色，如图 3-3（2）所示。在CMYK 图像中，当所有 4 种分量的值都是 0% 时，就会产生纯白色。

（1）

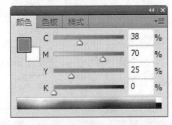

（2）

　　因此，CMYK 彩色模式，又叫减色模式。理论上，青色、品红和黄色的组合就可以表现色彩了，增加黑色的原因之一是 CMY 3 种油墨组合不能表现纯黑。原因之二是没必要每次都通过混合 3 个墨水来表现黑色，如图 3-3（3）所示。如果图像最终是要打印输出的，最好是 CMYK 色彩模式。

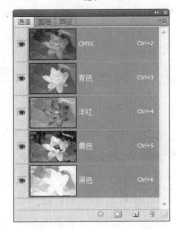

（3）

　　CMYK 色彩模式的图像在 Photoshop 中包含 4 个通道，如图 3-3（4）所示的图形是由这 4 个通道合成的效果。

　　提示：在制作用于印刷色打印的图像时，要使用 CMYK 色彩模式。RGB 色彩模式的图像转换成 CMYK 色彩模式的图像会产生分色。如果使用的图像素材为 RGB 色彩模式，最好在编辑完成后将其再转换为 CMYK 色彩模式。

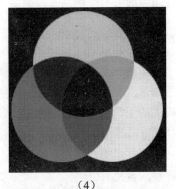

（4）

图 3-3

除了 RGB 模式、CMYK 模式外，Photoshop 中还有 Lab 模式、位图模式和灰度模式等。

认识 3：Lab 模式

Lab 模式，如图 3-4 所示，理论上包括了人眼可见的所有颜色的色彩模式，它不依赖于光线，也不依赖于颜料。Lab 模式的颜色范围最广，弥补了 RGB 与 CMYK 两种色彩模式的不足，而且是 Photoshop 在不同色彩模式之间转换时使用的内部色彩模式，可以在图像编辑中使用 Lab 模式，并且 Lab 模式转换为 CMYK 模式时不会像 RGB 转换为 CMYK 模式时那样丢失色彩。因此，避免色彩丢失的最佳方法是使用 Lab 模式编辑图像，再转换成 CMYK 模式打印输出。

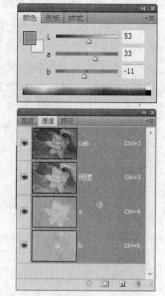

图 3-4

在 Lab 文件的通道下，可以在不影响色相和饱和度的情况下，修改图像的明暗信息。

Photoshop 中有些滤镜对 Lab 模式的图像不起作用。所以如果要处理彩色图像，建议在 RGB 模式与 Lab 模式两者中选一种，打印输出前再转成 CMYK 模式即可。

> 提示：用 Lab 模式转换图像不用校色。

认识 4：灰度模式

如图 3-5 所示，选择灰度模式的图像中没有颜色信息，色彩饱和度为 0。亮度从 0（黑）~255（白）。因此，灰度图像只有一个通道。此通道拥有从 0~255 个灰度级别。其中 0%是白色，100%灰度值为黑色。如果要编辑处理黑白图像，或将彩色图像转换为黑白图像，可以制定图像的模式为灰度，由于灰度图像的色彩信息都被去掉了，所以灰度图像的大小比彩色图像的大小要小得多。

图 3-5

认识 5：位图模式

如图 3-6 所示，选择位图模式的图像只有黑白两种颜色的像素。像素 0 为黑色，像素 255 为白色，因此，位图模式的图像也称黑白图像，线条稿通常采用这种模式，其他除非特殊用途，一般不选这种模式。当需要将彩色模式转换为位图模式时，必须先转换为灰度模式，然后再由灰度模式转换为位图模式。

图 3-6

认识 6：双色调模式

双色调模式相当于用不同的颜色来表示灰度级别，其深浅由颜色的浓淡来表示。只有灰度模式能直接转换为双色调模式。当它用双色、三色或四色来混合形成图像时，其表现原理就像"套印"一样，如图 3-7 所示。

双色调模式支持多个图层，但它只有一个通道。

图 3-7

认识 7：HSB 模式

在 HSB 模式中的 H、S、B 分别表示色相、饱和度、亮度，这是一种从视觉的角度来定义的颜色模式。

HSB 模式如图 3-8 所示，它是基于人类对色彩的感觉，这种模型描述颜色的 3 个特征：

色相（H）：也叫色泽，是颜色的基本特征，反映颜色的基本面貌。

饱和度（S）：也叫纯度，指颜色的纯洁程度。

明度（B）：也叫亮度，体现颜色的深浅。

非彩色只有明度特征，没有色相和饱和度的特征。

Photoshop 可以使用 HSB 模式从颜色面板拾取颜色，但没有提供用于创建和编辑图像的 HSB 模式。Photoshop 利用如图 3-9 所示 HSB 的特性，在色阶、曲线、亮度、对比度、色彩平衡和颜色替换等图像调整工具中调整颜色的色相、饱和度和亮度，以校正图像色彩和图像润色等色彩调度处理。

（1）

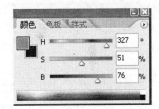

（2）

图 3-8

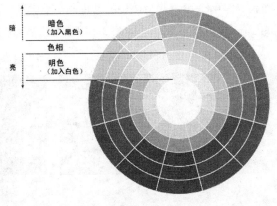

图 3-9

认识 8：RGB 与 CMYK 在色轮上的关系

色轮能表现颜色之间的关系，认识色轮对于把握颜色平衡关系和校正颜色非常重要，可以使用色轮来预测一个颜色成分中的更改将如何影响其他颜色，为调整色彩做知识准备。

（1）打开如图 3-10 所示的色轮图，打开信息面板，单击工具箱上的"滴管"工具。（源文件位置：第 3 章\案例与练习）

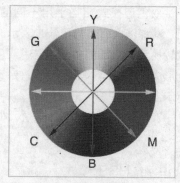

图 3-10

（2）研究色轮上的颜色关系。相对的颜色成为"补色"，如红色与青色；色轮上相邻的颜色成为"相邻色"，如红色与黄色。因此，色轮上色光 3 原色 RGB 与色料 3 原色 CMY 的位置是相互交叉的。

（3）如图 3-11 所示，观察信息面板上的颜色指示，分别指示 RGB 的颜色值和 CMYK 的百分值。

（4）两个补色之间的过渡是一个单色与相对的间色之间的转换，反映了 RGB 与 CMYK 两种颜色模式之间的关系，在两个补色之间产生的是中性灰色。也即在补色中，增加其中的一种颜色，就会减少另一种颜色，如图 3-12 所示。

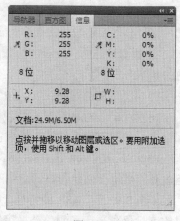

图 3-11

（5）如图 3-13 所示两个相邻色中，必有一个单色一个间色，过渡时只有其中一个间色的参数从最低到最高之间发生变化。

（6）两个原色之间过渡，是两个颜色此消彼长的过程，一个颜色值越来越高，另外一个颜色值就越来越低，两个颜色值相加等于 255±1，如图 3-14 所示。两个原色过渡中，正中间的值不是灰色。

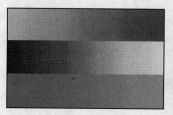

图 3-12

图 3-13

图 3-14

认识 9：色彩模式的正确运用

　　如果设计是用于电子媒体显示（如网页、电脑投影或录像等），图像的色彩模式最好选用 RGB 模式，因为 RGB 模式的颜色更鲜艳、更丰富，画面视觉效果也更好些。并且图像的通道只有 3 个，数据量小，所占磁盘空间也较少。

　　如果设计的图像要在印刷纸上打印或印刷，最好先采用 RGB 色彩模式，选择菜单【视图】|【校样设置】|【工作中的 CMYK】命令，最后转换成 CMYK 色彩模式，这样在屏幕上所看见的颜色和输出打印颜色或印刷的颜色比较接近，如图 3-15 所示。

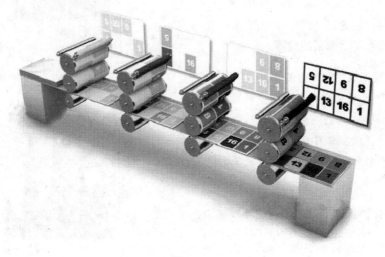

图 3-15

　　如果图像是灰色的，则选用灰度模式较好，因为即使是用 RGB 或 CMYK 色彩模式表达图像，看起来仍然是中性灰颜色，但其占用磁盘空间却大得多。另外灰色图像如果要印刷的话，用 CMYK 模式表示，出菲林及印刷时有 4 个版，不仅费用大，还可能会引起印刷时灰平衡控制不好时的偏色问题，当有一色印刷墨量过大时，会使灰色图像产生色偏。

3.2　色彩基本运用

　　在进行图像色彩校正或润色前，首先要能够正确评价图像的质量，这是调整色彩的依据。直方图就是观察图像质量最直接的工具。

练习 1：利用直方图评价图像质量

（1）打开图片文件如图 3-16 所示。（源文件位置：第 3 章\案例与练习）

（2）打开在信息调板组的直方图调板，如图 3-17 所示。也可以通过选择菜单【窗口】|【直方图】命令来调出直方图调板。

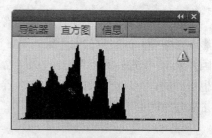

图 3-17

（3）单击直方图右边的三角按钮，选择【扩展视图】和【显示统计数据】，在【通道】中选择亮度，将会看到如图 3-18 所示的相关信息。

（4）直方图分析。如图 3-19 所示直方图中 X 轴方向代表了亮度的过程，左端代表的亮度为 0，右端为 255。所有的亮度都分布在这条线段上。所以这条线段所代表的也是绝对亮度范围。Y 轴方向代表在某一级亮度上像素的数量。

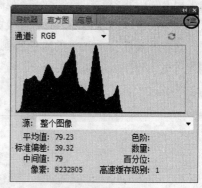

图 3-18

（5）观察图像信息。如图 3-20 所示，打开直方图中的通道下拉列表，选择需要观察的通道，鼠标在直方图中移动的时候，统计数据会显示目前所处的红色色阶（图中箭头处），以及该亮度色阶上的像素数量。它没有信息调板的数值对比功能。

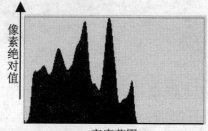

亮度范围

图 3-19

（6）图像评价结论：此图对比度较高，亮度不够。

需要通过色阶命令校正图像亮度。

图 3-16

图 3-20

练习2：色阶调整图像的亮度

当图像明显亮度不够时，可以利用色阶来调整图像亮度，色阶是色彩调整工具，而直方图中的色阶是一种概念。

（1）选择菜单【图像】|【调整】|【色阶】命令或按【Ctrl】+【L】组合键，弹出【色阶】对话框。

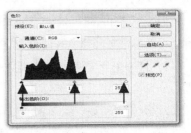

图 3-21

（2）如图 3-21 所示。可以看到下面有黑色、灰色和白色 3 个小箭头，它们的位置对应"输入色阶"中的 3 个数值。其中黑色箭头代表最低亮度，就是纯黑，也可以说是黑场，白色箭头就是纯白，而灰色的箭头就是中间调。通道为 RGB 混合通道。

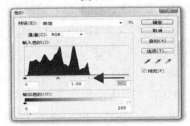

图 3-22

（3）增加图像亮度。如图 3-22 所示，将白色箭头向左拉动，直到上方的输入色阶第 3 项数值减少到 200，形成的一种高光区域合并的效果，增加图像亮度后的效果如图 3-25 所示。

（4）降低图像暗调。如图 3-23 所示，将黑色箭头向右移动就是合并暗调区域。降低图像暗调后的效果如图 3-26 所示。

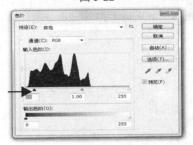

图 3-23

（5）如图 3-24 所示，灰色箭头代表了中间调在黑场和白场之间的分布比例，如果向暗调区域移动图像将变亮，反之则变暗，一般应在这个范围内调整。调整的效果图如图 3-27 所示。

（6）位于下方的输出色阶，就是控制图像中最高和最低的亮度数值。如果将输出色阶的白色箭头移至 200，那么就代表图像中最亮的像素就是 200 亮度。如果将黑色的箭头移至 60，就代表图像中最暗的像素是 60 亮度。

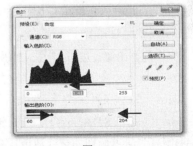

图 3-24

图 3-25

图 3-26

图 3-27

练习 3: 曲线调整色彩

"曲线"是 Photoshop 中最常用到的调整工具,理解了曲线有助于理解很多其他色彩调整命令。

(1)打开图片文件,如图 3-32 所示,将它转为灰度看看亮度的分布情况。(源文件位置:第 3 章\案例与练习 4.jpg)

(2)分析明暗调。图 3-32 所示的图片中近处的树林属于暗调区域,天空属于高光区域,眼前的羊群属于中间调。按【Ctrl】+【Alt】+【Z】组合键撤销转换操作。

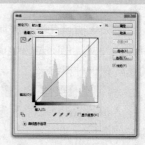

图 3-28

(3)选择菜单【图像】|【调整】|【曲线】命令或按【Ctrl】+【M】组合键,弹出如图 3-28 所示的【曲线】对话框,可以看到其中有一条呈 45° 的线段,就是曲线。注意最上方有一个通道的选项,默认为 RGB 混合通道。

(4)分析曲线。Photoshop 将图像的暗调中间调和高光通过这条线段来表达。如图 3-29 所示,线段左下角的端点代表暗调,右上角的端点代表高光,中间的过渡代表中间调。

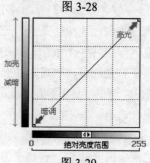

图 3-29

(5)如图 3-29 所示,注意左方和下方有两条从黑到白的渐变条。位于下方的渐变条代表着绝对亮度的范围,所有的像素都分布在 0~255 之间。渐变条中间的双向箭头作用是颠倒曲线的高光和暗调。

(6)如图 3-30 所示,位于左方的渐变条代表了变化的方向,对于线段上的某一个点来说,往上移动就是加亮,往下移动就是减暗。加亮的极限值是 255,减暗的极限值是 0。因此它的范围也属于绝对亮度。

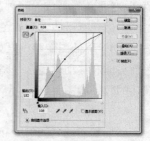

图 3-30

(7)调整图像亮度:如图 3-31 所示,图中提升的 a、b、c 分别代表较暗部分、中间部分和较亮部分的 3 个点位置,相当于加亮。图像看起来变亮了,变亮后的效果图如图 3-33 所示。

(8)以上所述全部是基于 RGB 混合通道,利用曲线调整色彩明暗。也可以分别调整红通道、绿通道和蓝通道来达到色彩调整的目的。

图 3-31

图 3-32

图 3-33

练习 4：利用色彩平衡调整色彩

　　HSB 模型是基于人们对颜色的感觉，来描述颜色的
3 种基本特性。色相表示哪种颜色，饱和度就表明此种颜
色的纯度，亮度就表明此种颜色的明暗。因此，改变 RGB
中的一个值，通常是同时改变某个颜色的饱和度和亮度。

图 3-34

　　（1）打开图像文件，如图 3-34 所示。（源文件位置：
第 3 章\案例与练习）

　　（2）如图 3-35 所示，在这幅图像中建立了 3 排色标，
第 1 排是纯色的红黄绿青蓝品，第 2 排是非纯红黄绿青蓝
品，第 3 排是从白到黑的梯度渐变色。

　　（3）选择菜单【图像】|【调整】|【色彩平衡】命令，
弹出【色彩平衡】对话框，如图 3-36 所示，将红色滑标
从中间拉到右边的红色位置上，观察图像的变化。

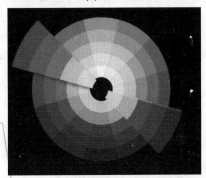

图 3-35

　　观察结果 1：图像增加了红色，图像偏红。检查第
1 排的色标，这些色标的颜色都没变化。因为颜色
处于色轮边缘，色彩完全饱和后就不能改变颜色，
基于补色平衡，补色不会发生变化。

　　观察结果 2：再逐一检查第 2 排非纯色色标，发现
红色升高的同时，青色减少了，证明在补色中只
要增加一个颜色，就会减少另一个颜色的色彩平
衡关系。

　　观察结果 3：再逐一检查第 3 排灰度色标，发现红
色升高，也即改变了色彩平衡关系的同时，灰度
关系中除了纯黑和纯白不变，其他灰度值也是补
色增减关系，增加红色的同时也减少青色。

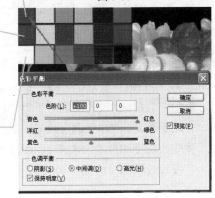

图 3-36

　　（4）结论：用色彩平衡指导校正图像偏色。查看图中灰度色标的 RGB 中缺少绿色，说明
这个图像偏品红。

　　（5）依据色彩平衡，把应该为灰色的地方 RGB 值恢复为等值，图像的偏色就会调整过来。

　　（6）将颜色偏转 180°，可以看见颜色翻转后的负像。

　　（7）将色相偏移 60°，可以看见所有的颜色色标顺时针转了一个颜色，图像也变色。

　　（8）不管如何转动色轮改变色相，灰度色标保持不变。

　　（9）改变颜色的饱和度对灰色并没有影响。改变颜色的明度，只是改变了灰度的明暗，并
不改变灰度的 RGB 等值关系。

练习5：色相与饱和度色彩调整方式

色相与饱和度主要用于改变图像的色相，即改变颜色而不改纹理。

（1）打开如图 3-37 所示图片。（源文件位置：第 3 章\案例与练习）

图 3-37

（2）改变色相。选择菜单【图像】|【调整】|【色相/饱和度】命令，弹出【色相/饱和度】对话框，如图 3-38 所示，改变色相的滑杆位置可以改变图像的色相。
注意：下方有两个色相色谱，其中上方的色谱是固定的，下方的色谱会随着色相滑杆的移动而改变。这两个色谱的状态提示色相改变的结果。

图 3-38

（3）方框内的色相色谱变化情况，在改变之后红色对应到了绿色，绿色对应到了蓝色。观察图像中相应颜色区域的改变效果。红色的苹果变为了绿色，绿色的香瓜变为了蓝色，如图 3-39 所示。

图 3-39

（4）改变饱和度。饱和度是控制图像色彩的浓淡程度，改变的同时下方的色谱也会跟着改变。饱和度调至最低的时候图像就变为灰度图像了。对灰度图像改变色相是没有效果的，如图 3-40 所示。

图 3-40

（5）改变明度也即亮度：如果将明度调至最低会得到黑色，调至最高会得到白色。对黑色和白色改变色相或饱和度都没有效果，如图 3-41 所示。

图 3-41

（6）在对话框右下角有一个【着色】复选框，它是一种"单色代替彩色"的操作，并保留原先的像素明暗度。可将原先图像中明暗不同的红色黄色紫色等，统一变为明暗不同的单一色，如图 3-42 所示。

图 3-42

练习 6：替换颜色命令

【替换颜色】命令与【色相/饱和度】命令的作用相似，其实就是【色相/饱和度】命令功能的一个分支。

（1）打开如图 3-43 所示图片。（源文件位置：第 3 章\案例与实践 7.jpg）

（2）选择菜单【图像】|【调整】|【替换颜色】命令，然后选择要改变的图片颜色区域，在【替换颜色】对话框中就会出现有效区域的灰度图像，如图 3-44 所示。

（3）确定改变有效区域。单击灰度图，呈白色的是有效区域，呈黑色的是无效区域。改变颜色容差值可以扩大或缩小有效区域的范围。

（4）直接在灰度图上单击来改变有效范围，但效果不如在图像中来的直观和准确。单击【确定】按钮即可，也可以在图像或灰度图中按住鼠标左键拖动观察有效范围的变化，如图 3-45 所示。

（5）除了直接对全图进行色彩范围选择以外，也可以事先创建一个选区，然后再使用色彩范围选择选取命令，这样在色彩范围命令的预览图中只会出现所选中的范围，产生的选区也将只限于原先的选区范围之内。

图 3-43

练习 7：反向，产生负片

反相命令是用于产生原图的负片的，每个像素都取其对应值（255-原像素值=新像素值）。

选择菜单【图像】|【调整】|【反相】命令，结果如图 3-46（2）所示。其实就是一种反转负片的处理效果，此效果适合在 RGB 模式中进行。

图 3-44

图 3-45

（1）原图

（2）反相

图 3-46

练习 8：利用图像的亮度调整色彩

从 Photoshop 的通道中可以知道每个像素都有相应的亮度，这个亮度和色相是没有关系的，即同样的亮度既可以是红色也可以是绿色。

（1）打开如图 3-47 所示图片，选择菜单【图像】|【模式】|【灰度】命令更改色彩模式，此时会弹出信息提示框"是否扔掉颜色信息？"。（源文件位置：第 3 章\案例与练习 7.jpg）

图 3-47

> 注意：菜单命令【图像】|【模式】|【灰度】与【去色】命令的算法不同。

（2）选择菜单【图像】|【调整】|【去色】命令或按【Ctrl】+【Shift】+【U】组合键，就可以将图像转为灰度图，如图 3-48 所示。

> 注意：色彩调整命令只是针对单个图层，即使有图层链接或图层组存在也一样。

图 3-48

（3）将图像转为灰度后，观察图像中像素的亮度分布。

> 分析：亮度和灰度差不多，灰度的黑白就如同亮度的明暗，因此灰度也常被用来表示亮度。如图 3-49 所示的灰度图像实际上就代表了图像中的像素亮度。

图 3-49

（4）Photoshop 将图像的亮度大致分为 3 级：暗调、中间调和高光。这是 Photoshop 很重要的一个理念。图 3-47 中"123"较黑的部位属于暗调，图 3-47 中"678"较白的部位属于高光，其余的过渡部分属于中间调。

（5）像素的亮度值在 0~255 之间，靠近 255 的像素亮度较高，靠近 0 的亮度较低，其余部分就属于中间调。这种亮度的区分是一种绝对区分，即 255 附近的像素是高光，0 附近的像素是暗调，中间调在 128 左右。

图 3-50

（6）选择菜单【图像】|【调整】|【亮度/对比度】命令，调整亮度和对比度，如图 3-49 所示，这只是用于粗略地调整。亮度与对比度的设定范围是 100~-100 之间，如图 3-50 所示，为调整的结果。

3.3　案例实现

实现 1：调整色阶，制作春末夏初的三台山

下面利用色阶功能，调整图片色调，制作春末夏初的三台山。

图片的色调主要分为亮调、中间调和暗调，利用色阶调整可以校正图片的色彩。

（1）打开素材文件"三台山.jpg"，如图 3-51 所示。可以看到图片中对比度不足，色彩饱和度不够。

（2）选择菜单【图像】|【调整】|【色阶】命令，弹出【色阶】对话框，如图 3-52 所示。

> 分析：分析图片质量，色阶提示图片亮调部分数量太高，暗调部分数量不足，整个图片色调偏亮，且对比度不够。

（3）将【色阶】对话框中的"输入色阶"滑块向右移动至"1"处，将右边白色滑块向左移动至"2"处，单击【确定】按钮，效果如图 3-53 所示，校色完毕，图片色彩饱和，春意盎然，跃然图上。

图 3-51

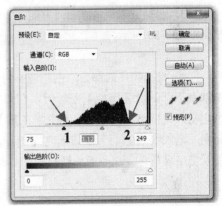

图 3-52

图 3-53

实现 2：曲线调整，制作三台山的秋天

下面利用"曲线"功能调整图片，使其呈现出类似秋天的色彩。

（1）打开素材文件"三台山.jpg"，复制背景层，新建一个"秋"的图层。

（2）选择菜单【图像】|【调整】|【曲线】命令或按【Ctrl】+【M】组合键，弹出【曲线】对话框，如图 3-54 所示。

> 注意：通道是存放颜色的地方，颜色在通道中以亮度呈现，改变了亮度也就改变了颜色。

（3）选择红通道，添加调整句柄，调整曲线的结果如图 3-55 所示。

（4）将植物顶端部分的色彩调整为金黄，植物中部及下部的绿色保持不变，所以在曲线中间加一个句柄，保持下方亮度基本不变；在其上方加 3 个句柄，增加亮度。而天空属于高光部分，要降低，使天空略显蓝色。调整后的结果如图 3-56 所示。

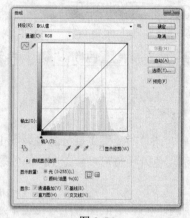

图 3-54

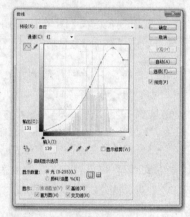

图 3-55

图 3-56

实现 3：曲线与画笔，制作三台山的夜色

下面利用"曲线"和"画笔"的功能来制作三台山的夜景。

（1）打开素材文件"三台山.jpg"，将背景层复制成一个新的图层"夜景层"。

（2）选择菜单【图像】|【调整】|【曲线】命令，弹出【曲线】对话框，如图 3-57 所示。

（3）改变对话框选项相关参数值。使整个图像变暗，改变参数后的效果如图 3-58 所示。

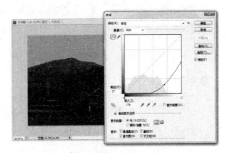

图 3-57

（4）用大小合适的柔化笔刷，设置笔刷的模式为"颜色减淡"，不透明度为 60%，在夜景图像上仔细涂抹各种灯光颜色。

> 注意：要根据不同的位置和不同需要调整笔刷大小，要根据光源效果调整不同明度的黄色或绿色，以达到呈现最佳夜色下的景观的目的。

图 3-58

（5）将天空色彩改为夜色。选择天空区域，设置羽化参数为 20，用深蓝色填充，再调整色彩，调整后的最终效果如图 3-59 所示。

图 3-59

实现 4：曲线与滤镜，制作三台山的冬天

下面利用"曲线"和"滤镜"的功能来制作三台山的冬季美景。

（1）打开素材文件"三台山.jpg"，将背景层复制成"冬景层"，如图 3-60 所示。

（2）打开"通道"面板，可以看到红通道的对比度比较明显。

图 3-60

（3）复制红通道，并对其对比度进行调整，参数值为 20 左右。

（4）返回普通图层，激活红通道副本（按【Ctrl】+红通道副本），载入选区。

（5）对激活的选择区域，填充白色，操作两次，如图 3-61 所示。

（6）白雪皑皑的冬景即呈现在读者眼前，如图 3-62 所示。

图 3-61

图 3-62

3.4 本章小结

通过本章的练习和案例，读者应该掌握以下要点：

（1）色彩原理和色彩编辑管理；

（2）能正确对图像进行色彩校正和色调处理；

（3）基本了解通道与色彩的关系，掌握色阶、曲线、色彩平衡和色彩/饱和度等知识，并能利用色彩特性校正图像色彩，进行色彩加工。

事实上，色彩不仅是物理层面的，更是精神和情感层面的。接下来的小课题将研究色彩的情感意义和色彩的配置方法。

3.5 小课题研究：图像色彩的运用

颜色不会单独存在，它总是和周围其他颜色一起出现的。颜色在图像中是最有吸引力的，它表达情绪，传达潜在信息。事实上，人们用眼睛感受色彩的物理特性，用头脑感受色彩在精神和情感层面传递的信息。当人们看色彩时，常常会想起以前与该色相联系的感受或事物，这种因某种色彩而出现的感受，就称之为色彩的联想。为了合理地表达设计意图，设计者既要能够搭配色彩，又必须了解色彩中所蕴含的情感。本章的小课题将研究色彩的联想与色彩在图像处理实践中的运用。

图 3-63

运用 1：完美的色彩搭配

现在要为图 3-63 中的女孩子设计一个简历封面，要求设计出一种和谐但不失个性的效果，并且仍然保持她的时髦气息。这个任务可以通过颜色搭配来完成。

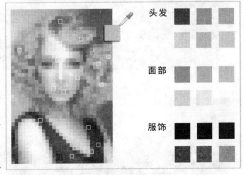

首先放大图片，或者选择菜单【滤镜】|【像素化】|【马赛克】命令后，从图像中取到若干在图像中颜色较多的具有代表性的颜色。这种取色方法，称为"投色法"。从头发、面部和服饰中取到冷暖色调的颜色共 18 种，如图 3-64 所示。

图 3-64

然后再到色轮上查找这些代表色的单色、相邻色和对比色，用它们作为封面的背景。这是一种不易出错的配色法，结果如图 3-65 所示。

图 3-65

运用 2：红色

红色是最具有视觉冲击力的色彩，又是最常见的色彩之一，如红旗、灯笼、鲜花和鲜血等都是红色。红色既热烈又庄重，是令人瞩目和具有震撼力的色彩。红色在东方象征着喜庆和吉祥。正因为红色鲜艳夺目，所以其配色难度较高。

实例说明

如图 3-66 所示，整个画面使用红色作为主色调，给人以喜庆、热闹的感受，加之以少量黄色点缀，会使其热力强盛，趋于躁动，并给人以财富的暗示，从而营造出过年的喜气洋洋的场面。

图 3-66

配色说明

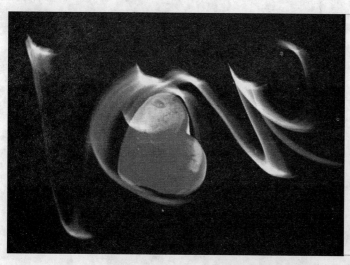

如图 3-67 所示，在红色中加入少量的白，会使其变得温柔，趋于含蓄、羞涩和娇嫩。在红色中加入少量的蓝，会使其热性减弱，趋于文雅、柔和。而流动的蓝光，又使这种沉静多一份灵动。用黑色做红色元素的背景，会使其性格变的沉稳，趋于厚重、朴实。

图 3-67

运用 3：橙色

　　橙色是黄色和红色的混合色，是色彩中最温暖的颜色，容易被人所接受（如秋天、桔子、砖头和灯光等都是橙色的）。橙色会让人想起温暖、欢喜、创造力、鼓舞和独特性，因此橙色代表温馨、活泼、热闹、丰收和朴实。

实例说明

　　在图 3-68 中，整个画面使用橙色作为主色调，表现出猛烈的阳光效果。安抚奶嘴形成的阴影，既强调了防晒霜卓越的防护功能，又暗示了对肌肤无微不至的呵护。

图 3-68

配色说明

　　如图 3-69 所示，在橙色中混入少量的白，制造一种肤色的温暖气氛。
　　在橙色中混入少量的蓝，能够形成强烈的对比，有一种紧张的气氛。
　　在橙色中混入少量的红，则会给人一种明亮、温暖的感受。

图 3-69

运用4：黄色

黄色在彩色中是最明亮的色彩，如阳光、沙滩、香蕉、向日葵、小鸡、面包和菜花等都是黄色。黄色可以给人留下明亮、辉煌、灿烂和愉快的感觉。

因为醒目，黄色常被用作警示色。在中国，黄色象征着权力，并且带有神秘的宗教色彩。

黄色是明亮的，且可以给人甜蜜和幸福感，因此在很多设计作品中常被用来表现喜庆的气氛和华丽的商品。

实例说明

在图 3-70 中用黄色作为主色调，加入一些红色，具有明显的金色的感觉，其性格也会从高傲转化为一种热情和温暖。此色描绘的祖国大地一派欣欣向荣景象。给人以明快、喜悦的感受，引发一种自豪感。

图 3-70

配色说明

如图 3-71 所示，黄色中加入少量的蓝，会使其转化为一种鲜嫩的绿色；加入少量的黑，色感和色性变化最大，会成为具有明显橄榄绿的复色，其色性也变得成熟、随和。加入少量的白，则色感变得柔和，易于被人接受。

图 3-71

运用 5：绿色

　　绿色是介于黄色和蓝色之间的一种颜色，属于较中庸的颜色。植物、树叶和大山都是绿色，因此，绿色代表了生命与希望、青春与活力、和平与安全、松弛与休息。绿色的性格最为平和、安稳、大度和宽容。绿色给人一种柔顺、恬静、满足和优美的感觉。

　　绿色本身具有一定的与自然、健康相关的感觉，所以也经常用于与自然、健康相关的站点。绿色还经常用于一些公司的公关站点或教育站点。

实例说明

　　在图 3-72 中，使用绿色作为背景，表现了一对新人对生活的无限向往和憧憬，绿色中的白则凸显了爱情的纯洁。

图 3-72

配色说明

　　如图 3-73 所示，当绿色中黄色的成分较多时，其性格就趋于活泼、友善，具有幼稚性。

　　在绿色中加入少量的黑，其性格就趋于庄重、老练和成熟。

　　在绿色中加入少量的白，其性格就趋于洁净、清爽和鲜嫩。

图 3-73

运用6：蓝色

蓝色是冷色系中典型的代表，如大海、天空和湖水都是蓝色的，因此它会使人产生一种大气、清凉的感觉。

蓝色具有沉稳感，代表深远、沉静、博大、理智和诚实，因此，在商业设计中强调科技、商务等企业形象时，大多选用蓝色为标准色。蓝色也是网站设计中运用得最多的颜色。

实例说明

在图 3-74 中，整个画面使用蓝色作为主色调，给人以清爽、时尚的感觉。

蓝色中间加少量的白，给人一种活泼感。

图 3-74

配色说明

在图 3-75 中，蓝色中黄色的成分较多，其性格趋于甜美、亮丽和芳香，而混入少量的白，可使蓝色的知觉趋于焦躁、无力。

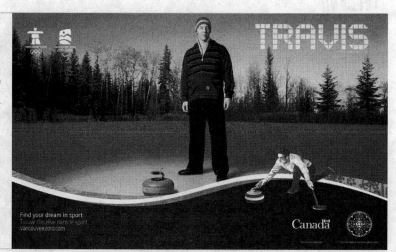

图 3-75

运用 7：紫色

紫色的具象联想：皇家、精神、茄子、熏衣草、紫水晶、葡萄、紫菜和礼服。

紫色具有一种娇柔的、浪漫的品性；通常与中性化产生联系；紫色能够激发人们的想象力，因此通常用紫色来装饰儿童的房间。

实例说明

在图 3-76 中，整个画面使用浅紫色作为主色调，给人以神秘、女性化的感受。

图 3-76

配色说明

在图 3-77 中，紫色中红色的成分较多时，会给人带来一种压抑感和威胁感。

在紫色中加入少量的黄，其感觉就趋于沉闷、伤感和陈旧。

在紫色中加入白色，可使紫色沉闷的性格消失，变得优雅、娇气，并充满女性的魅力。

图 3-77

运用 8：黑色

黑色的具象联想：夜晚、死亡、墨汁、煤炭、毛发、礼服和洋伞等。

黑色的正面联想：权力、威信、高雅、仪式、严肃、高贵、神秘、严肃、刚健和坚实。

黑色的负面联想：恐惧、消极、邪恶、屈服、服丧、懊悔、悲哀、阴沉和冷淡。

黑色服装能使人看上去瘦一些；黑色幽默是病态的；黑色能让和它相配的颜色看上去更明亮；黑色可以激发自信和力量；黑色通常会与黑手党产生联系。

实例说明

在图 3-78 中，整个页面使用黑色作为主色调，给人以晦暗、恐怖的感受，有很强的警示作用。

图 3-78

配色说明

如图 3-79 所示，黑色背景干净简练，恰到好处地衬托出金盏玉杯水仙花的娇容，此手法经常被用于黑白色彩的搭配中。

图 3-79

运用 9：白色

白色的具象联想：雪、白纸、白兔、白云、砂糖、光芒、纯净和面粉等。

白色的正面联想：清洁、神圣、洁白、纯洁、纯真、神秘、完美、美德、柔软、庄严、简洁、真实和婚礼。

白色的负面联想：虚弱和孤立。

白色是表达最完美平衡的颜色，经常会同上帝、天使联系起来。西方文化认为，如果身着白色服装举行结婚仪式，将会给自己带来好运。

实例说明

如图 3-80 所示，整个页面使用白色作为主色调，给人以干净、清爽的感受，和少女纯洁的气质非常契合。

图 3-80

配色说明

如图 3-81 所示，在白色中混入少量的红色，就成为淡淡的粉色，鲜嫩而充满诱惑。

在白色中混入少量的黄色，则成为一种乳白，给人一种香腻的印象。

在白色中混入少量的蓝色，给人以纯洁和洁净的感觉。

在白色中混入少量的橙色，会制造出一种干燥的气氛。

图 3-81

运用 10：灰色

灰色的具象联想：乌云、草木灰、树皮以及中性。

灰色的正面联想：平衡、安全、可信、谦虚、成熟、智能、才智、平凡和古典主义。

灰色的负面联想：阴天、老龄、厌倦、悲伤、失意、缺少承诺、不确定、喜怒无常、优柔寡断和糟糕的天气。

灰色的文化域：在美国，灰色代表荣誉和友谊。在亚洲，灰色代表着和平、中立，有时也代表着孤独。在世界范围内，灰色让人联想到白银和金钱。灰色通常不能引起观众比较强烈的情感变化，它是白色和黑色平衡的结果，其补色也是灰色。

实例说明

如图 3-82 所示，整个页面使用灰色作为主色调，给人以沉稳、大气的感觉。

图 3-82

配色说明

如图 3-83 所示，图中使用灰色作为主色调，给人以沉稳、华美和高级的视觉享受。

图 3-83

本章要点：

- 建立选区
- 修改变换
- 编辑调整
- 效果修饰

本章难点：

- 各种选择工具及变换
- 完成图像组合效果修饰

第4章

选择与编辑

　　选择是进行编辑图像之前需要完成的重要步骤之一，为此，Photoshop 提供了快速有效的选择工具，包括规则选择、按形状选择、按颜色选择以及按形状和颜色选择的工具，掌握各种选择技巧既是图像编辑的基本要求，也是提高编辑图像效率和质量的前提；变换是编辑图像的重要步骤之二，是图像表达信息的基本手段，也是丰富图像形式的重要方法。

　　本章将通过对各种选择和变换工具的介绍结合相应的技巧练习，循序渐进地指导大家学习图像编辑技巧，以达到熟练掌握编辑图像的目的。

　　本章小课题研究平面图像处理中如何突出主体的 8 种思路，以此来练习选择工具的拓展和活用。

本章案例　图像组合，给生活添点乐趣

　　本案例将通过对蔬果材料的选择和变换编辑，合成"蔬果娃娃一家亲"图片，使其充满生活情趣。案例示范如图 4-1 所示。

　　实现案例有如下 3 大步骤：

　　（1）选取元素

　　在 Photoshop 的选择工具中，有基于规则或不规则形状的选择工具；有基于色彩的选择工具；还有就是进一步精确选择的高级工具，合理地利用选取工具从素材中选取组成新图的元素。

　　（2）对图像作变换

　　图像编辑是图像处理的基础，利用变换工具对图像作各种变换，如放大、缩小、旋转、倾斜、镜像、透视和位移复制等，掌握变换技巧，丰富图像的表达形式。

　　（3）图像合成

　　图像合成则是将合成图像的元素通过图层操作、工具应用合成完整的、传达明确意义的图像。

（1）

（2）

（3）

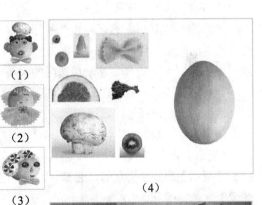

（4）

（5）

（6）

（7）

图 4-1

　　本案例通过蔬果的拼贴组合"一家亲"图片，图片实现了图像编辑中的选择与变换、技巧与艺术创意的融合。（源文件位置：第 4 章/案例与练习）

4.1　基于轮廓形状的选择工具

　　有些选择对象的外形非常规则，如圆和矩形；有些对象的外形虽然不规则，但与背景的对比差异较大，这些都可归结为基于形状的选择，形状选择的工具包括矩形、椭圆、单列/单行选框工具，它们是基于实际操作建立选区的。形状选择工具还有套索、多边形套索工具，它们是基于手动绘制的，不具备检测颜色、亮度、饱和度或更改位置的功能，确定选择区域完全取决于手和眼。

练习 1：使用规则选择工具

　　（1）新建一空白文件，尺寸为 500×500。

　　（2）试用选择工具。单击工具栏的"选择"图标，如图 4-2 所示。图中 1 是 4 个规则的选择工具，图中 2 是相应的工具属性栏，图中 3 是选择矩形或圆形选择工具后，在空白处单击鼠标、并向对角拖拽后所得的选择区域。

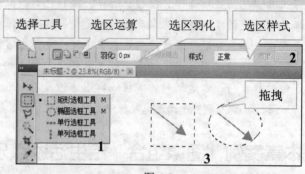

图 4-2

　　（3）移动选区。在选区内按住鼠标左键不放拖动到新位置释放鼠标即可。此操作的前提是必须使用选取工具且运算方式为新选区，光标为 时才可用。移动过程中按【Shift】键可保持水平或垂直或 45°方向，移动后选区的大小不变。

　　（4）工具应用。打开图片"虎年有信"。通过选择等编辑操作，突出老虎主体，过程如图 4-3 所示。其中【反向】是通过选取菜单中【选择】|【反向】命令来实现的，选择图像中未选择部分。

（1）

（2）

（3）

图 4-3

　　提示：选择菜单中【选择】|【修改】命令可以修改选区的边界、大小或羽化等属性，如图 4-4 所示。

　　其中"扩大选取"是指扩展选区以包括颜色上相似的区域。"平滑"是指清除留在基于颜色的选区内或外的所有偏离的像素。此例选区的边缘都是光滑而坚硬的，也许这不是图像处理的唯一追求，有时候，也需要柔滑边缘，需要去除"锯齿"以使边缘更柔和。Photoshop 提供两种方法来平滑选区的硬边："羽化"和"消除锯齿"。

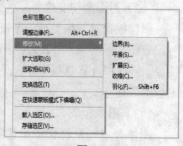

图 4-4

练习 2：软化选区边缘

（1）羽化。通过创建选区与其周边像素的过渡边界，使边缘模糊称之为羽化。柔滑边缘的宽度，是指从清晰到不清晰直到消失的一个过渡的宽度值，如图 4-5 所示即为未羽化及羽化后效果的对比图。

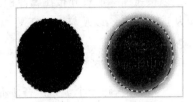

图 4-5

（2）在选择选区前定义羽化。单击【选择】图标，在选择工具属性栏的【羽化】框中输入一个羽化值，该值定义羽化边缘的宽度，范围从 1~260 个像素。

（3）在选择选区后定义羽化。选择菜单中【选择】|【羽化】命令，输入"羽化半径"值，然后单击【确定】按钮即可。

> 提示：在使用选框、套索、多边形套索或磁性套索工具时，可以定义羽化，也可以将羽化添加到一个现有的选区。在移动、剪切或拷贝选区时，羽化效果会变得很明显。

（4）消除锯齿。如图 4-6 所示，通过软化每个像素与背景像素间的颜色过渡，使选区的锯齿状边缘得到平滑的操作称之为消除锯齿。由于只更改边缘像素，不会丢失细节，因此在剪切、复制和粘贴选区创建复合图像时，消除锯齿非常有用。

图 4-6

> 提示：对套索、多边形套索、磁性套索、椭圆选框和魔棒工具，如果使用【消除锯齿】，必须事先指定。如果先建立选区，再添加【消除锯齿】选项，则【消除锯齿】选项无效，这也是先选后做原则。

（5）羽化的应用。现在有一张非常喜欢的图和一些非常喜欢的文字，需要放在同一个地方，它们会彼此争夺版面空间，必须让其中一个元素做出空间上的让步。对这个问题的分析处理过程和处理结果如图 4-7 所示，其中图 4-7（1）是原始图，图 4-7（2）是改变明度后的图，图 4-7（3）是使用羽化技术后的图。

（1）

（3）

（2）

图 4-7

选择工具属性栏选区有几种运算方式。所谓选区的运算是指添加、减去和交集等操作。它们以按钮图标形式分布在属性栏上。它们的按钮图标形式分别有：新选区█、添加到选区█、从选区减去█以及与选区交叉█。

练习3：选区运算

（1）新建一个画布，在画布上随手画一个矩形选区，然后分别试验各种选区运算的效果，如图4-8所示。

（2）试用运算。单击选区工具会发现新选区图标█处于激活状态，在新选区状态下，新选区会替代原来的旧选区。相当于取消选择后重新选取。

（3）添加到选区█。在添加状态下，光标变为┼┼，拖动鼠标，新旧选区将同时存在于当前画面上。

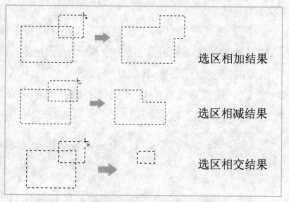

选区相加结果

选区相减结果

选区相交结果

图 4-8

（4）与选区交叉█。当新选区与旧选区有相交部分时，就留下两者相交的区域。

（5）从选区减去█，当新选区与旧选区有相交部分时，减去两者相交的区域。

（6）选区运算的应用。如图4-9所示，选区运算分3步操作：图4-9（1）是两圆形选区相减；图4-9（2）是两矩形相减；图4-9（3）是中间矩形相加；图4-9（4）是填色后的作品。

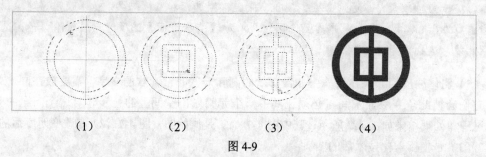

（1）　　　　　　（2）　　　　　　（3）　　　　　　（4）

图 4-9

提示：

1. 为了操作方便，请使用参考线。选取菜单中【视图】|【参考线】命令，还有相应的隐藏和清除参考线命令。

2. 按【Alt】键和鼠标左键不放，拖拽鼠标，是从中心出发，按住【Shift】键和鼠标左键，是选正圆。

3. 相加或相减操作过程中，必须先释放鼠标，后释放【Alt】键，以保证操作成功。

4. 以上4种选区运算方式对于所有的选区工具都是通用的，任何选区工具都具有这4种运算方式，且这些运算方式不局限于某一种工具内，可以用套索工具减去魔棒工具创建的选区，也可以用矩形选框工具加上椭圆选框工具创建的选区，具体情况具体分析。

实际上，仅有方和圆这样的规则选择工具，并不能满足复杂图形的选择。Photoshop 提供了很多不规则选区的工具，例如套索工具，就是用来选择不规则的形状的。不过，不规则选区的工具对操作技巧是有一定要求的。

练习 4：不规则选取工具

（1）打开"叶子"图片文件，原图如图 4-11（1）所示，选择其中一片叶子。

（2）试用套索工具。单击工具栏中"套索"工具或按【L】键选择套索工具，按【Shift】+【L】键在 3 种套索工具之间进行切换，如图 4-10 所示。

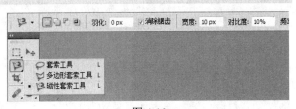

图 4-10

（3）选择工具栏中"套索"工具 ，它是抠曲线的工具。移动鼠标指针到欲选对象边缘的某一点处，沿着边缘拖动鼠标选取需要选定的范围，如图 4-11（1）所示。套索工具只能选取大概范围。

（4）选择工具栏中"多边形套索"工具 ，它是抠直线主体的有用工具。用鼠标左键沿主体边缘边前进边单击，会产生一个个直线片段，按【Delete】键取消最近的一个直线片段，按住【Shift】键可以产生 45°的斜线、垂直线，最后一次单击即产生闭合选区，如图 4-11（2）所示。多边形套索工具控制直线非常方便，但对于曲线效率不高。

（5）选择工具栏中"磁性套索"工具 ，它具有与魔棒工具类似的以颜色为界限的自动选择功能，是抠图的主力工具，在使用时注意选择容差值和控制节点，如图 4-11（3）所示。

（6）磁性套索切换到另外两种套索。先按住【Alt】键，再将操作方式改为普通套索（或多边形套索）即可。绘制时，若将节点放错了位置，按【Delete】和【Backspace】键进行修改；若要增加或减少选区，按【Shift】或【Alt】键即可。

（7）完成选区的选择。按【Enter】键或双击即可闭合选区完成选择任务。

（1）

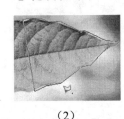
（2）

（3）

图 4-11

> 提示：遇到凸凹变化剧烈的边缘，要边移动边单击（切勿双击），以产生出强制锚点来确保走线的正确。操作过程中，必要时可用放大或缩小图像（快捷键如【Ctrl】+【+】或【Ctrl】+【-】）。磁性套索工具也可归类到基于颜色的选择工具，下文将详细介绍。

4.2　基于颜色的选取工具

有些操作对象的背景颜色一致或大致相同，使用颜色选取，就会事半功倍。颜色选取是一种过程化方法，它是基于图像颜色的属性色相、饱和度和亮度信息来定义选区的。

练习5：使用磁性套索工具

磁性套索是基于像素的实际接近度来建立选区的，使用时取决于特定的边缘和特殊的图像，适用于快速选择。

（1）打开图片文件"海星.jpg"，如图4-12所示，观察图像中主体对象与背景的关系，发现图像的背景色单一，但主体对象边缘复杂。

（2）单击工具栏中"磁性套索"工具。磁性套索工具属性栏如图4-12所示。

图4-12

（3）单击起始点，沿着主体对象轻移鼠标，移动鼠标的过程中感觉有一种磁力吸附节点。

（4）关注磁性套索工具属性面板的各项属性值含义。选择对象的过程如图4-13所示。

"羽化"值指虚化的边缘的宽度，就是从清晰到不清晰直到消失的一个过渡的宽度值。

"宽度"值是用来定义选区检索的距离范围。

"边对比度"值是用来识别绘制的对象与周围环境的对比度（或敏感程度），值越小，识别越低（越不精确），反之则相反。

"频率"值是用来控制套索工具放置时定义的点数，值越小，点数越少。

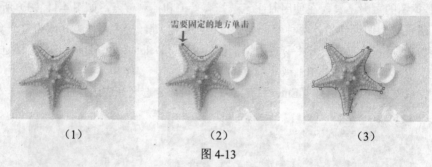

（1）　　　　　　　　　（2）　　　　　　　　　（3）

图4-13

练习6：使用魔棒工具

魔棒工具也是一种基于颜色的选择工具。它是基于邻近像素的颜色值来建立选区（选取相同色彩范围内的像素），而不必跟踪其轮廓。其优点是建立选区快捷而简单。

其中"容差值"确定魔棒工具的选择范围，数值越高，选择的范围就越大，即选取相同相近颜色的能力就越大；反之，选择的范围就小，但取值太大不利于快速选取。

（1）打开"蘑菇.jpg"图像，图像背景是一个渐变色，虽然简单，但不能一次完成选择。单击工具栏中"魔棒"工具，并单击"选区相加"按钮，设置容差值为20，如图4-14所示。

图4-14

（2）打开"蘑菇"图片，如图 4-15（1）所示。

（3）单击背景，容差值默认情况下是 32，如图 4-15（2）所示，将容差值改为 20 后的"蘑菇"图片如图 4-15（3）所示。

（4）将"蘑菇"图片的选区与背景选区进行相加，如图 4-15（4）、图 4-15（5）所示。

（5）最后再进行反射选择，如图 4-15（6）所示，即完成了"蘑菇"图片的魔棒选择。

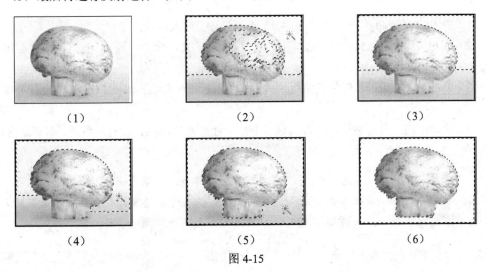

图 4-15

练习 7：使用魔术橡皮擦工具

（1）单击工具栏中的"橡皮擦"工具，弹出橡皮擦属性工具面板，如图 4-16 所示。

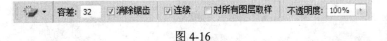

图 4-16

（2）打开"蝴蝶结.jpg"图片，如图 4-17（1）所示，发现图片背景色比较单一，但层次较多，魔术橡皮擦工具是理想的去背景工具。通过删除背景，把对象从背景中分离出来，从背景中分离出来的"蝴蝶结"如图 4-17（2）所示。

（1）

> 提示：与魔棒工具相比，魔术橡皮擦工具生成的不是选区，而是一个分离在外的透明层对象，把单色区域删除变成透明。控制透明度，使用"不透明度"选项，值越高，擦除效果越强。使用魔术橡皮擦工具后，自动将背景层转换为图层。

（2）

图 4-17

通过上述选取工具的学习，发现将图像中的部分图像提取出来，是一项既简单又复杂的事情，即使使用磁性套索、魔棒等工具，有时仍会达不到预期的抠图目标，不过，Photoshop 还提供了一种简单实用、且较为精确的方法，即快速蒙版工具。

注意：快速蒙版就是选框的外部（选框的内部就是选区）。蒙版一词来自生活应用，也就是"蒙在上面的板子"的含义。Photoshop 中有快速蒙版、图层蒙版以及通道蒙版等，快速蒙版是用来静态地编辑选区的。

练习 8：快速蒙版

（1）打开"橙子.jpg"图片，如图 4-18 所示并适当放大图片大小。

（2）观察快速蒙版。先用椭圆选框工具或套索工具，在图像上任画一个选区，如图 4-18（2）所示。

（3）单击工具栏中的"以快速蒙版模式编辑"图标 ，或按【Q】键，如图 4-18（3）所示。

（4）此时出现一片红色区域，即为快速蒙版。注意在选区内，没有红色的，只有选区以外才有红色，如图 4-18（4）所示。

提示：凡是选区内，图像完全透明，不发生任何变化。凡是选区以外，就用红色的蒙版给蒙起来。那么，只要改变红色的区域大小形状或者是边缘，也就改变了选区的大小形状或边缘。所以说：蒙版就是选区，只不过形式不一样而已。

（5）改变选区的边缘。用画笔工具，白色为增加选区，黑色为减小选区，灰色为羽化选区，如图 4-18（5）所示。

（6）单击"以标准模式编辑"图标 ，或按【Q】键，蒙版变成了选区，如图 4-18（6）所示。

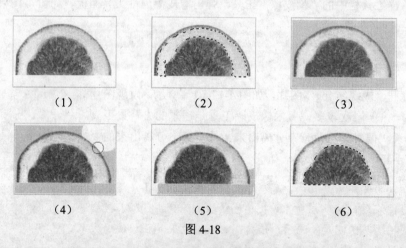

（1）　　　　　　　　　（2）　　　　　　　　　（3）

（4）　　　　　　　　　（5）　　　　　　　　　（6）

图 4-18

提示：在做选区的时候，也不必先画一个椭圆了。打开照片，转入蒙版模式，用黑色画笔把不要的部分涂抹出来，再用白色画笔进行修改，再转回到标准模式，选区就有了。或者是打开照片，进入蒙版模式后，给整个图片填充黑色，这样，全图为半透明的红色，再用白色画笔画出需要保留的部分。这个方法用于抠图也是非常有效的。

当在"快速蒙版"模式中工作时，"通道"调板中出现一个临时快速蒙版通道。但是，所有的蒙版编辑是在图像窗口中完成。

练习 9：使用色彩范围命令

图 4-19

（1）【色彩范围】命令：根据取样颜色选取连续的和非连续的颜色。与魔棒工具相比，色彩范围提供了更多的选取控制，并且更清晰地显示了选取的范围，如图 4-19 所示。

（2）选取菜单【选择】|【色彩范围】命令，在【色彩范围】对话框中给出了选区的灰度图像，白色区域代表选中，黑色区域代表未选中，灰色区域代表部分选中。

（3）对话框中的"容差值"与魔棒工具的选项相同；按【Ctrl】键，在对话框中的"图像"和"选区范围"之间切换预览；增加或减少选区，按【Shift】或【Alt】键即可。

> 提示：如果遇到更为细致复杂的对象，如花瓣之类的边缘，Photoshop 也提供了更好用的抠图工具，即滤镜中的"抽出"工具。这个工具可以将对象与其背景分离，无论对象的边缘是多么细微和复杂，使用抽出命令都能够达到满意的抠图效果。

练习 10：根据形状和颜色选区

（1）【抽出】命令：用来分离复杂的图像与背景之间的关系。通过把层中其他所有像素擦除并替换为透明色，从而将所需的图像部分分离出来，其作用类似于背景橡皮擦。

（2）选择菜单【滤镜】|【抽出】命令，弹出【抽出】对话框。选择画笔大小，标记要选择的对象边缘，对要保留的部分进行填充，然后进行预览，再用此工具中的"橡皮擦"工具对抽出的效果进行修饰，如图 4-20 所示。

（3）单击【确定】按钮，其结果如图 4-21 所示，此时背景为透明色。

（4）替换背景色。在图层下方，新增一图层，填充黑色，结果如图 4-22 所示。

图 4-20

图 4-21

图 4-22

> 提示：去外景拍花，可以带上黑白两色色板，充当背景，有时黑色外衣也可移用，如图 4-23 所示。这样将大大减少时间成本，如果需要二次修改，也将减轻劳动强度。
>
>
> 图 4-23

4.3　保存选区

有时候需要把创建好的选区存储起来，以方便今后再次使用，这就要使用选区存储功能。用通道存储选区的流程如图 4-24 所示。

练习 11：保存一个选择

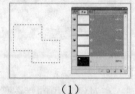

（1）

（2）

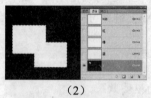

（3）

（4）

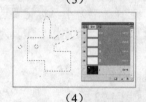

（5）

图 4-24

（1）新建一个文件，在工作区建立一个选区。

（2）选择菜单【选择】|【存储选区】命令保存选区。在【存储选区】对话框中输入保存选区的名称，并单击【确定】按钮。

（3）按【Ctrl】+【D】组合键，取消该选区。工作区中的选区已释放，但是所保存的选区已经保留在通道里了。

（4）检查通道面板，看到选区保存通道。

单击【alpha 通道】控制面板，激活选区。

（5）直接编辑通道选区。用黑色或白色画笔编辑，白色增加选区，黑色减少选区。

（6）用白色画笔单击画布空白处，增加了一个白点和两只耳朵。实际上就是在通道增加了选区。

（7）选区的应用。新建一图层，按【Ctrl】键并单击【alpha通道】控制面板，载入选区。或者选取菜单【选择】|【载入选区】命令，也可载入在通道中的选区，用油漆桶填色。

（8）只要是在 psd 格式下，选区可随时调用。

提示：选区的保存和载入，在载入选区的时候，操作方式会有选区运算选项，如图 4-25 所示。实际应用中，复杂的图像选区往往需要对不同部分采用不同方法来完成选取，操作中应注意随时保存自己建立的部分选区，然后结合上面载入选区的各种方式，将各个部分选区合理的合成为所要的完整选区。

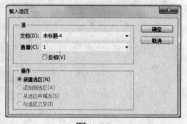

图 4-25

4.4　变换和编辑

在图像处理过程中，所选对象并非最终应用的结果，需要对其进行适当的变换（如大小、方向、透视、变形或扭曲等）后，才能应用于作品。

练习 12：变换

（1）选取变换对象。如图 4-26 所示，蔬菜娃娃头上的菠菜花图案，是通过对选取的"菠菜"元素旋转复制而得到的。通过选择菜单【编辑】|【变换】命令来实现。

（2）直接用快捷方式来实现变换。选取对象后，按【Ctrl】+【T】键，出现变换面板。设计旋转角度，如图 4-27（2）所示。

（3）按【Ctrl】+【Alt】+【Shift】+【T】键，实现旋转并复制图像，如图 4-27（3）所示。

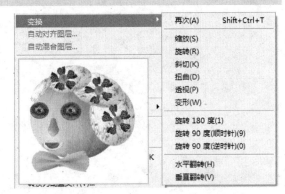

图 4-26

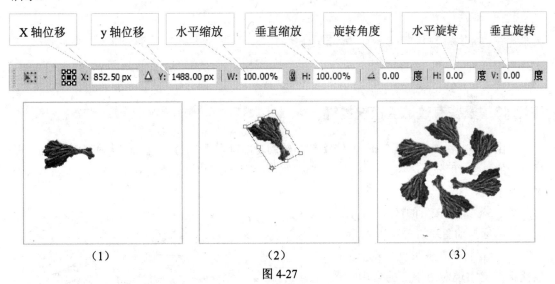

图 4-27

（4）自由变换的快捷键为按【Ctrl】+【T】键，还有 3 个辅助功能键，即【Ctrl】、【Shift】和【Alt】键，其中【Ctrl】键控制自由变化；【Shift】键控制方向、角度和等比例放大缩小；【Alt】键控制中心对称。上述键组合后变换，几乎能涵盖菜单命令【编辑】|【变换】中的所有命令。除了用菜单的方法来旋转变换外，在做图像变换时，使用快捷键更直接有效。将一列圆圈复制旋转变换，不断改变中心转轴，会出现相应的变化。

（5）练习快捷键。改变中心点，并练习制作如图 4-28 所示的几种图案，并总结规律。

图 4-28

练习 13：一些有效的变换快捷键

自由变换的快捷键为【Ctrl】+【T】键，辅助功能键有【Ctrl】、【Shift】和【Alt】键。根据不同的组合，可分为 8 组。其中【Ctrl】键控制角度变化；【Shift】控制等比例放大缩小；【Alt】键控制中心对称。

● 3 键均不按下的情况下，用鼠标拖动图片如图 4-29 所示。

（1）鼠标放在变形框角点上并按住鼠标左键实现对角不变的自由矩形变换（可反向拖动，形成翻转图形）；

（2）鼠标放在变形框边点上并按住鼠标左键不放实现对边不变的等高或等宽的自由矩形变换；

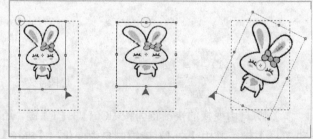

图 4-29

（3）鼠标放在变形框外并按住鼠标左键拖动实现自由旋转角度变换，精确至 0.1°。

● 按下【Ctrl】键，按住鼠标左键
拖动，如图 4-30 所示。

（1）鼠标放在变形框角点上并按
住鼠标左键实现对角为直角的自由四
边形变换；

（2）鼠标放在变形框边点上并按
住鼠标左键实现对边不变的自由平行
四边形变换；

（3）【Ctrl】键对角度无影响。

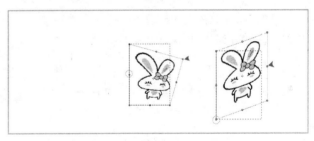

图 4-30

● 按下【Shift】键，用鼠标拖动如
图 4-31 所示的图片。

（1）鼠标放在变形框角点上并按
住鼠标左键实现等比例放大或缩小变
换（可反向拖动，形成翻转图形）；

（2）鼠标放在变形框边点上并按
住鼠标左键图像没有任何变化；

（3）按住鼠标左键在变形框外拖
动实现 15°增量旋转角度变换，也可
作 90°、180°顺/逆时针旋转。

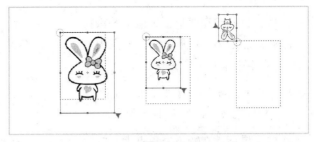

图 4-31

● 按【Alt】键，按住鼠标左键并
拖动图片，如图 4-32 所示。

（1）鼠标放在变形框角点上并按
住鼠标左键实现中心对称自由矩形
变换；

（2）鼠标放在变形框边点上并按
住鼠标左键实现中心对称的等高或等
宽自由矩形变换；

（3）【Alt】键对角度无影响。

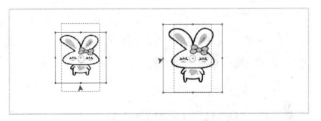

图 4-32

● 按【Ctrl】+【Shift】键，用鼠标
拖动图片如图 4-33 所示。

（1）鼠标放在变形框角点上并按
住鼠标左键实现对角为直角的直角梯
形变换；

图 4-33

（2）鼠标放在变形框边点上并按住鼠标左键实现对边不变的等高或等宽的自由平行四边形变换。

● 按【Ctrl】+【Alt】键，用鼠标拖动图片如图 4-34 所示。

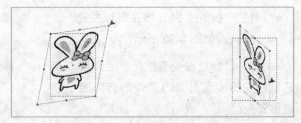

图 4-34

（1）鼠标放在变形框边点上并按住鼠标左键实现相邻两角位置不变的中心对称自由平行四边形变换；

（2）鼠标放在变形框边点上并按住鼠标左键实现相邻两边位置不变中心对称自由平行四边形变换。

● 按下【Shift】+【Alt】键，用鼠标拖动图片，如图 4-35 所示。

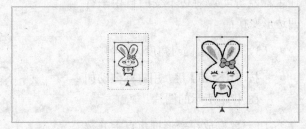

图 4-35

（1）鼠标放在变形框角点上并按住鼠标左键实现中心对称的等比例放大或缩小的矩形变换；

（2）鼠标放在变形框边点上并按住鼠标左键实现中心对称的等高或等宽自由矩形变换（此时【Shift】无作用）；

（3）【Shift】键控制角度。

● 按下【Ctrl】+【Shift】+【Alt】键，用鼠标拖动图片如图 4-36 所示。

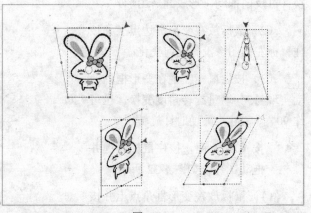

图 4-36

（1）鼠标放在变形框角点并按住鼠标左键实现等腰梯形、三角形或相对等腰三角形的变换；

（2）鼠标放在变形框边点并按住鼠标左键实现中心对称等高或等宽的自由平行四边形变换。

练习 14：选取变换与图案设计

旋转复制的拓展运用：使用【Ctrl】+【Alt】+【Shift】+【T】组合键，可以实现快捷的旋转复制操作。反复对选取的对象进行复制、平移、旋转变换，可以实现图像的矩阵排列。

练习制作简单封面，过程如图 4-37 所示。具体操作步骤如下：

（1）复制圆并平移，使圆与圆之间彼此相切，如图 4-37（1）所示。

（2）横向平移圆，形成第 1 组，如图 4-37（2）所示。

（3）将第 1 组纵向平移形成第 2 组，如图 4-37（3）所示。

（4）将第 2 组复制成第 3 组，并使之交错，如图 4-37（4）所示。

（5）将图片进行填色处理后，即可做成封面，如图 4-37（5）所示。

（6）将原图填色，复制一层后交错平移，改变其不透明度，如图 4-37（6）所示。

（7）再复制一层，换成绿色，交错平移，改变其不透明度，如图 4-37（7）所示。

（8）去掉四周角度图案，在图中 2/3 处画一正圆，填上 80%的白色，写上书名，如图 4-37（8）所示。

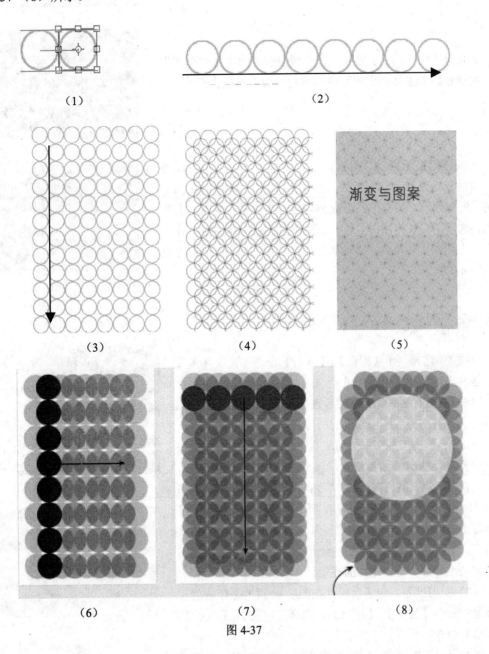

图 4-37

4.5　调整和剪裁图像

（1）

如果对图片不满意，可以使用裁剪工具裁剪图片，以改善其构造或者放大场景中的特定元素。

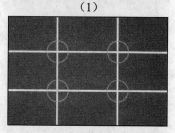

（2）

如图 4-38（1）所示的鸽子居于画面中心的构图，会产生静止的感觉，若主体偏离画面中心的构图会显得更自然些。

（3）

图 4-38

一般遵循摄影构图 3 分法：在将主体置于画面中心以外时，可用 3 分法作为构图指导，如图 4-37（2）所示。在拍照之前，先想象一下将整个画面纵横均分为 3 等份，得出 4 个交叉点，这便是良好构图中主体应处的位置。而具体将主体置于哪个点上则由主体本身和设计者想如何表现它来决定。最终效果如图 4-37（3）所示。

练习 15：剪裁图像的 3 种方法

方法 1：选择菜单【图像】|【画布】命令，输入具体尺寸，这种剪裁需要事先精确量定。

方法 2：进行区域选择，然后选择菜单【图像】|【裁切】命令。这将剪切所选区域以外的图像部分。

方法 3：单击工具箱中裁剪工具图标 ⊐。这个工具允许仔细选择将要修剪的图像位置，保留其余的图像区域。

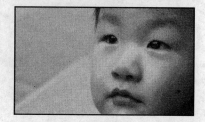

（1）

（1）裁剪应用：打开图片"我的奇奇.jpg"，如图 4-39（1）所示，分析图片构图上存在的几个问题：首先画面左侧奇奇妈妈的衣物属于无用留空；其次奇奇的面积比黑色块小得多，主体不够突出；最后一点奇奇目光方向似乎与妈妈运动方向不一致，有点走神的样子。

（2）裁剪准备。为了精确地按照 3 分原则进行裁剪，选择菜单命令【视图】|【标尺】，选择【视图】|【显示】|【网格】命令。

（2）

图 4-39

（3）使用 Photoshop 的裁剪工具，确保此时工作图层为"照片层"。

（4）参照 3 分裁剪区域拖曳出裁剪选区。按【Enter】键即完成了对图片的精确构图裁剪。旋转画布，使奇奇眼神朝向里面，充满了向往。最终的效果图如图 4-39（2）所示。

练习 16：裁剪运用拓展

练习 15 中通过剪切操作改变了作品的观赏性，如果对一幅肖像进行恰当的剪切处理，那么可以使整个画面更具有冲击力和吸引力。尤其是当这些图片中心人物要组成一个团队的时候，更要对他们进行精心组织。

图 4-40 中的每一张照片看起来都很有趣，但是由于拍摄角度不同，如果将他们放在一起时，看起来不协调，甚至有些乱。因此需要对这些照片进行剪切，以吸引读者的注意力。

图 4-40

图 4-41 中最关键的一点是使这些照片都有同一个尺寸，而且要使它们看起来都像在拍照的时候是以相同距离照出来的。

图 4-41

图 4-42 说明图片也可以进行压缩裁剪，这样就可以让出多一些空间出来，放入更多的文字内容，如图 4-43 所示。

图 4-42

图 4-43

练习 17: 调整图像的大小

（1）打开任意图像文件。

（2）选择【图像】|【图像大小】命令弹出【图像大小】对话框，如图 4-44 所示。

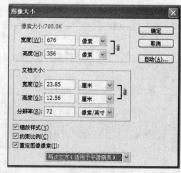

（3）"像素大小"是指显示图像在屏幕上使用的像素尺寸。

（4）"文档大小"是指显示在打印输出时的实际尺寸，如毫米或英寸是图像的常用尺寸。

（5）"分辨率"是指将决定印刷图像的真实水平。

图 4-44

> 注意：分辨率在显示器上没什么区别，因为显示器有同样的分辨率，只有高度和宽度的区别。例如：
>
> 5 厘米×5 厘米，每英寸 300 点的分辨率，591×591 像素
>
> 5 厘米×5 厘米，每英寸 50 点的分辨率，98×98 像素
>
> 同样大小的图片，但由于分辨率不同，输出图片是不一样的。

（6）当一个图像大小有必要添加或删除像素，以适应新的图像大小时，这种改变图像中像素的过程被称为重采样。每次重采样的图像，是根据像素的色彩来增加或删除图片像素，这意味着每做一次，图像质量恶化一次，并且此过程是不可逆的。

练习 18: 检查图像尺寸

Photoshop 提供了多种方法，以显示图像的大小。

（1）选择菜单【视图】|【打印尺寸】命令，这时给出了一个将打印的图像尺寸。它在屏幕上宽大约为 42%，因为这是打印尺寸，只是粗略的估计，监视器尺寸不同意味着显示也会不同。

（2）查找在屏幕左下角，你会看到状态栏上表明当前文件的大小。这里有两个尺寸，一个是一般图像尺寸，另一个是"图层"的图像尺寸。

（3）单击该文件的大小指标三角形按钮，弹出一个菜单如图 4-45 所示，可以选择其他的选项使其显示，当前显示的是文档大小。

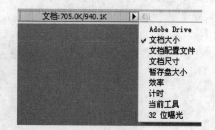

图 4-45

4.6　案例实现

图像的合成常常需要从广泛的、多样的素材中提取大量的画面，也就是组合图像的元素，使元素有价值，并将它们有效地融合在一起。先来看看素材和结果，如图 4-45 所示。（源文件位置：第 4 章\4-1、4-2、4-3）

在一张白纸上的素材，并不是拿来就可以用，而是首先要将图像中有用的部分（称组合元素）从画面中精确地提取出来，称为抠图或者去底，也即"先选后做"原则。通过本案例，来学习使用 Photoshop 的各种选择工具以及 Photoshop 的菜单和图层。

（1）启动 Photoshop，选择菜单【文件】|【打开】命令，打开素材文件，如图 4-46 所示。

（2）新建一新文件，并命名为"蔬菜娃娃"。选择菜单【文件】|【新建】命令，弹出【新建】对话框，并对其进行命名。

（3）现在 Photoshop 的工作区有两个图像文件，一个是素材文件，另一个是新建的"蔬菜娃娃"文件，现在要从源文件中选取对象，然后组合到目标文件。

图 4-46

（4）使用磁性套索工具选出蜜瓜，作为娃娃的脸，如图 4-47 所示。选取后复制并粘贴到新建文件中，形成图层 1。

（5）使用椭圆选择工具选择桔子，作为娃娃的眼睛，如图 4-48 所示。选取后复制并粘贴到新建文件中。单击移动工具图标将元素移至合适位置，形成新图层 2。

（6）依照此法选择洋葱作为娃娃的眼球，选取后复制并粘贴到"蔬菜娃娃"文件中，并用移动工具调整位置，形成图层 3。

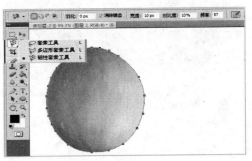

图 4-47

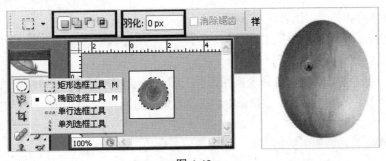

图 4-48

（7）分别复制图层 2，图层 3，并用移动工具对其位置作出调整，形成娃娃左眼和右眼。

（8）用魔棒工具选取蘑菇，作为娃娃的帽子。操作时步骤较多，请参考前面练习 6 的方法，然后复制并粘贴到目标文件中，注意调整图层顺序，使帽子在蜜瓜的后方。

（9）用魔棒工具选取菠菜做娃娃的左眉，然后复制并粘贴到目标文件中。再复制一层菠菜做娃娃的右眉。选择菜单【编辑】|【自由变换】|【水平翻转】命令，结果如图 4-49 所示。

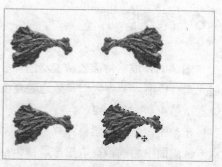

图 4-49

（10）以此类推，完成其他若干图层的变换操作，如图 4-50 所示。

（11）利用【变换】命令，重新组合图像。组合的效果如图 4-51 所示。

图 4-51

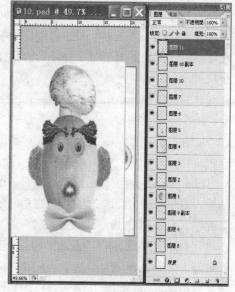

图 4-50

4.7 本章小结

通过本章学习和练习，读者应该掌握：

1. 建立选区。精通各个选择工具和命令的使用方法，精确地选取复杂形状的物体；正确建立选区的形状与组合运用。

2. 修改变换。对选区进行各种变换操作，了解选区与通道的关系和转换方法。

3. 编辑调整。熟练使用各个编辑命令，正确理解其内涵和组合操作；能够与其他功能综合应用。

4. 剪切调整。熟练使用剪切工具，正确理解剪切的内涵和操作。

5. 效果修饰。能够与其他功能组合修饰效果图。

下面的小课题将研究如何利用选择技术和其他如路径、色彩等技术突出主体的构图技术。

4.8 小课题研究：突出主体的 9 种技术

研究构图主要是研究在一个平面上如何处理好三维空间——高、宽、深之间的关系，以突出主题，增强艺术的感染力。构图处理是否得当，是否新颖，是否简洁，对于作品的影响是很大的。成功的构图能使作品内容顺理成章，主次分明，主题突出，赏心悦目；反之，就会影响作品的效果，没有章法，缺乏层次感。

技术 1：背景疏密法

"疏可跑马，密不透风"。中国画家常用这两句话强调疏密、虚实之对比，以反对平均对待和现象罗列。疏，指空的地方"可以跑开奔马"，意指要留有相当的空间；密，指密集的地方，要连风都透不过去。下面来看看如何通过疏密处理来突出主体。

图 4-52 是散落一地的钱币，密不透风，缺乏冲击力，这种将所有版面空间都挤得满满当当的设计，在视觉上缺乏冲击力。

图 4-52

图 4-53 中减去了一些钱币，版面有了呼吸的空间，而且钱币摆放的位置，巧妙地将视线引向了标题。

图 4-53

如图 4-54 所示为 Photoshop 处理过程的示意图。将正空间的面积去掉一半，注意它的形状，如图 4-54（2）所示，再将副空间填充颜色如图 4-54（3）所示，最后放上其他元素如图 4-54（4）所示。

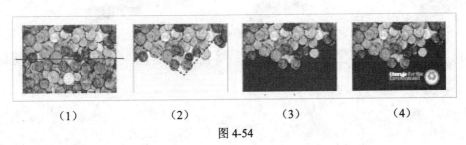

（1）　　　　　　（2）　　　　　　（3）　　　　　　（4）

图 4-54

技术 2：背景模糊法

背景模糊法是把背景图部分抠选出来，进行模糊处理。

如图 4-55 所示，想要表现运筹帷幄的大将风范，有意突出处于图像后面的"王"，让原来处于前景的主体让位。

图 4-55

想要得到图 4-56 所示的图像效果，最简单的办法就是学习摄影技术，开大光圈，模糊前景。

图 4-56

如图 4-57 所示，在图像中加上文字，最贴切的表达就油然而生。

图 4-57

如图 4-58 所示为 Photoshop 处理过程的示意图。首先选择对象，如图 4-58（1）所示，然后是反选，轻微羽化，如图 4-58（2）所示，最后是模糊区域，美化文字，如图 4-58（3）所示。

（1）   （2）   （3）

图 4-58

技术 3：主体聚光法

主体聚光法通常是把主体以外的部分加深加暗处理，效果非常明显。

如图 4-59 所示，办公室的同仁，关系融洽。

图 4-59

如图 4-60 所示，用舞台聚光灯的方法突出女职员，方法简便又奏效。

图 4-60

如图 4-61 所示为 Photoshop 的处理过程示意图。总共分为 4 步：（1）选择对象，如图 4-61（1）所示；（2）反选并轻微羽化，如图 4-61（2）所示；（3）在新图层中填充黑色，如图 4-61（3）所示；（4）降低不透明度，如图 4-61（4）所示。

（1）

（2）

（3）

（4）

图 4-61

技术 4：主体放大法

主体放大法通常是把主体适当放大（可以是局部或者整体放大），让主体有种鹤立鸡群的感觉。

在图 4-62 中，尽管右边的女孩表情夸张，但当她与其他模特处于同等位置时，仍然不足以引起读者的充分关注。

图 4-62

如图 4-63 所示，让右边的这位女孩上前一步，就会立即成为画面的主角。

图 4-63

Photoshop 的处理过程示意图如图 4-64 所示。首先扩大画布，如图 4-64（1）所示；接着选取对象，如图 4-64（2）所示，最后放大对象，如图 4-64（3）所示。

（1）

（2）

（3）

图 4-64

技术 5：轮廓线条图示法

轮廓线条图示法的特色是把不相干的部分用线条表示，而主体则用实物原形表现。

图 4-65

如图 4-65 所示，想要宣传的是车顶上的车载设备，但人们通常会关注吉普车的车身，而很少会注意到车顶的设备。

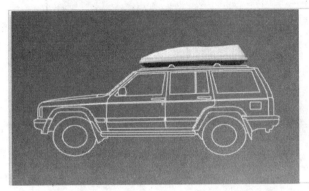

图 4-66

在图 4-66 中，将下方的汽车用轮廓线表现，仍然保留了人们对下方对象的识别，但车顶的设备用实物原形表现，成为视线的焦点。

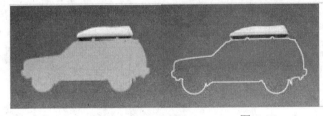

图 4-67

如图 4-67 所示，图中的这两种轮廓描绘的方法可能更直接，更简单。

轮廓线条图示法的类似运用如图 4-68 所示。

（1）

（2）

图 4-68

技术 6：局部淡化法

局部淡化法是把完整的物体的某一个部分突出来，其他则淡化处理。

如图 4-69 所示，使用渐变的方法将电吹风的组织结构用线条表现出来，又不失电吹风的外形色彩。其实现过程如下：先用钢笔路径勾勒出对象轮廓，并用黑线描边，再用渐变的方法填充颜色，如图 4-70 所示。

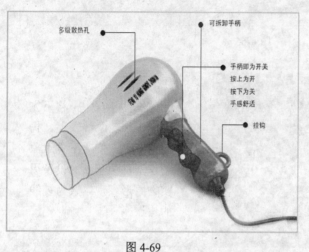

图 4-69

（1）

（2）

图 4-70

技术 7：色彩引导法

色彩引导法是指在介绍人物或者产品的时候，适当把其他部分变灰或者在主体附近用接近主体的色彩进行色块标识等。如图 4-71 所示中的每个图都有自己的主色块。

（1）

（2）

（3）

图 4-71

技术 8：主体裁剪配色法

为了突出人物或者实物的某一部分，可以用裁剪工具把这部分剪切下来，再进行适当地美化处理。

　　如图 4-72 所示，是一位美丽动人的女士，她的蓝眼睛，高鼻梁，红嘴唇都是引人关注的。但不适于做网页的 banner。

图 4-72

图 4-73 中选取美丽的眼睛来传达信息，标题与眼睛的颜色一致，可做美瞳广告。

图 4-73

保持标题与黑发颜色一致，如图 4-74 所示，图片中仍然有足够的信息，不同的是浏览者的视线会落在美发上。

图 4-74

在图 4-75 中，黑底白字，黑发自然融入背景，标题更清晰，突出的信息一目了然。

图 4-75

技术 9：线条引导法

线条引导法是在需要突出的部分用线条或者箭头等标识出来，快速吸引读者的注意。

如图 4-76 所示，香唇、嫩肤令人羡慕，用作广告，不忍取舍。若要将读者的视线引向耳环，该如何处理呢？

图 4-76

如图 4-77 所示，图像处理可以做加法，在图像上加上两条引导线，就可以将视线引向钻石耳环。

图 4-77

如图 4-78 是利用 Photoshop 的矩形工具，再结合钢笔工具利用两个节点作出的完美曲线。调整图层不透明度即可。

图 4-78

本章要点：

- 各种填充
- 编辑修饰
- 效果合成

本章难点：

- 各种填充与编辑修饰
- 渐变、图案编辑运用

第 5 章

填充与编辑

填充是创建和编辑图像的一个重要过程。Photoshop 提供了多种填充工具和填充方式。包括油漆桶工具和渐变工具；填充方式包括基于颜色、选区的填充和基于路径形状的填充。编辑则是在确定了图形图像的轮廓形状并且在填充好颜色或图案后，再对其进行加深、减淡、模糊等关于颜色的图像编辑。

本章将通过对各种填充与编辑方式的介绍、结合相应的练习进行填充与编辑技巧的训练。

本章小课题研究主要介绍 Photoshop 图像处理中如何使用渐变、填充与编辑的修饰。

本章案例：创建各种几何体

西方绘画中的素描分为结构素描和光影素描。光影素描是用明暗造型，是以光线投射到形体上形成的明暗变化的认识规律为基础的。

达芬奇的第一堂绘画课是画鸡蛋。可见，光影几何体是绘画训练的基础。本案用 Photoshop 创建各种几何体，体验填充与编辑工具的功能和技巧，案例示范如图 5-1 所示。

完成案例的 3 大步骤如下：

（1）灵活运用选区工具

建立图像轮廓外形，这在第 4 章中已有详细介绍，在此不再赘述。

（2）填充

用填充工具进行单色填充、图案填充和渐变填充。

（3）进行图像光影加工

用编辑工具进行图像光影加工。包括高光、暗调等，对图像进行深度加工造型。

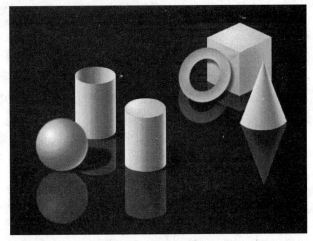

（1）

（2）

图 5-1

5.1 选择颜色

Photoshop 提供了 3 种选择任意色彩的方式，这些方法包括：颜色拾色器、配色板和色板。在 Photoshop 工作的任何时候，都拥有两个颜色：前景色和背景色。下面通过以下练习来学习前景色和背景色的用法。

练习 1：使用 Photoshop 的拾色器

（1）用 Adobe 拾色器选择颜色。单击工具栏上的前景色或背景色色块（单击颜色面板上的也可），出现如图 5-2 所示拾色器。这个拾色器功能强大，使用方法也很多。

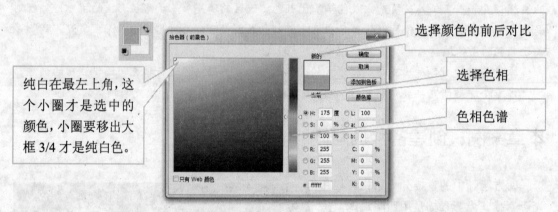

选择颜色的前后对比
选择色相
色相色谱
纯白在最左上角，这个小圈才是选中的颜色，小圈要移出大框 3/4 才是纯白色。
拾色器（前景色）
新的
当前
确定
取消
添加到色板
颜色库
只有 Web 颜色

图 5-2

（2）用 Web 拾色器选择颜色。通过改变预置选项切换到 Web 拾色器。相比 Adobe 拾色器，Web 拾色器较为粗糙，选色的精度也不高，如图 5-3 所示。

因此在大多数情况下都使用 Adobe 拾色器来选取颜色。

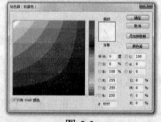

图 5-3

（3）预置拾色器。选择菜单【编辑】|【首选项】|【常规】命令，或按【Ctrl】+【K】键打开预置对话框。更改拾色器项目，如图 5-4 所示。

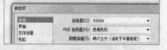

图 5-4

（4）选取灰度。必须在大框最左边的那一条竖线中，小圈只能看到一半，同时 RGB 值应相等此时选取的才是灰度值，如图 5-5 所示。

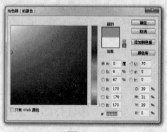

图 5-5

练习 2：使用颜色面板

（1）在【颜色】面板中设置前景色：单击【颜色】面板标签，激活颜色面板。

（2）选择前景色：Photoshop 中颜色分为前景色和背景色，拉动颜色滑块确定前景色，如图 5-6 所示。

> 注意：有时候会出现⚠这样一个标志，这是在警告该颜色不在 CMYK 色域，单击⚠右边的色块就会切换到离该颜色最接近的 CMYK 可打印色。

（3）使用滑块下方的色谱图，单击色谱图即可选中颜色。也可以按住鼠标左键不放在色谱中拖动，松手确定颜色。选中颜色的同时，上方的滑块会跟着变换读数。色谱最右方是一个纯白和纯黑色谱块。色谱分为 RGB、CMYK 和灰度，顺序如图 5-7 所示。从图中可以看到 RGB 色谱比 CMYK 明亮。

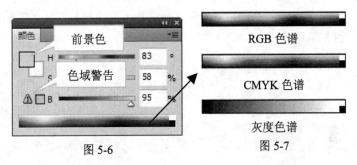

图 5-6

RGB 色谱

CMYK 色谱

灰度色谱

图 5-7

练习 3：使用色板面板

色板面板是颜色的集合，可以从【色板】面板中选取前景色或背景色，也可以添加或删除颜色以创建自定义色板库。这就意味着"色板"是可量身定制的，也可以保存，以便日后使用。

图 5-8

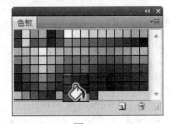

图 5-9

（1）在【色版】中设置前景色。Photoshop CS5 版本中，选取前景色，按【Ctrl】键并选择【色板】面板中的颜色。取背景色直接选择所需颜色即可。

（2）改变色板。打开【色板】面板菜单，可以载入【色板】、替换【色板】以改变色板默认选项，如图 5-10 所示。

（3）添加用户颜色到【色板】。先将吸管在图像中取色，然后吸管移至【色板】面板底行的空白处（指针会变成油漆桶工具）并单击，输入新颜色的名称并单击【好】按钮，如图 5-8、图 5-9 所示。

图 5-10

Photoshop 的填充工具有两种：实体填充和渐变填充。此外，还有描边工具、图案填充工具，下面将一一进行介绍。

5.2　颜色填充

　　用油漆桶工具填充颜色，填的范围是与油漆桶单击之处的像素相似的相邻区域，填充的
颜色为前景色或连续图案。

练习4：油漆桶前景色填充

　　（1）打开"老爷爷"图片文件，如图5-11所示。（源文件位置：第5章\5-1、5-2、5-3）
　　（2）先选取一种前景色，再选择【油漆桶】工具。在【油漆桶】工具属性栏指定用【前景
色】填充。

图 5-11

　　（3）用【油漆桶】工具单击要填充的图像部分，使用前景色填充指定容差内的所有指定
像素。
　　（4）快捷键填充：按【Alt】+【Delete】键，前景色填充；按【Ctrl】+【Delete】键，背
景色填充。分析：现在油漆桶所指为白色部分，每一色块都被黑色线条所分割，因此填色很简单。

练习5：减淡工具和加深工具

　　减淡工具和加深工具是基于调节照片特定区域的曝光度的传统摄影技术，可用于使图像区
域变亮或变暗。
　　（1）丰富图像层次。选择【减淡】工具或【加
深】工具，分别涂抹帽子、衣服、手袋和鞋子，
如图5-12所示。
　　（2）选择画笔大小。要依据涂抹效果的需要，
在选项栏中选取画笔笔尖并设置画笔选项。
　　（3）选择加深或减淡的模式。分别使用"中
间调"、"阴影"、"高光"模式涂抹，效果完
全不同。

图 5-12

（4）下面详细讲解【加深】、【减淡】工具的 3 种模式效果和原理，如图 5-13 所示。

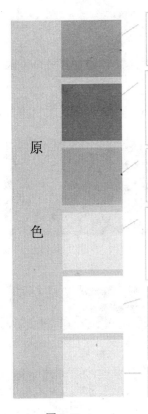

阴影加深。同时调整对比度与饱和度，即向同色系深色加重（对白色无作用）。被加深的地方饱和度会很高，画出来很红。

高光加深。降低亮度同时增加灰度，向黑色靠近（可以对白色进行加重）。被加深的地方饱和度会很低，呈灰色，曝光度越高，灰度越重，看起来会很脏；一般曝光度控制在 10%以内。

中间加深。融合艺术两种效果的形式进行加深。被加深的地方颜色会比较柔和，饱和度也比较正常。

阴影减淡。同时提高亮度和灰度向白色接近（可以对黑色进行提亮）。被减淡的地方饱和度会很低，反复对颜色进行减淡会使颜色变成白色。

高光减淡：提高对比度与饱和度，向同色系高光色靠近（被减淡的地方饱和度会很高。用于高亮对比，如制作金属质感的绘图。

中间减淡：被减淡的地方颜色会比较柔和，饱和度也比较正常。

图 5-13

（5）"加深"、"减淡"的拓展运用：可以使用加深、减淡工具处理层次感、光感和质感，如图 5-14 所示，就充分运用了加深、减淡的工作原理，细腻地刻画了一台相机的金属质感。

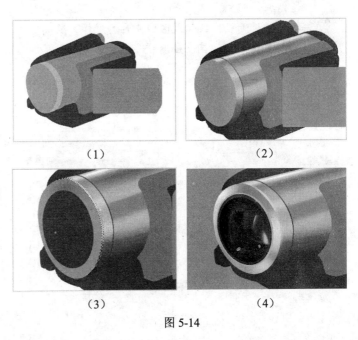

（1）　　　　　（2）

（3）　　　　　（4）

图 5-14

练习 6：图案填充

油漆桶也可以填充图案。Photoshop 提供了两种图案填充方式，一种是软件提供的图案，另一种是用户定义自己喜欢的图案。下面练习用自己的图案填充图像。

（1）打开如图 5-15（1）所示的素材。

（2）截取图案。用裁切工具截取单元图案，如图 5-15（2）所示。

（3）定义用户图案。选择菜单【编辑】|【定义图案】命令，对单元图案进行定义，如图 5-16 所示。

（4）填充图案。选择【油漆桶】工具，并选择【图案】填充，找到第（3）步中定义好的图案。

（5）油漆桶图案填充步骤：如图 5-17 所示，1 是选择"油漆桶"工具，2 是选择图案方式，3 是选择图案。

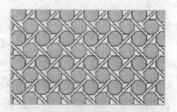

（1）

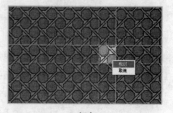

（2）

图 5-15

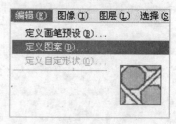

图 5-16

> 提示：填充单色与填充图案比较。再换回前景色填充，用"油漆桶"工具单击帽子上的小圆点，观察到前景色只填圆点包围的区域，继续单击，最终结果如图 5-18 所示。
>
> 总结："油漆桶"工具既能单色填充，又能填充与单击之处的像素相似的邻近区域，具有魔棒工具的功能，如图 5-18 所示，用"油漆桶"工具填充老爷爷的帽子的效果。

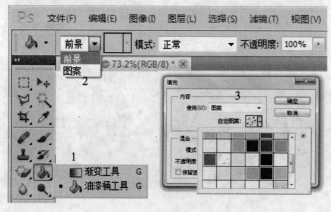

图 5-17

图 5-18

练习 7：图案的拓展运用

如图 5-19 所示，此类图案主要应用于染织服装的面料设计，装潢的壁纸图案设计，其最大特点是图案的上下、左右都能连续组织，形成无缝拼接的图案形式。组织格式一般分为二点式、三点式、四点式和五点式等，通常不超过六点式，并以倍数来定点数。每个点的图形应有大小、方向上的变化，拼插，留空，适于各个角度的观看。

图 5-19

通过下面的实践，可以体会到四方连续图案的变化效果是极为丰富的。

（1）图案准备。将要用的图案置于透明图层中，如图 5-20 所示。

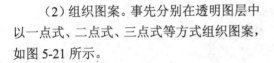

（1） （2）

图 5-20

（2）组织图案。事先分别在透明图层中以一点式、二点式、三点式等方式组织图案，如图 5-21 所示。

（3）定义图案。选择菜单【编辑】|【定义图案】命令，分别对上述已组织好的图案进行定义。

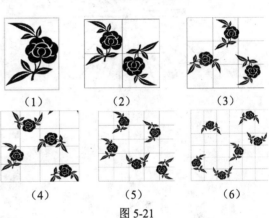

（1） （2） （3）

（4）图案应用。在新建图层上，选择菜单【编辑】|【填充】命令，在空白区域填充图案，图 5-22 分别是三点式、五点式图案拼接时的效果。

（4） （5） （6）

图 5-21

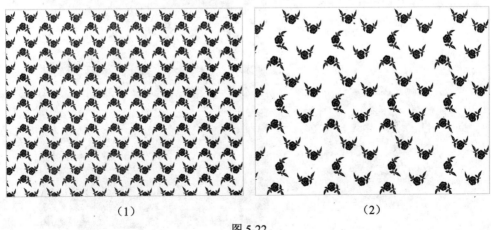

（1） （2）

图 5-22

想一想，如何定义图案和填充，才能完成图 5-23 所示的这个作品？

（1）

（2）

图 5-23

想一想，图 5-24 所示的这个图案本身是由几个图案变换而成的。它们是怎样定义的，又是怎样合成的？

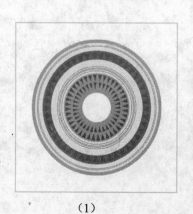

（1）

（2）

图 5-24

练习 8：认识和使用渐变填充图层

渐变是指从一种颜色过渡到另一种颜色，包括颜色渐变、明度渐变和饱和度渐变 3 种。

（1）使用工具箱中的渐变工具，创建多种颜色间的逐渐混合，具体步骤如图 5-25 所示。

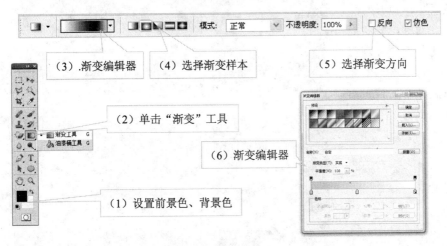

图 5-25

（2）设置前景色和背景色。图中 5-25（1）确定前景色为黑色，背景色为白色，快捷键为【D】。

（3）选择渐变工具。在图 5-25（2）中，在工具箱中单击渐变工具按钮 ▢。

（4）编辑渐变编辑器。在图 5-23（3）中，单击渐变编辑器按钮，弹出【渐变编辑器】对话框，如图 5-25（6）所示。

（5）选择渐变样本。在图 5-23（4）中，在选项栏中选择其他渐变样本，在图层中拖移渐变填充图层，从起点（按下鼠标处）到终点（松开鼠标处）。

（6）选择渐变参数"方向"：在图 5-23（5）中，在渐变工具的公共栏中选择【反向】选项，它的作用是将起点色与终点色颠倒，结果如图 5-26 所示。

图 5-26

（7）用渐变创作按钮。在画布上作一圆形选区，选择径向渐变方向。

（8）选择菜单【选择】|【修改】|【缩小】命令，弹出【收缩选区】对话框，设置值为 10 像素，如图 5-27 所示。

（9）选择渐变方向为【反向】，再次径向渐变，得到一个圆形按钮，如图 5-28 所示。

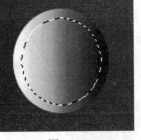

图 5-27　　　　　　　图 5-28

练习9：渐变样式原理和应用示范

　　Photoshop 的渐变工具提供了 5 种渐变样式，分别是线性渐变、径向渐变、角度渐变、对称渐变和菱形渐变，每种渐变都有自己的特色，可以根据图像内容来选择或自己编辑，当然也可以去网上下载，如图 5-29 所示。

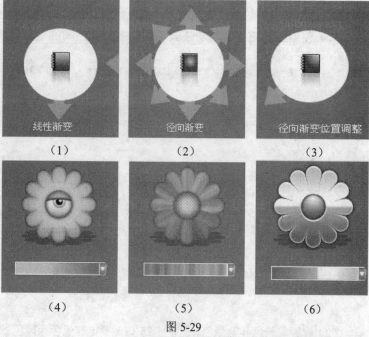

图 5-29

　　当图片只是作为背景，比如演讲文稿，可以用渐变来简化图片，既给文字让出了空间，又不失时尚和设计感，如图 5-30 所示。

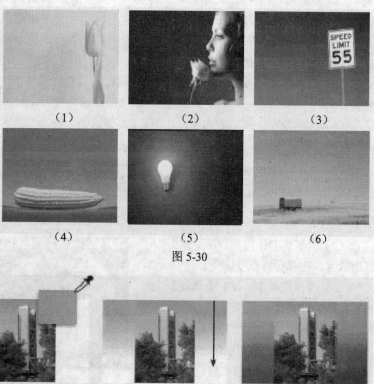

图 5-30

　　当图片小于画面时，可以用渐变色来充满画面，如图 5-31 所示。首先从图片中取色，如图 5-31（1）所示；接着是渐变的应用，如图 5-31（2）所示；最后是渐变色充满整个画面，如图 5-31（3）所示。

图 5-31

5.3　编辑修饰工具

图像编辑修饰工具包括 3 类，第 1 类是复制工具：仿制图章、图案图章和修复画笔；第 2 类是修复工具：污点修复工具、修复画笔工具、修补工具和红眼工具；第 3 类是修饰工具：模糊、锐化、涂抹、减淡、加深以及海绵工具，可以使用它们来修复和修饰图像。

练习 10：仿制图章工具

仿制图章工具，可准确复制图像的一部分或全部，它是修补图像时常用的工具。

（1）选择仿制图章。选择工具箱中的【仿制图章】工具，如图 5-32 所示。

图 5-32

（2）选择画笔大小。选择不同类型的画笔来定义仿制图章工具的大小、形状和边缘软硬程度。

（3）选择模式。在【模式】中选择复制的图像以及与底图的混合模式，并可对【不透明度】和【流量】进行设置，还可以选择喷枪效果。

（4）取样。将仿制图章工具移到图像中，按住【Alt】键的同时单击鼠标确定取样部分的起点。

图 5-33

（5）仿制。将鼠标移到图像中另外的位置，按下鼠标左键，会出现一个十字形符号表明取样位置和仿制图章工具相对应，拖拉鼠标将取样位置的图像复制下来。

（6）不同图像之间仿制。如图 5-33、图 5-34 所示，仿制图章工具不仅可在一个图像上操作，而且还可从任何一张打开的图像上取样后复制到现用图像上，但却改变不了现用图像和非现用图像的关系。

图 5-34

> 注意：两张图像的颜色模式必须相同，才可以执行不同图像之间的仿制操作。在复制图像的过程中可经常改变画笔的大小及其他设定项以达到精确修复的目的。其中"对齐"选项，可以保证图像的复制不会因为终止而发生错位。

练习 11：图案图章工具

使用图案图章工具可将各种图案填充到图像中。

（1）选择工具箱中的【图案图章】工具，工具的选项栏如图 5-35 所示，与练习 10 中仿制图章工具的设定项相似。不同的是【图案图章】工具直接以图案进行填充，不需要按【Alt】键取样。

图 5-35

（2）图案填充。【图案】可以选择预定好的图案，也可以使用自定义的图案。

（3）自定义图案。先用矩形选框工具选择一个"羽化"值为 0 的选区，然后选择【编辑】|【定义图案】命令，将图案存储起来。如图 5-36 所示。

（4）观察新图案。在【图案图章】工具选项栏中的【图案】下拉菜单中可看到新定义的图案。

（5）应用图章图案。定义好图案后，直接以图案图章工具在图像内绘制。结果如图 5-37 所示。

（6）图章图案实战。电脑美术设计师们常常把图片效果处理得非常抽象，越是梦幻越是精彩。其实用图案工具，也可以设计出一些步骤简单的抽象图。

图 5-36

图 5-37

（7）打开如图 5-38 所示的图片。

（8）选择工具箱中的单列选区工具，在图片上选取一像素列区域，如图 5-39 所示。

（9）选择菜单【编辑】|【定义图案】命令，将所选的这个区域定义成图案。

（10）新建图层，用矩形选取框在图中右方选取一块较大的区域，选择菜单【编辑】|【填充】命令，将自定义的图案作为填充图案，就产生了最后的抽象效果，如图 5-40 所示。

图 5-38

图 5-39

图 5-40

小结：有时候一些就在身边常用的、常见的事物，会觉得习以为常，可是认真分析它们，不断摸索总结，一定还会有意外的收获！

练习 12：修复画笔工具

修复画笔工具用于修复图像中的缺陷，并能使修复的结果自然溶入周围的图像，与图章工具类似，不同的是，修复画笔工具在复制或填充图案的时候，会将取样点的像素信息自然溶入到复制的图像位置，并保持其纹理、亮度和层次，被修复的像素和周围的图像完美结合。修复画笔工具包括"污点修复画笔工具"与"修复画笔工具"两项。

（1）单击【修复工具】按钮。在工具箱中选择【污点修复画笔工具】选项，在面板中选择画笔工具的大小；选择复制或填充的像素和底图的混合模式，一般选择"正常模式"，如图 5-41 所示。

图 5-41

（2）选择修复用的画笔。在修复画笔工具属性工具栏中，只能选择圆形的画笔，而且只能调节画笔的粗细、硬度、间距、角度和圆度的数值，这是和图章工具的不同之处。

（3）使用修复画笔。用鼠标单击图 5-42 所示的污点处，释放鼠标，软件开始运算，如图 5-43 所示的是运算的结果，可看到图像中的花和图像原来的色相、亮度保持很好的融合，没有出现像使用图章工具那样有生硬的感觉。

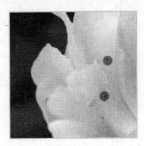

图 5-42

（4）选择画笔修复混合模式。在"模式"中，有几个选项，与画笔、图层混合模式效果一样，目的都是能更好的与基色混合。

（5）选择参数。在"类型"后面有 3 个选项，选择"近似匹配"，使用选区边缘周围的像素来查找要用做选定区域修补的图像区域。"创建纹理"使用选区中的所有像素创建一个用于修复的纹理，如果效果不满意，可以多次尝试。

（6）"对所有图层取样"，即从所有可见图层中对数据取样。

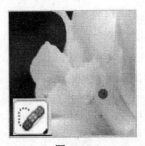

图 5-43

（7）可以用修复画笔工具来修复照片中的细小瑕疵，如雀斑、小豆豆、黑痣和皱纹等。

练习 13：修补工具

使用"修补工具"可以从图像的其他区域或使用图案来修补当前选中的区域。和修复画笔工具相同之处是修复的同时也保留图像原来的纹理、亮度及层次等信息。

（1）打开如图 5-44 所示的美女图，要去掉图片背景中的船。

（2）在执行修补操作之前，首先要确定修补的选区，可以直接使用修补工具在图像上拖拉形成任意形状的选区，也可以采用其他的选择工具进行选区的创建。

图 5-44

（3）将图右侧的船角部分用修补工具圈选起来，然后在修补工具的选项栏中选择【源】选项，按住鼠标左键不放拖拉到如图 5-45（1）所示的区域，释放鼠标左键，原来圈选的区域就被选区所示的范围所修补，结果如图 5-45（2）所示。用同样的方法进行其他区域的修补。

（4）当从图像中选择像素修补其他区域时，尽量选择较小的区域，这样修补的效果会好一些。

（1）　　　　　　（2）

图 5-45

（5）如果选择修补工具选项栏中的"目的"选项，修补的操作和选择"源"不同。

（6）在使用任何一个选择工具创建完选区后，修补工具选项栏中的【使用图案】选项就变成可选项。在弹出的"图案面板"中选择图案，然后选择【使用图案】选项，图像中的选区就会被填充上所选择的图案。如图 5-46（1）所示的是创建的选区，可以通过选择菜单【选择】|【羽化】命令给选区设定一定的羽化值，如图 5-46（2）所示是图案填充的效果图。

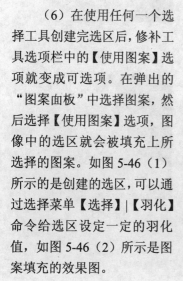

（1）　　　　　　　　　（2）

图 5-46

练习 14：红眼工具

"红眼"是指在用闪光灯拍摄特写时，在照片上眼睛的瞳孔呈现红色斑点的现象。比较通行的解释是：在比较暗的环境中，眼睛的瞳孔会放大，如果闪光灯的光轴和相机镜头的光轴比较近，强烈的闪光灯光线会通过人的眼底反射入镜头，眼底有丰富的毛细血管，这些血管是红色的，所以就形成了红色的光斑。

修复红眼：

（1）打开要修改的红眼图像。

（2）选择红眼工具。单击工具箱中修复工具并移至【红眼工具】，如图 5-47 所示。

（3）在【红眼工具】选项栏中选取"瞳孔大小"以增大或减小受红眼工具影响的区域。

（4）选取【变暗量】，以设置校正的暗度。

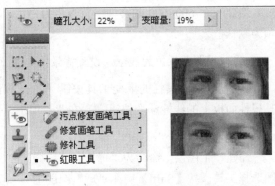

图 5-47

修复红眼为褐色：

（1）选择颜色替换工具：单击工具箱中画笔工具并移至【颜色替换工具】，如图 5-48 所示。

（2）在【颜色替换工具】选项栏中选取画笔大小，以适合颜色改变区域。

（3）选择"颜色"模式，在红眼部位进行绘制，将红色改为深褐色。

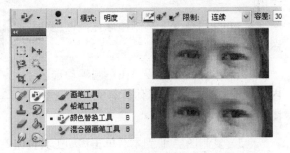

图 5-48

提示：颜色替换工具也可用于其他局部改变颜色的用途，使用过程中，要注意：

取样参数：其中"连续"：用来在拖移时对颜色连续取样。"一次"：用来替换第一次点按的颜色所在区域中的目标颜色。"背景色板"：用来抹除包含当前背景色的区域。

"不连续"：用来替换出现在指针下任何位置的样本颜色。

"邻近"：用来替换与紧挨在指针下的颜色邻近的颜色。"查找边缘"：用来替换包含样本颜色的相连区域，同时更好地保留形状边缘的锐化程度。

"容差"：用来输入一个百分比值（范围为 1%~100%）或者拖移滑块。选取较低的百分比可以替换与所点按像素非常相似的颜色，而增加该百分比可替换范围更广的颜色。

"消除锯齿"：用来为所校正的区域定义平滑的边缘。颜色替换工具不适用于"位图"、"索引"或"多通道"颜色模式的图像。

提示：防红眼是照相机闪光灯的一种功能，利用数码相机的"消除红眼"模式先让闪光灯快速闪烁一次或数次，使人的瞳孔适应之后，再进行主要的闪光与拍摄。也就是在正式闪光之前预闪一次，使眼睛瞳孔缩小，从而减轻红眼现象。如果已经拍了一张红眼照片，Photoshop 也可以很轻松地去除红眼现象。

5.4 案例实现

实现 1：制作球体

新建一个 600×600 的文件，背景色为白色，其他选项为默认值。

（1）设置前景色为浅蓝，设置背景色为深蓝。

（2）单击工具栏的渐变工具按钮，选择渐变工具属性面板上的线性渐变按钮，在背景层上，由下至上拉出渐变色。

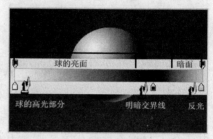

图 5-49

新建一个图层，命名为"球"。使用椭圆选择工具，按【Shift】键在"球"图层上画出一个正圆浮动选区。

（3）利用渐变工具制作球体，过程如图 8-49 所示。

（4）球体制作好后，在正圆浮动选区内，拉一斜线，使得球体具有立体感，如图 5-50 所示。

 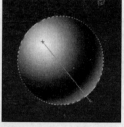

图 5-50

（5）复制图层 1 副本。单击移动工具按钮将副本拖拽至下方，选择菜单【编辑】|【变换】|【垂直翻转】命令。将图层面板的【不透明度】值调整至合适参数，如图 5-51 所示。

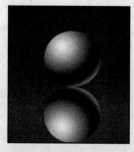  

图 5-51

实现 2：制作圆柱体

（1）新建一图层，命名为"柱体"。

（2）单击矩形选框工具按钮，在新图层上，画一个长方形的浮动选区。

（3）单击渐变工具按钮，进行渐变编辑，在长方形浮动选区内，再次单击渐变工具按钮，从左至右拉出"线性渐变"，如图 5-52（1）所示。

（4）在圆柱体上创建一个椭圆选区，设置前景色，为中灰，按【Alt】+【Del】键对椭圆选区进行填充，如图 5-52（2）所示。

（5）在圆柱体上再创建一个椭圆选区，并移动选区，图 5-52（3）所示。

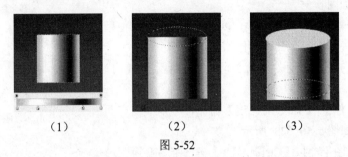

（1）　　　　　　　（2）　　　　　　　（3）

图 5-52

（6）选择【矩形选择工具】选项，按【Shift】键，进行加选区域，如图 5-53（1）所示。

（7）反向选择区域：选择菜单【选择】|【反向】命令，然后删除选区，如图 5-53（2）所示。

（8）删除反射后多余的部分，结果如图 5-53（3）所示。

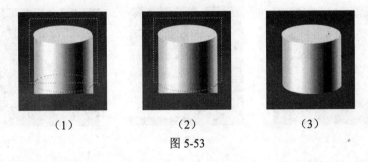

（1）　　　　　　　（2）　　　　　　　（3）

图 5-53

实现 3：制作圆锥体

（1）制作矩形并对其进行渐变填充。

（2）利用矩形选框工具选中矩形，选择菜单【编辑】|【变换】|【透视】命令，出现 8 个变换句柄，如图 5-54（1）所示。

（3）变换透视。将左上方的句柄拖拽至如图 5-54（2）所示位置。

（4）将选区以外的多余部分去掉，得到锥体，如图 5-54（3）所示。

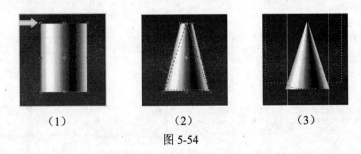

（1）　　　　　　　（2）　　　　　　　（3）

图 5-54

实现4：制作立方体

（1）首先分析立方体的受光情况，3 面由于受光不同呈现不同的明暗，如图 5-55 所示。

（2）设置背景，并拉出参考线，以方便操作（如何使用参考线请参阅相关知识）。具体操作如下：

① 依次建立亮面、暗面、灰面 3 个图层，如图 5-56（1）所示。

② 选择【图像】|【亮度/对比度】命令，分别改变亮面和暗面的亮度，如图 5-56（2）所示。

③ 选择暗面图层，按【Ctrl】+【T】键，准备变换图形透视，如图 5-56（3）所示。

④ 先将转换点移至图 5-56（4）所示位置，然后改变参数，如图 5-57 所示。

⑤ 激活亮面图层，再按前法操作，然后改变参数，如图 5-58 所示。

⑥ 取消参考线，立方体制作完成，如图 5-56（6）所示。

图 5-55

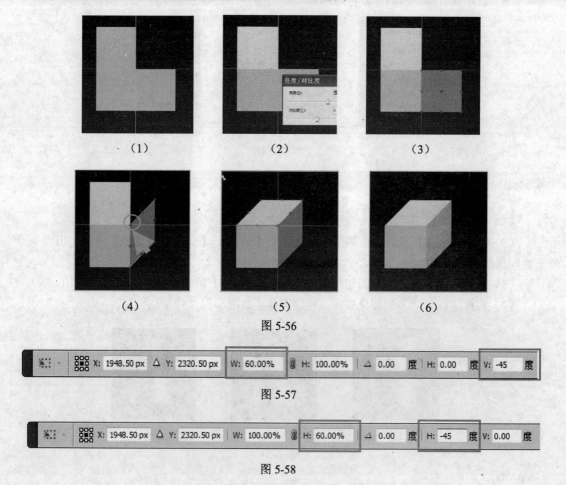

（1）　　　　　（2）　　　　　（3）

（4）　　　　　（5）　　　　　（6）

图 5-56

图 5-57

图 5-58

实现 5：制作环状体

（1）新建一个图层，设置它的背景色，并拉出参考线。按【Alt】+【Shift】键，从中心出发画一大正圆，如图 5-59（1）所示。

（2）选取减去按钮，从中心出发画一小正圆，如图 5-59（2）所示。

（3）选取中灰色，按【Alt】+【Delete】键对环形区域进行填充，如图 5-59（3）所示。

（4）选择菜单【选择】|【羽化】命令，设置参数值为 5，如图 5-59（4）所示。

（5）移动选区至右上方，此时选区如图 5-59（5）所示。

（6）反向选区，此时选区如图 5-59（6）所示。

（7）选择菜单【图像】|【调整】|【亮度/对比度】命令，增加亮度，如图 5-59（7）所示。

（8）移动选区至左下方，降低明度，如图 5-59（8）所示。

（9）如若对比度不够，可略微调整，制作完成后的环状体如图 5-59（9）所示。

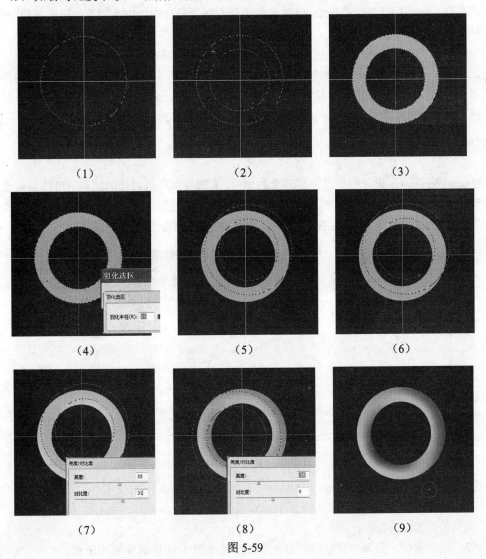

图 5-59

5.5 本章小结

通过本章学习，读者应该掌握：

1．选择与填充：精通各种填充工具的使用技巧；精通单色、渐变以及图案填充等。

2．编辑修饰：熟练掌握各种编辑修饰工具的各种方法与其他功能的综合运用。

3．效果合成：掌握一定创意修饰图像的方法。

小课题研究将对平面设计中的渐变与图案进行重点讨论。

5.6 小课题研究：平面设计中的渐变与图案设计的应用

渐变是一种规律性很强的现象，这种现象运用在视觉设计中能产生强烈的透视感和空间感，是一种有顺序、有节奏的变化。

渐变的含义非常广泛，从颜色上讲，有色相、明度和饱和度方面的渐变；从形象上讲，有形状、大小、色彩和机理方面的渐变；从排列上讲，有位置、方向和骨骼单位等方面的渐变。各种渐变的共同特点就是由某一状态开始，逐渐地转变为另一状态，也可以由一种形象渐变为另一种完全不同的形象。Photoshop 为渐变设计提供了强大的编辑功能。

技术 1：色彩渐变在网页设计中的应用

Photoshop 在网页设计中有着举足轻重的地位，而渐变在网页设计的应用中可能是最普遍的一种设计方式，如图 5-60 所示。从最简单的单色渐变到双色渐变，发展到现在运用渐变制造出各种光感的高级应用，可以说现在的网页设计已经很难离开渐变的设计方式。

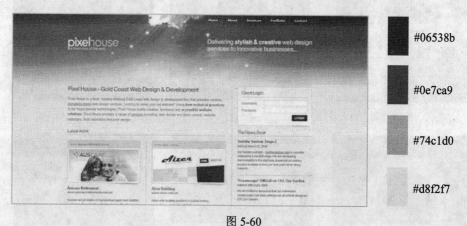

图 5-60

色彩渐变的操作过程如下：

（1）设置渐变色及颜色值；

（2）裁剪素材并翻转；

（3）融合素材，并再一次增添渐变，操作过程如图 5-61 中箭头顺序所示。

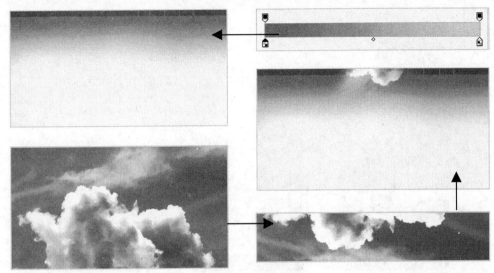

图 5-61

技术 2: 色彩渐变在包装设计中的运用

在色彩中,色相、明度和纯度都可以产生渐变效果, 渐变的色彩让人感觉舒缓,放松,而且层次丰富、能够避免冲突,产生美感。

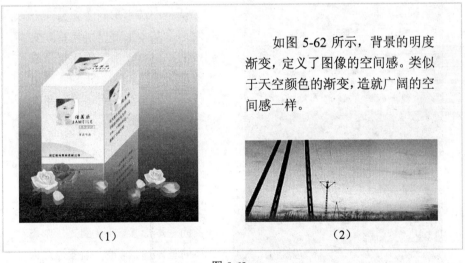

如图 5-62 所示,背景的明度渐变,定义了图像的空间感。类似于天空颜色的渐变,造就广阔的空间感一样。

（1） （2）

图 5-62

具体实现如图 5-63 所示:
（1）首先添加蓝灰渐变色,如图 5-63（1）所示。
（2）添加粉红渐变色,还需用滤镜再添加杂色,如图 5-63（2）所示。
（3）设计两个单色明度渐变背景,并将美女图置入图中,如图 5-63（3）所示。
（4）分别设计 3 个可视平面,注意调整高光、灰度和暗调,如图 5-63（4）所示。
（5）分别对高光和暗调平面作透视变换,如图 5-63（5）所示。

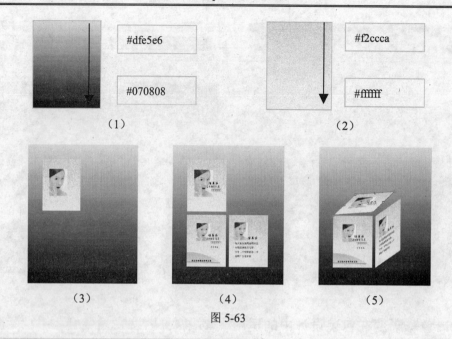

（1）　　　　　　　　　　（2）

（3）　　　　　　　（4）　　　　　　（5）

图 5-63

技术 3：形状渐变在平面图像设计中的应用

从一个基本形渐变到另一个基本形，基本形可以由完整渐变到残缺、也可以由简单到复杂或由抽象渐变到具体。图 5-64 借用鱼排列的阴影变换到鸟的飞翔就是一个形状的渐变。

图 5-64

如图 5-65 所示，从一张书页的基本形状，渐变到另一个飞鸟的基本形状，整个渐变通过大小，位置的逐渐变换，非常自然地表现了知识改变思想的理念。表现技法是渐变，表现语言是比拟法。

图 5-65

操作过程为：首先选取书页如图 5-66（1）所示，按【Ctrl】+【J】键，复制图层，按【Ctrl】+

【T】键，变换位置、大小和方向，并重复这些操作若干次，如图 5-66（2）所示。

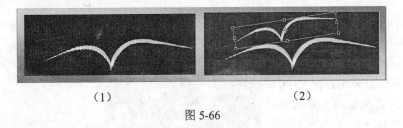

（1）　　　　　　　　　　　　　（2）

图 5-66

技术 4：大小渐变在网页 Banner 中的应用

大小的渐变，依据近大远小的透视原理，将基本形作大小序列的变化，给人以空间感和运动感。如图 5-67 所示，图中均有一个由基本形变换而来的大小渐变：

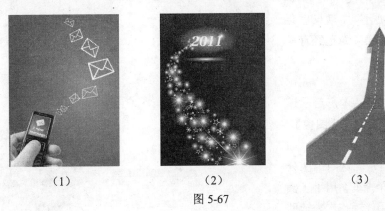

（1）　　　　　　　　　（2）　　　　　　　　　（3）

图 5-67

其原理和方法如下：

（1）用【路径】工具画一条路径，注意起始点，这样才能保正从起始点到结束点由大到小的变换，如图 5-68（1）所示。

（2）设置【画笔】工具面板参数，在【形状动态】中设置【渐隐】为 25，【最小直径】为 13，如图 5-68（2）所示。

（3）激活【路径】工具，单击路径描边按钮◯。结果笔刷沿路径画出一条从大到小的渐变图案，其他形式的图案只是基本形不同而已，以此类推，如图 5-68（3）所示。

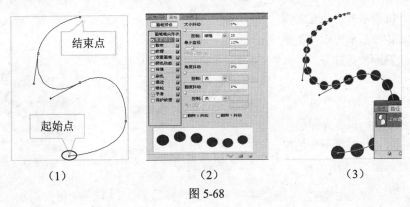

（1）　　　　　　　　（2）　　　　　　　　（3）

图 5-68

技术 5：方向与色彩渐变的综合应用

基本形可在平面上作有方向和色彩的渐变，在 Photoshop 中结合动作来完成更方便。

（1）图 5-69 所示的两幅图中，分别是由铅笔和花瓣作为基本形经过方向和色彩上的渐变而得到的图像。

图 5-69

（2）确定一个要做渐变的基本形后，首先要定义中心，如图 5-70 所示，中心不同，效果也会有所差异。这些在第 4 章已经有详细叙述。

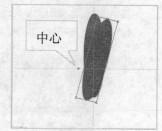

图 5-70

（3）转动一个基本形后，还要改变其色彩，选择菜单【图像】|【色相/饱和度】命令来改变，如图 5-71 所示。但是，这两个图分别要做 12 和 24 个渐变，用手工操作很麻烦，可以用"动作"来辅助完成。

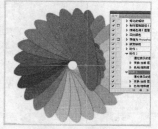

图 5-71

定义动作：打开动作面板，单击录制按钮 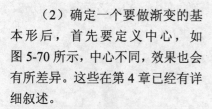，录制动作，动作内容如图 5-72 所示。

（4）如图 5-72 所示，铅笔转动角度较大，每个基本形相互之间没有影响，而花瓣基本形则互相叠加，需要多次删除被叠部分。

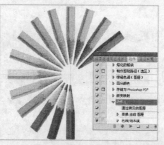

图 5-72

（5）在执行"动作"时，整支铅笔都变色了，所以事先须将不变色部分复制好，此时将不变色部分叠加一次，如图 5-73 所示。

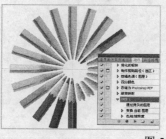

图 5-73

本章要点：

- 画笔涂抹
- 编辑修饰
- 效果合成

本章难点：

- 画笔的设置
- 编辑修饰

第6章

画笔与绘图

Photoshop 本意并不强调徒手作画图功能，但它也开发了画笔与绘画功能。绘制图像可以说是图像处理技巧的高阶，可以凸显设计者的艺术创作能力。

在本章，将学习绘制图像需要的相关绘图工具，包括画笔、铅笔、路径等。它们不仅能绘画和制图，也能进行更高级的图像处理，例如特殊的艺术效果创作。通过本章案例练习，可以让读者绘图技巧得到系统训练。

本章小课题研究介绍了 Photoshop 画笔工具的几种应用，揭秘了传统画笔与计算机软件的相同和不同，旨在全面展示 Photoshop 的画笔绘图功能和图像处理功能。

本章案例：海之恋

美丽、深邃、蔚蓝的海洋，占据地球表面积的 71%，孕育了海洋鱼类，也孕育了人类，可以说海洋创造了生命奇迹。

接下来，通过创作"海之恋"图像，体验 Photoshop 卓越的画笔与绘画调色功能。案例示范如图 6-1 所示。

完成本案例的 3 大步骤如下：

（1）绘制初步的平面形状

利用画笔工具本身具有的形状、散布、动态、颜色和平滑等功能属性，绘制"海洋鱼"初步的平面形状。

图 6-1

（2）利用相关的编辑技术，刻画"海洋鱼"的立体形象

利用变换、加深减淡、涂抹、模糊、选区、填充、渐变等与绘画密切相关的编辑技术，深入刻画"海洋鱼"的立体形象，赋予"海洋鱼"以安静的、忧郁的女性化的气质形象。

（3）利用相关编辑图像功能对图像进行编辑

充分利用图层的功能，有效编辑图像，利用滤镜功能，增添特效背景，完成计算机绘图的情绪表达。

通过本案学习，能够让读者体会到 Photoshop 的知识点和技能具有松散和相关的特性。

6.1　使用画笔工具

Photoshop 提供了丰富的画笔工具，熟练的运用画笔工具，可以大大提高设计者的工作效率。下面的练习，将会帮助读者熟悉画笔工具的各种功能。

练习1：初试画笔工具

（1）新建文件。新建一个文件，命名为"从此出发"。

（2）选用画笔。在工具箱中单击画笔工具 ，或按【B】键，选择画笔工具后，会弹出相应画笔工具属性面板，如图6-2所示。

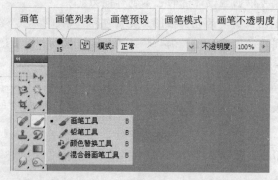

图 6-2

（3）认识画笔工具属性面板：包括画笔、画笔列表、画笔预设、画笔模式及画笔不透明度等属性，可在使用过程中，按需设置。

（4）切换画笔与铅笔。按【Shift】+【B】键，切换为铅笔工具，此法可以轮流切换铅笔、画笔、颜色替换混合器画笔工具。

（5）用画笔徒手绘图。将鼠标移至工作区，移动鼠标，并用方括号调整笔刷大小。按下左方括弧【［】键或右方括弧【］】键，可以改变画笔的大小。

（6）设置笔刷主直径为 20px，并设置笔刷硬度为 100%，在画布上画一条直线。

（7）选择铅笔工具，设置笔刷主直径为 20px，绘制一条曲线。

> 注意观察：画笔笔触较软，类似油漆工具画的边，而铅笔工具比较硬，适合徒手绘制硬边线。

（8）绘制一幅小舟白帆，远处升起太阳的画面，如图6-3所示。

（9）如果对当前画面不满意，选择菜单【文件】|【还原】命令或按【F12】键，返回该文件的初始状态。

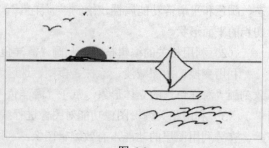

图 6-3

通过练习，认识了画笔的初步使用，从"画笔"缩览图可以看到，有很多画笔的形态，绘画时应该先考虑画面中所需要的大致效果或风格，再来选择适合的画笔去完成相应的效果，这需要经过一定时间的练习和熟悉才能逐步掌握。

练习 2：笔触设定

（1）选择菜单【编辑】|【首选项】|【光标】命令，弹出【显示与光标】对话框，选择【光标】选项，选择【正常画笔笔尖】单选项，如图 6-4 所示。

（2）选定画笔工具后，将鼠标移至选定的图像上时，鼠标指针会变成小圆圈，表明画笔的大小。如果不是，首先按【Caps Lock】键。

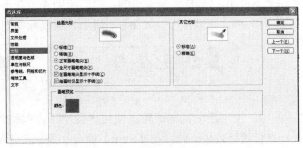

图 6-4

练习 3：画直线

在 Photoshop 图像处理或图像设计中，直线是使用频率最高的一种线条形式。因此，先来练习画直线。

（1）创建一个 500×500 的新画布，命名为"直线练习"。

（2）设置画笔选项。画笔硬度设为 100%。

（3）按住【Shift】键，绘制一条线。这里【Shift】键将限制所画直线的角度（纵向或横向取决于下一个点的位置）。试画一幅男人简笔图，绘图顺序如图 6-5 所示。

图 6-5

（4）选择菜单【编辑】|【还原画笔工具】命令，或按【Ctrl】+【Z】键，撤销画笔最后一次操作。按【Ctrl】+【Alt】+【Z】键可以退回很多步操作。

（5）直线是构成平面图像的主要元素，巧妙排列，也会显示韵律。图 6-6 是直线组成的示意图，图 6-7 是由直线组成的打折广告，并巧妙地利用直线的长短告知打折的幅度。

图 6-6

图 6-7

练习 4：改变画笔的"不透明度"

笔刷的不透明度选项，将直接影响笔刷的效果。国画是通过控制毛笔在纸上的用力程度，来呈现深浅相宜的墨迹，从而形成特殊的国画艺术形式。Photoshop 中笔刷与之相似的是画笔的不透明度选项，此项数值直接控制画笔与基色混合时的不透明程度。当使用 100%的笔刷时，则是完全不透明，0%是完全透明的，中间值则表示介于不透明与透明之间。

（1）练习画笔使用。如图 6-8 所示，将鼠标移到不透明度数值上单击，输入数字。

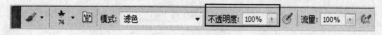

图 6-8

（2）上下滚动鼠标滚轮：使用键盘上下方向键的效果与鼠标滚轮效果一致，按【Shift】键可加速，按【Alt】键可减速。

（3）单击数字右边的三角箭头，弹出可移动的滑块，改变滑块的位置，相应的参数数值也会发生变化。Photoshop 中有很多参数设置方法与此类似。

（1）

（4）把鼠标移动到【笔刷】面板的【不透明度】选项上，此时按下鼠标光标会变为双向的箭头，左右拖动即可改变数值。按【Shift】键可加速，按【Alt】可减速。

（2）

（5）直接按键盘上的数字键来改变数值。如改为 80%就按 8；40%就按 4；100%按下 0，15%就连续按下 1 和 5。1%就连续按下 0 和 1。这种方法快捷而实用。

（3）

（6）绘图实战。如图 6-9 所示是"桂林山水"图的绘画过程，背景已通过渐变完成填充。

（4）

（7）新建图层。更改画笔的不透明度设置。体会画笔的不透明度对图层透明度的影响。

（8）国画画家通过用笔力度，控制墨迹的深浅，Photoshop 通过笔刷在纸上停留的时间来控制墨迹的深浅。

（9）宣纸的渗透效果，还需设置笔刷的杂色和湿边效果。设置完成后保存图像。

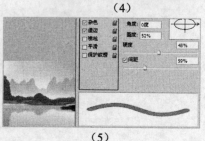

（5）

图 6-9

练习 5："画笔"工具面板

除了直径和硬度的设定外，Photoshop 还为笔刷提供了非常详细的设定，这使得笔刷的绘画效果更加丰富多彩。快捷键【F5】即可调出画笔面板，注意这个画笔面板与画笔工具并没有依存关系，只是笔刷的详细设定面板。

（1）调出画笔面板：按【F5】键即可，如图 6-10 所示。

（2）定义笔尖形状。选择画笔面板左侧的【画笔笔尖形状】选项，注意：如果下面的复选框有被选中的，先取消选中。

（3）选择笔刷样式。在笔刷预设列表中选择 19 像素的笔刷。其中【直径】和【硬度】的作用分别是对大小和边缘羽化程度的控制。最下方的一条波浪线是笔刷效果的预览。每当更改一次设置，这个预览图也会随之改变。

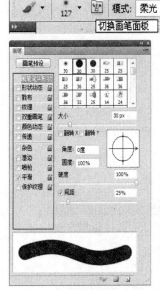

图 6-10　　　　　图 6-11

（4）用画笔涂鸦。将鼠标当做画笔，在新建图层上，一笔笔地画，如图 6-11 所示是用画笔涂鸦的画面。徒手画笔较难控制，如果用压感笔就容易得多。

（5）更改设置。分别改变角度、硬度和间距的值。观察预览图，发现预览效果也会随着参数值的改变而改变，如图 6-12 所示。

（6）在 Photoshop 工作区使用不同设置的画笔画一些简单的线条，图中包括了不同间距、不同圆度的笔刷，如图 6-13 所示。

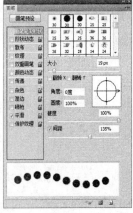

图 6-12　　　　　图 6-13

6.2 异形笔刷

本节之前所涉及的笔刷都是正圆形，画笔面板可以控制笔刷的圆度。因此笔刷形状还可以设为椭圆。圆度是一个百分比，代表椭圆长短直径的比例。100%时是正圆，0%时椭圆外形最扁平。角度就是椭圆的倾斜角，当圆度为 100%时角度就没意义了，因为正圆无论怎么倾斜还是一个圆。

练习 6：圆度和角度

（1）打开"爱心.jpg"图片，如图 6-14 所示，观察到红心的线条表达与一般的线条是有所不同的。

图 6-14

（2）改变角度和圆度方法 1：在图 6-15 中的【圆度】和【角度】文本框中输入数值改变圆度。

图 6-15

（3）改变角度和圆度方法 2：拉动示意图 6-16 中两个控制点（图中绿色圆圈处）来改变圆度，在示意图中任意处单击并拖动即可改变角度。

（4）画爱心：选择红色为前景色，用角度为 25，圆度为 50 的画笔画一"爱心"图。

> 提示：画得不流畅没关系，借助"路径"可以完成得更好，路径将在第 8 章介绍。

（5）上色。练习利用笔刷的属性，为图 6-16 所示梅花图上色。（源文件位置 /第 6 章案例与结果）

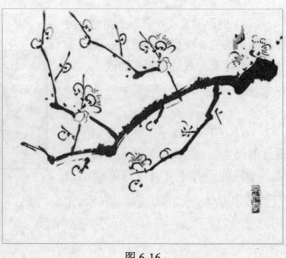

图 6-16

笔刷除了练习 6 中介绍的各种属性，还有动态效果，可以简单、快捷的表现散发、流动等效果，如星光灿烂、天女散花的效果。下面来看一下设定笔刷动态形状的相关操作。

练习7：笔刷的"动态形状"

（1）打开"小燕子.jpg"图像。图像上有两种笔刷效果：动态和散布，如图 6-17 所示。

图 6-17

（2）在笔尖形状设定中把间距设为 150%，然后选中【形状动态】复选框，将大小抖动设为 100%，圆度抖动控制选择关，最小直径、角度和圆度都选择 0%，如图 6-18 所示。

（3）在【散布】设定中选中【两轴】复选框，其值设为 502%，如图 6-19 所示。

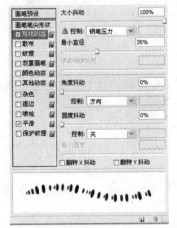

图 6-18　　　　　　　图 6-19

> 提示：抖动就是随机，随机就是无规律的意思。如同你把手中的沙子撒落到地上，沙粒的落点就属于随机，随机数是不可预测的。

到现在为止，还只是学习了一种形式的笔刷：正圆或者椭圆的笔刷，自然世界远比圆要复杂得多，Photoshop 的笔刷也不例外，它提供了非常丰富的异形笔刷，如图 6-20 所示是使用异形笔刷创作的更为复杂图像效果。

图 6-20

练习 8：异形笔刷

（1）打开"秋之枫.jpg"图像，如图 6-21 所示，满树红叶，随风飘落。

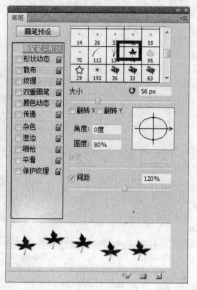

<table>
<tr><td>图 6-21</td><td>图 6-22</td></tr>
</table>

（2）如图 6-22 所示，在【画笔笔尖形状】中选择一个枫叶形状，如图 6-23 中黑色方块指示处，设置画笔像素大小为 45，间距设为 120%。

（3）设前景色为橙色（243，111，33），

（4）选中【翻转 X】与【翻转 Y】。使枫叶呈现上下左右颠倒的效果。

（5）设置大小抖动为 70%，角度抖动为 100%，圆度抖动为 50%。实现每一片枫叶看起来"大小不同，角度不同，正扁不同"的效果，再把间距设为 100%。选中【两轴】复选框，大小为 500%。

（6）选中【颜色动态】复选框使枫叶色彩各不相同。【前景/背景抖动】设为 100%。这个选项的作用是将颜色在前景色和背景色之间变换，默认的背景是白色，结果如图 6-23 所示。

提示：图 6-21 在绘制过程中更换了 5 种背景色：黄色、灰色、绿色、蓝色和紫色。加上前景色绿色，总共是 6 种颜色。但是仔细观察就会发现其实远不止 6 种颜色，这是因为抖动的效果是在一段范围内的，而不只局限于两个极端，所选的前景色和背景色只是定义了抖动范围的两个端点，而中间一系列随之产生的过渡色彩都包含于抖动的范围内。

图 6-23

练习 9：笔刷的"渐隐"

首先绘制 3 条直线：

（1）第一条直线：把笔刷"直径"设为 10 像素，"间距"设为 150%、"圆度"设为 100%、"大小抖动"设为 0%。"控制"设为关。

（2）第二条直线：在第一条直线设定的基础上，将"大小抖动"下面的"控制"选项设置为"渐隐"，后面的文本框中填 20，最小直径设为 0%。

（3）第三条直线：在第二条直线设定的基础上，将最小直径设为 20%，如图 6-24 所示。

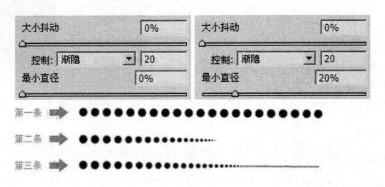

图 6-24

（4）分析渐隐的意思："渐隐"是逐渐地消隐，指的是从大到小，或从多到少的变化过程，是一种状态的过渡。

例如：第一条直线，因为大小抖动为 0，所以圆点始终一样，"形状动态"选项形同虚设，因为没有任何有效的控制设定。

第二条直线打开了渐隐控制，意味着从 10 像素的大小开始"逐渐地消隐"，直到 0 像素为止。

渐隐的长度由后面填的数值 20 来控制，这个 20 代表步长，意味着经过 20 个笔刷圆点。

第三条直线打开了最小直径的控制，10 像素的 20%就是 2 像素，此时渐隐选项不能完全消隐笔刷，消隐的最小值是 2 像素。步长仍然为 20 步，即从 10 像素过渡到 2 像素的过程是 20 个笔刷圆点，20 个笔刷圆点之后保持 2 像素的大小，这 2 像素永不消隐。

案例参考：图 6-25 中就应用了这 3 种渐隐线。

在练习 4 中，利用笔刷的不透明度，绘制了桂林山水，但是效果不是很好，没有毛笔在宣纸上的渗透毛刺效果，下面将介绍的笔刷的杂色和湿边选

图 6-25

项可以使图像产生此效果。

练习 10：笔刷中的效果选项

（1）杂色选项的作用：是在笔刷的边缘产生杂边，也就是毛刺的效果。杂色是没有数值调整的，不过它和笔刷的硬度有关，硬度越小杂边效果越明显。

（2）湿边选项的作用：是将笔刷的边缘颜色加深，看起来就如同水彩笔效果一样，如图 6-26 所示。

图 6-26

笔刷	硬度	选项	结果
●	100	无	
	100	杂边	
	100	湿边	
	100	杂+湿	
●	0	无	
	0	杂边	
	0	湿边	
	0	杂+湿	

（3）喷枪：喷枪将美术操作中使用的喷枪特性直接引入到 Photoshop 中。实际所用到的喷枪，利用气压喷出颜料，这种涂布方式一般具有细腻而温和的效果特征。如果持续按动喷枪工具，即可扩大喷涂面积、并且颜色也随之加深，如图 6-27 所示。

笔刷	流量	结果	笔刷	流量	结果
●	100		●	100	
●	50		●	50	
●	25		●	25	
	5			5	

图 6-27

（4）平滑选项的作用：主要是为了让鼠标在快速移动中也能够绘制较为平滑的线段。如图 6-28 所示是关闭与开启平滑选项后的效果对比。

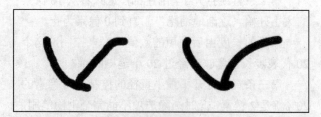

图 6-28

> 提示：笔刷设定面板中还有纹理、双重画笔以及其他动态设置。纹理和双重画笔因为涉及到后期的一些知识，因此现在不要求掌握。至于其他动态中的不透明度抖动和流量抖动，请读者思考并动手试一试。

至此，笔刷的所有属性已经介绍完毕，实验过程中也有些笔刷在以后可能还会用到，因此，Photoshop 还提供了笔刷的定义和存储功能，方便个性化创作，并且以备随时调用。

练习 11：自定义笔刷

（1）打开如图 6-29 所示素材，选取所需叶片。

（2）使用"裁剪"工具裁取所需叶片，然后去背，使其置于透明层中。

（3）自定义画笔。选择菜单【编辑】|【定义画笔预设】命令，图中"叶脉"是定义画笔名称，"69"为画笔大小，如图 6-30 所示。

图 6-29

图 6-30

（4）新建文件，使用第（3）步中定义的画笔，进行各种属性设置，如图 6-31 所示，在此简要复述一下笔刷的属性。

笔刷形状属性：包括直径、角度、圆度和间距等。
形状动态属性：包括大小抖动和角度等。
散布属性：包括两轴、色相、饱和度和亮度抖动等。
参数值可以依个人喜好或实际要求设置。

（5）在画布上任意发挥，可以为自己做一个名片，效果如图 6-32 所示。

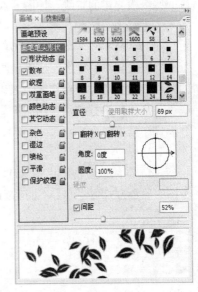

图 6-31

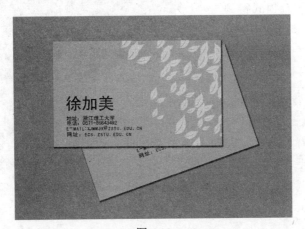

图 6-32

在画笔属性选项中，除了画笔的大小尺寸选项外，还必须注意到画笔的混合模式选项。在 Photoshop 中使用了很多先进多色彩混合技术，设置了多种混合模式，由此产生了各种特殊的视觉效果。一般情况下，该模式设置为正常，那么所画的颜色，将取代原先的颜色，但是如果选择其他的混合模式，结果就完全不一样了。下面将介绍画笔的其他一些混合模式。

练习 12：认识画笔的混合模式

（1）创建一个 500×500 的新画布，命名为"朝阳格子布"。注意图 6-33 所示画笔选项栏的"模式"选择。

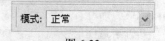

图 6-33

（2）选择前景色为"蓝色"，画笔尺寸为 9，并在画布上画一些纵横交错的直线，如图 6-34 所示。

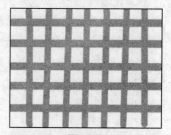

图 6-34

（3）设置画笔的混合模式为"叠加"，前景色不变，继续画一些纵横交错的直线，结果如图 6-35 所示。与前一图有明显的差异。这种叠加混合模式，是以当前笔刷颜色（混合色）与底色（基色）进行叠加，结果产生了比原色较深的蓝色。（混合模式详见第 7 章）

（4）继续改变混合模式，可以看出红色笔刷与蓝色笔刷在不同的混合方式下，产生不同结果。

（5）保存文件为 PSD 格式。

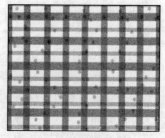

图 6-35

如图 6-36 所示的光斑效果，就是使用笔刷的不同混合模式得到的，当然，还要对笔刷进行一些设置，才能获得具有丰富层次的光斑。详见本章练习 14。

> 提示：笔刷的混合模式与图层的混合模式一样共有 22 种，混合效果将在第 7 章"图层的混合"中详解。

图 6-36

练习 13：笔刷综合实战

下面将利用 Photoshop 提供的笔刷制作流光溢彩的梦幻光斑。主要运用到画笔工具和渐变工具。此法可用于案例中水中的泡泡。

图 6-37

（1）新建文件，注意背景为"透明色"，设置前景色为"黑色"。

（2）用选择工具画一正圆选区，选择菜单【编辑】|【描边】命令，设置宽度为3，位置为"居外"，单击【确定】按钮。

（3）选择菜单【编辑】|【填充】命令，设置"内容"为前景色，不透明度为70%，单击【确定】按钮。

（4）选择菜单【编辑】|【定义画笔预设】命令，如图 6-37 所示，单击【确定】按钮。

（5）打开图 6-38 所示的文件。

图 6-38

（6）设置前景色为"白色"，使用画笔，在图层上喷绘。

（7）设置画笔面板，改变画笔属性：形状、间距散布，改变画笔混合模式为"颜色减淡"，再在图层上喷绘，仔细观察，发现绘制的圆颜色发生变化。

（8）选择菜单【滤镜】|【模糊】|【高斯模糊】命令，模糊图像，如图 6-39 所示。

（9）再次喷绘圆，与先前喷绘形成景深对比，丰富层次，如图 6-40 所示。

图 6-39

图 6-40

也可以从网上下载精彩的 Photoshop 笔刷，下面介绍安装和应用 Photoshop 笔刷。

练习 14：笔刷下载与安装

（1）下载的笔刷文件，一般都是压缩文件。

（2）解压 Photoshop 笔刷文件，Photoshop 的笔刷后缀名统一为.abr，记住存放文件所在的路径。

（3）安装笔刷文件。复制笔刷文件至 Adobe\Photoshop CS5\预置\画笔。

（4）启动 Photoshop，单击画笔工具，载入画笔，如图 6-41 所示。

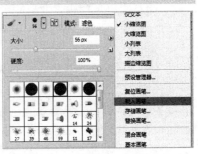

图 6-41

（5）从画笔速览图找到需要的笔刷并尝试使用笔刷。

6.3 使用历史记录与历史画笔

大多数计算机应用软件都有撤销操作的功能，在 Photoshop 的历史面板，或许收益更多。理论上，历史调色板允许返回到以前的任何步骤，放弃任何更改，但是默认情况下，历史记录面板列出当前操作以前的 20 个状态，之前的状态会被自动删除，以便为 Photoshop 释放出更多的内存。关闭文档后，本次工作会话过程的所有状态和快照都将从面板中清除。

练习 15：使用历史面板

（1）打开图片文件"小弟.jpg"。选择菜单【窗口】|【历史面板】命令，弹出【历史】浮动面板。

（2）选择一种前景色颜色，并用"画笔"工具在图像上随意描画，选择不同的颜色画一些线，此时历史面板记录了上述操作，如图 6-42 所示。按【F12】键恢复该文件的初始状态。

（3）尝试回到前一步：单击想退回的那一步操作，工作区将呈现那一步的状态，单击最后一步（还原），观察结果。

图 6-42

练习 16：使用艺术历史记录面板

（1）继续上述操作，新建图层 1，选择中灰色填充图层。

（2）选择"历史记录艺术画笔"工具，画笔大小设置为 17，在新建的中性灰图层 1 上涂抹，效果如图 6-43 所示。

（3）选中图层 1，图层模式改为"叠加"，效果如图 6-44 所示。

（4）如果觉得还不够理想，也可以在图层 1上，换用不同的"艺术历史记录画笔"样式进行涂抹，直到满意为止。

（5）当然，如果想画面更加完美，还可以进行色彩调度。选择菜单【图像】|【调整】|【色相/饱和度】命令，调出自己喜欢的色彩效果。多动手，就可能有新的发现。

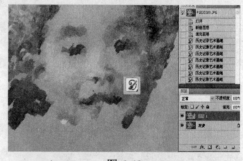

图 6-43

> 提示：图层混合模式"叠加混合"的原理请详见第 7 章，色相调整请详见第 3 章。

图 6-44

6.4　CS5 新增画笔工具

Photoshop CS5 的新功能中有一个"混合器画笔工具"，使用此工具可以使图像看起来更像一幅艺术作品。下面通过实践来体验这个新工具，将一张风景照片转化为水粉画风格。

练习 17：初识 Photoshop CS5 混合器画笔工具

（1）打开文件，并在工具栏上找到"混合器画笔"工具，如图 6-45 所示。

（2）选择画笔类型：在属性栏上单击"画笔预设"按钮 ，打开画笔下拉列表，可以看到 Photoshop CS5 专门准备了几款绘图画笔，如图 6-46 所示，图中列出了几款油画笔头样式的画笔。

（3）设置画笔属性。单击切换画笔面板按钮 ，打开【画笔】对话框，单击【画笔预设】按钮，可得到更为详细的画笔信息，并可根据需要设置各种属性。

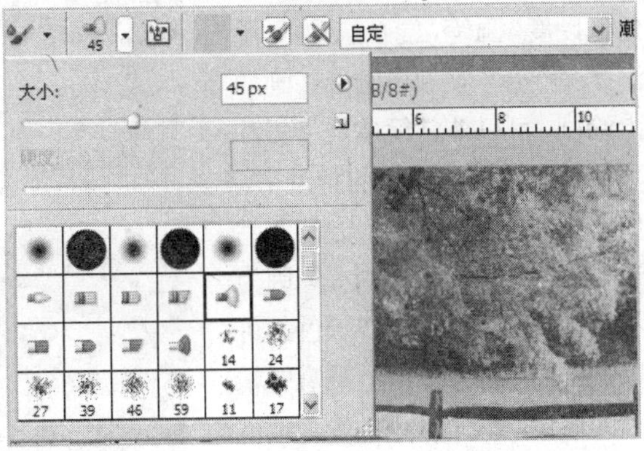

（4）调整"混合器画笔"参数："当前画笔载入"可以重新载入或者清除画笔，也可以在这里设置一个颜色，让它和涂抹的颜色进行混合。具体的混合结果可以通过后面的数值输入框进行具体调整。

（5）"每次描边后载入画笔" 和"每次描边后清理画笔" 两个按钮，控制了每一笔涂抹结束后对画笔是否更新和清理。类似于画家在绘画时一笔过后是否将画笔在水中清洗的选项，如图 6-46 所示。

（6）认识属性栏上其余各个选项的作用：

潮湿：设置从画布拾取的油彩量。

载入：设置画笔上的油彩量。

混合：设置颜色混合的比例。

流量：这是以前版本其他画笔常见的设置，可以设置描边的流动速率。

（7）自定义：下拉列表中，有预先设置好的混合画笔，当选择某一种混合画笔时，第（6）步中的 4 个选择数值会自动改变为预设值，如图 6-47 所示。

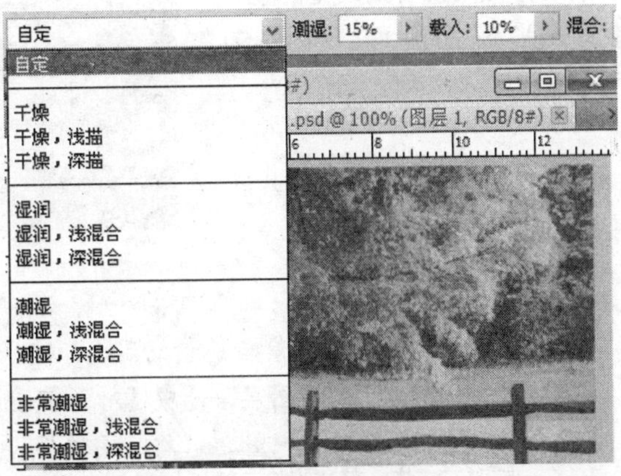

图 6-45

图 6-46

图 6-47

练习 18：实战 Photoshop CS5 新画笔

（1）"潮湿"值的设置：使用同一张图，分别用值 0%和值 100%两种混合值进行绘画。从如图 6-48（1）所示中可以看到，值为 0%的画笔较多地保留了自定义的颜色，而图 6-48（2）用值为 100%的画笔则可以从画面上取出自己想要的颜色较多。可以把画笔想象成沾了水的笔头，越湿的笔头，就越能将画布上的颜色化开。

（1）　　　　　（2）

图 6-48

（2）混合值的设置：对颜色有较大影响的是混合值，混合值越高，画笔原来的颜色就会越浅，从画布上取得的颜色就会越深。

图 6-49

（3）按【Ctrl】+【J】键复制图层，将上层隐藏，选择"圆角低硬度"画笔，混合选项："湿润，深混合"，利用侧锋在画面上涂刷。可以非常简单地将树和草刷掉，画出大面积的背景来，如图 6-49 所示。这个方法非常适合 CG 创作时给出背景。因为不再需要调颜色，一切颜色都可以从画面上拾取。甚至不需要精细的图像，一个很小的图像，被放大后，再用混合器画笔一刷，就是一张不错的画面，如图 6-50 所示。

只需要几分钟，一张照片就变成了水粉画。

图 6-50

小技巧：对于大背景与前景的混合，有一个非常实用而且简单易行的方法：即在最上层添加一个透明的新图层，选中【对所有图层取样】复选框，显示复制的原始图像，然后在上面涂出细节来。完成之后将原图隐藏，就可以将细节与大背景完美地混合起来了。

6.5　案例实现

本案例的绘画特点在于所用工具简单，画中的圆即可用"画笔"直接绘制，也可用"选择"工具选取后，填色获得（见图 6-1）。编辑工具用了"画笔"、"加深"、"减淡"和"涂抹"工具。

实现1：鱼初步，步骤如图 6-51 所示（图 6-51(1)中的数字为 RGB 颜色值）：

（1）新建文件，新建图层 1，绘制圆。

（2）新建图层 2，绘制圆 2，使用"加深"工具，在周围涂抹，改变明暗对比，初见立体感。

（3）分别新建图层 3、图层 4，绘制 2 个圆，分别用"加深"工具，在周围涂抹，改变明暗对比后，左眼制作完成。用类似的方法制作右眼。

（4）在图层 1 的下方新建图层 5，画出两边的鱼鳍。

（5）在图层 1 的上方，新建图层 6，再用"选择"工具画一个鱼嘴，对其进行颜色填充。

（6）用"加深、减淡"工具分别对鱼鳍和鱼嘴明暗加工，创建立体感。范围选用"中间调"，在初次使用时，曝光度可以小一点，可以分次实现。

（7）激活图层 6，选择菜单【编辑】|【变换】命令，对鱼嘴进行变换操作，创建透视感。

（8）鱼的制作初步完成。

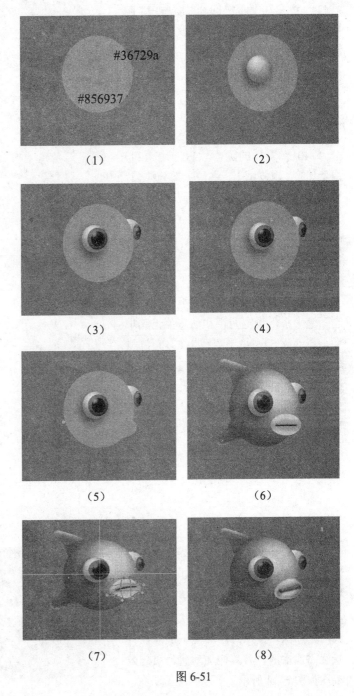

（1）　　　　　（2）

（3）　　　　　（4）

（5）　　　　　（6）

（7）　　　　　（8）

图 6-51

实现 2：图像修饰

（9）添加眼帘：先用"画笔"工具画一个"220 像素"的圆，然后用"橡皮擦"工具画一个"223 像素"的圆，这样就擦去了圆的下半部。再用"加深、减淡"工具为其改变明暗。

（9）

（10）添加睫毛：用画笔工具画一个"240 像素"的圆，然后选用"243 像素"的"橡皮擦"，将多余部分擦去，将其置于透明图层中，选择【编辑】|【定义画笔预设】命令，命名为"睫毛"画笔。

（10）

（11）设定"睫毛"画笔属性：调制画笔大小，设定间距和动态值，其中大小抖动为 52，最小直径为 8，角度抖动为 0，控制为"方向"，这是一个关键，这样才能使得所画睫毛会由中心往外发散。

（12）再用"钢笔工具"沿着眼帘画路径，令眼睫毛沿其描边。

（11）　　　　　（12）

（13）为其添加背景：分别设前景背景色为"063353"和"1fb0e9"，选择滤镜【渲染】|【云彩】命令，使用减淡工具在鱼头周围进行若干次减淡，在其后方加深，模拟海洋环境。最后在背景上添加水泡，为其增加动感，最终效果图如图 6-52 所示。

（13）

图 6-51（续）

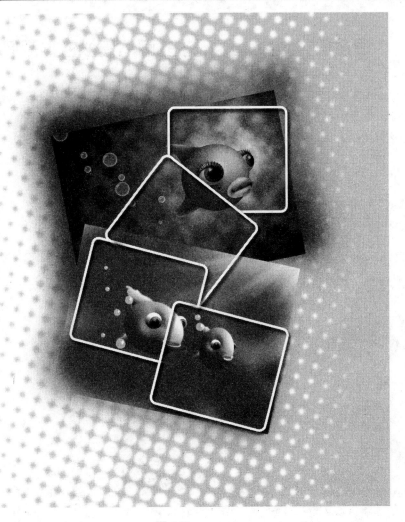

图 6-52

6.6　本章小结

通过本章学习，读者应该掌握：

1．绘画涂抹：精通各种绘画工具的使用技巧；设置各种笔刷，能够临摹或改造美术作品，绘制卡通图画；具有描绘物体的基本能力。

2．编辑修饰：熟练掌握各种编辑修饰工具的各种方法，能与其他功能综合运用。

3．效果合成：掌握一定创意修饰图像的方法。

值得提出的是，绘制图像并不是 Photoshop 的特长，建议掌握笔刷的运用技巧，下面通过笔刷模拟绘制各种风格画作的小课题研究，进一步研究如何将笔刷工具与其他处理技术相结合创作出更漂亮的图画。

6.7 小课题研究：Photoshop 的画笔模拟各种画风

一个画种的特点，与它独特的工具材料是密切相关的。选择哪种手段来表现，在很大程度上取决于人和题材。通常情况下，一个画家是不可能用所有的画法来画画的，但是 Photoshop 却能提供这种可能。

练习 1：壁纸画

制作一幅计算机桌面壁纸，效果如图 6-53 所示。图 6-54 为本次绘画树上的梨花所需的画笔参数设置。

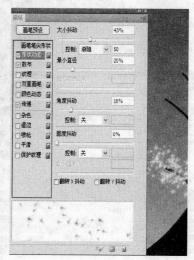

图 6-53   图 6-54

制作壁纸画的技术要点如下：
（1）运用渐变绘制远近山，如图 6-55（1）所示。
（2）定制笔刷，使之有大小变化，如图 6-55（2）所示。
（3）定制花的笔刷，使之大小发散，如图 6-55（3）所示。

（1）   （2）   （3）

图 6-55

练习 2：水彩画

水彩画是艺术情感流露的一种。水彩画以透明、轻快、流畅的色彩来表现客观事物，它清爽神俊，浓淡相宜，具备潇洒风雅的格调，令人陶醉。这种意境是其他画种难以比拟的，如图 6-56、图 6-57 为本次绘制水彩画所需的画笔参数设置。

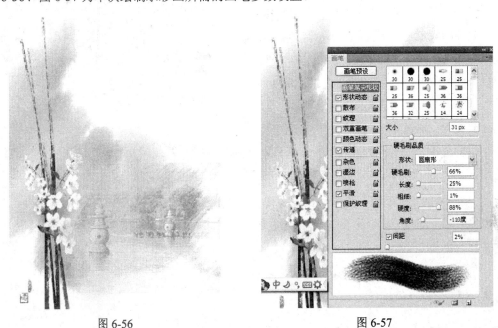

图 6-56　　　　　　　　　　　　　　　　　　图 6-57

绘制水彩画的技术要点如下：在原图（见图 6-58（1））的基础上去色；调整色阶，如图 6-58（2）所示；然后选择画笔，选择减淡模式，如图 6-58（3）所示。

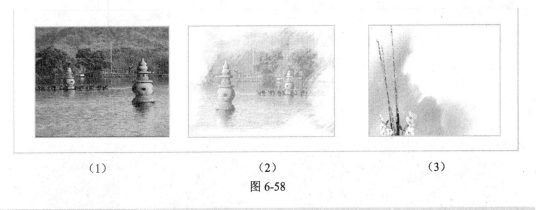

（1）　　　　　　　　　　　（2）　　　　　　　　　　　（3）

图 6-58

练习 3：水粉画

水粉画给人以鲜艳、柔润、浑厚的感觉，所以，水粉画也可以画出水彩画的酣畅淋漓的效果。但是，它没有水彩画透明。

（1）Photoshop 提供了强大的绘画功能，它可以结合画笔本身的功能属性，如样式、大小、动态和画笔的混合模式和不透明度，制作出水粉画的效果，如图 6-59 所示。

图 6-59

（2）绘制图 6-59 所示的水粉画的关键步骤在于画笔属性的设置，如图 6-60 所示，其中"形状动态"、"双重画笔"的设置目的都是为了能逼真地模拟水彩笔的痕迹。

（3）图层：在上色工作过程中，要注意不断添加新图层，以便随时修改。

（4）画笔的混合模式：叠加。

（5）画笔的不透明度：经常根据需要调整，初步上色时定为 60%~70%，调整时改为 30%~40%，以便逐步调整颜色深浅。

（6）一轮颜色完毕后，再修饰颜色、阴影和光线等细节。

（7）阴影：改变画笔的混合方式为叠加，不透明度设为 10%~15%，并且需要依赖设计者的工作方式。

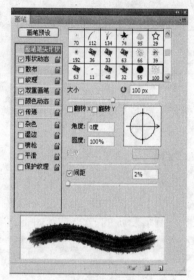

图 6-60

水粉画的实现技术要点如下：

（1）描图，如图 6-61（1）所示；
（2）上色，如图 6-61（2）所示；
（3）在图上添加阴影，如图 6-61（3）所示；
（4）添加变光，如图 6-61（4）所示。

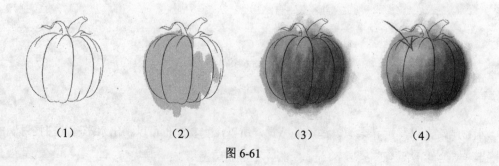

（1）   （2）   （3）   （4）

图 6-61

练习4：国画

国画有着自己明显的特征。传统的国画不讲焦点透视，不强调自然界对于物体的光色变化，不拘泥于物体外表的肖似，而多强调抒发作者的主观情趣。国画讲求"以形写神"，追求一种"妙在似与不似之间"的感觉；而西洋画呢？则讲求"以形写形"，当然，创作的过程中，也注重"神"的表现。但它非常讲究画面的整体、概括。有人说，西洋画是"再现"的艺术，国画是"表现"的艺术，这是不无道理的。

它有高度的概括能力，以少胜多的含蓄意境。绘制国画时要做到落笔要准确、运笔要熟练，要能得心应手，意到笔到。兼工带写的形式则是综合运用了工笔和写意这两种方法。绘制好的国画如图6-62所示。

图 6-62

练习5：用 Photoshop 为服装设计手绘稿上色

画笔工具也经常用于服装设计的渲染和舞台效果的表现，此例为实现时装渲染的技术操作。

（1）载入素材图片后，先按头发、上衣、裙子和头花4部分创建好选区，并保存选区，以待用。

图 6-63

（2）头发上色。新建图层，载入"头发"选区，并且对其羽化 10 个像素，然后填入喜欢的颜色；利用减淡和加深工具调整头发的明暗关系，使用滤镜对头发进行高斯模糊操作。释放选区后，用涂抹工具在头发的边缘涂几下，使之有飘动的感觉，如图6-63所示。

（3）上衣着色。新建图层，载入"上衣"选区，对其羽化2个像素，然后填入喜欢的颜色并且用减淡和加深工具画出胸部的明暗，画出衣纹的明暗，使之有立体感，如图6-64所示。

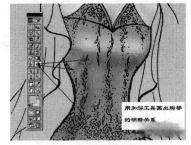

图 6-64

（4）将衣服上的装饰物用铅笔工具画上喜爱的颜色，并画出明暗关系及高光（披肩和裙子的画法同上衣）。

（5）头饰上色。新建图层，载入"头饰"选区，填入颜色，用减淡和加深工具画出头饰的明暗，在皮肤层上用加深工具画出投影，如图6-65所示。

图 6-65

（6）裙子上色。新建图层，裙子的画法同上衣，不过选区的羽化值要设置大一点，然后填入颜色，画出明暗，对裙子进行高斯模糊操作，在下摆处，用喷笔喷上点白色，使之具有变化的效果，如图 6-66 所示。

图 6-66

（7）整体修饰。用喷笔工具画出装饰物的光芒，最后效果如图 6-67 所示。

图 6-67

练习 6：用 Photoshop 制作动漫电影场景

（1）动漫设计中，经常要画一些虚幻且非常有趣的场景，在 Photoshop 中，实现这些艺术场景的基本工具是画笔工具，而实现的关键点在于画笔样式及其属性的设置，如图 6-68 所示为动漫电影场景。

图 6-68

（2）新建文件。先画天空，天空颜色可以参考照片的颜色来取色。早上和傍晚的天空颜色差别很大，这一点需要注意。

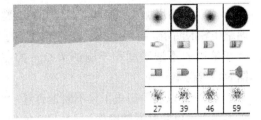

图 6-69

（3）画天空。在两个单独的图层中，使用硬刷油漆，颜色选择蓝色和橙黄色，如图 6-69 所示。然后在蓝色和橙黄色分界处进行高斯模糊处理，混合色彩，使天际线更自然地混合在一起，效果如图 6-70 所示。

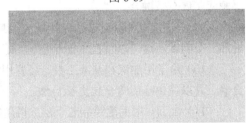

图 6-70

（4）为了与遥远的天空对比，选择褐色的颜色，如图 6-71 所示。

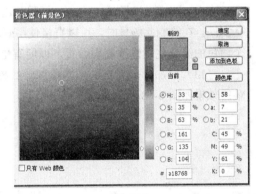

图 6-71

（5）画山峰。Photoshop 中提供的各种刷子，可以创建为自己的画笔预设。并以此来绘画山峰，注意选择和改变笔刷的方向和角度。

（6）分别新建 3 个图层，用第（5）步中制定的笔刷，选择不同的颜色创建近山和远山。这样可以随时删改任何东西。注意：在制作过程中，要用到"混合画笔工具"增加细节，如图 6-72 所示。

图 6-72

（7）然后用加深和减淡工具，开始调整一个个小的细节。调整山峰的明暗。再用涂抹工具调整山峰的高低，不时地通过改变笔刷的不透明度和笔刷的流量，控制颜色等细节，如图 6-73 所示。

（8）可以利用历史工具不断地查看前面的操作步骤，如果不满意可以随时撤销操作。层与层之间的融合也可以通过图层蒙版实现有效融合。

（9）画层次。可以通过加深和减淡工具对各突出的山峰，增加一个副本，这可以使在上面一层的颜色不会被覆盖。

（10）除了用加深和减淡工具，还要用涂抹工具、画笔混合器工具以使山峰明暗变化更加自然。

（11）画云。用毛笔绘制若干层，再用径向模糊对其进行处理，也可以再次使用涂抹工具。

（12）新增飞机场景中的一个烟雾踪迹，这将增加更多的真实性。在绘制此场景时，可以直接使用画笔混合器，设置一个白色的混合色，修改笔刷设置，以便有更多的破边笔刷。

（13）增加一个天空的副本添加一线橙色的太阳光辉，最终效果如图 6-68 所示。

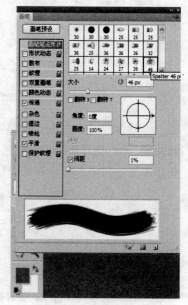

图 6-73

本章要点：

- 建立图层
- 图层编辑
- 图层混合模式

本章难点：

- 运用图层蒙版
- 合理运用图层混合模式

第 7 章

使用图层融合图像

Photoshop 相对于其他图像处理软件，突出的贡献在于创造了图层，开发了图层的混和技术。

在本章，将学习如何运用 Photoshop 的"图层混合"来处理图像。

本章案例揭示了"图层"的各种混合原理，训练中包括改变图层的顺序、不透明度、图层蒙版和混合模式等图像融合技法。

本章小课题研究揭示了构图中形成视觉冲击效果的 10 种技术。

本章案例："丝"情画意

春天的花草地，经典的金质画框，动感的红色丝带……

现在要将这些素材融合，制作成"'丝'情画意"的图像。案例示范效果如图 7-1 所示。

实现本案例的 3 大步骤如下：

（1）确定主题，准备素材

图像合成并不是简单地拼凑，它需要运用各种素材，通过组织、处理、修饰和融合，得到新的设计作品，因此可以说图像合成一半是艺术，一半是技术。

（2）利用图层工具，建立多图融合

图层融合可以通过 Photoshop 提供的图层混合模式、图层不透明度、图层蒙版、图层调节等图层功能，融合各种素材，表达艺术想象。

（1）

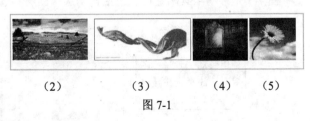

（2）　　　　（3）　　　　（4）　　　（5）

图 7-1

（3）利用"图层样式"，增添特殊效果，加强视觉冲击

本案例将通过 Photoshop 的各种合成技巧，说明合成技巧在图像处理中占有重要地位，制作广告海报、插画以及壁纸等平面设计作品都需要运用到合成的功能。（源文件位置：第 7 章/案例与练习）

7.1 图层面板

图层面板上显示了图像中的所有图层、图层组和图层效果。可以使用图层面板上的各种功能来完成一些图像编辑任务，例如可以对图层进行创建、隐藏、复制和删除等编辑。

如图 7-2 所示，图层面板显示出了图层面板最简单的功能和图层菜单。

图中 1 单击右三角的菜单就可以看到图层的各项功能，包括：新建、复制、删除图层、建立图层组、图层属性、混合选项以及图层合并等功能。

图中 2 是图层，单击图层后，显示蓝色，表示图层激活，所有操作都将作用于此。

图中 3 是图层上图像的缩略图，右击可以调整其显示大小。

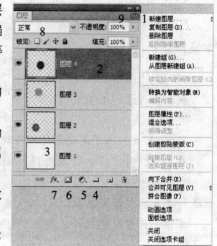

图 7-2

图中 4 是调整图层，可以改变图层色彩。

图中 5 是图层中的图层组，类似于目录，图层组便于管理图层，减少图层占用屏幕的空间；图层色彩有助于设计者在视觉上组织图层面板内的图层——提供更好的管理性。图层组跟普通图层一样，可以进行创建与删除、移动和变形操作。图层组文件夹的默认混合模式是"穿过"，指所有各层可保持自己的混合模式。

图中 6 是图层蒙版，使用蒙版可保护部分图层，且该图层不能被编辑。

图中 7 是图层样式，一种在图层中应用投影、发光、斜面、浮雕和其他效果的快捷方式，将图层效果保存为图层样式以便重复使用。

图中 8 是图层混合模式，使用混合模式可以创建各种特殊效果，混合模式使用很简单，只要选中要添加混合模式的图层和混合方式就可以了。但是，要用好却有一定难度。

图中 9 是图层不透明度，图层的不透明度决定它显示自身图层的程度，例如，不透明度为 1%的图层显得几乎是透明的，而透明度为 100%的图层显得完全不透明。

图 7-3 是移动工具属性栏，包括自动选择图层和选择图层组、各种图层对齐方式等。

使用移动工具选择图层时，注意选中【自动选择】复选框

安排多个图层时，可以使用图层对齐方式

图 7-3

练习 1：认识背景图层和新建图层

（1）新建一个文件，单击【设计】标签，弹出【图层】浮动面板，此时背景图层是被锁定的，位于图层的最底层，如图 7-4 所示。

（2）一般无法改变背景图层的排列顺序，也不能修改它的不透明度或混合模式。

图 7-4

> 　如果按照透明背景方式建立新文件时，图像就没有背景图层，最下面的图层不会受到功能上的限制。如果想使用 Photoshop 强加的受限制背景图层，可以双击图层，将它转换成普通图层，即可解除背景图层限制。

（3）新建图层。单击图层面板上的添加新图层按钮 ，新建"图层 1"，可以向图层添加内容。

（4）通过复制内容创建图层。一般创建的新图层会显示在所选图层的上面或所选图层组内。

理论上，在 Photoshop 中，图层是没有限制的，但图层太多时，会影响工作效率。可以通过图层组来管理图层。

练习 2：图层管理——创建图层组

（1）打开图片文件，如图 7-5 所示。激活"杯子"图层。

（2）复制图层。拖拽"杯子"至新建图层图标，新建"杯子副本"图层。

（3）移动并改变大小。单击"杯子副本"图层，并将其移动至右上方，根据近大远小原则，按【Ctrl】+【T】键，改变图像大小。

图 7-5

（4）更改图层名。双击图层名，输入图层名为"小杯"。

（5）用另一方法复制图层。按【Ctrl】+【J】键，新建并复制图层。

（6）将背景层更改为普通图层。双击背景层，新建图层，键入图层名，单击【确定】按钮。

（7）调整图层顺序。拖拽背景层，移至小杯子图层上方，发现小杯子被图层覆盖，不可见了。

（8）后退操作。按【Ctrl】+【Z】键，后退一次，按【Ctrl】+【Alt】+【Z】键，后退多次，默认后退次数的最大值为 20。

（9）组合图层。单击新建图层组按钮 。然后按住【Ctrl】键，依次将除"小杯子"和"背景"外的各图层，拖拽至新建的图层组，图层是折叠的，如图 7-6 所示。单击图层"眼睛"图标，观察变化。

图 7-6

（10）单击图层组的三角形 ，展开图层组。再次单击图层组的三角形 ，折叠图层。

（11）删除图层。单击"小杯子"图层，按【Delete】键或单击图层面板的垃圾桶图标 🗑，删除图层。

（12）保存图像为"图层示意"，保存格式为 PSD。

练习3：组织多层图像

图层还能将多张照片进行组织和整合，最终将其呈现在一张图像上，如图 7-7 所示的 3 张照片，通过图层功能处理整合成一张照片，最终效果图如图 7-8 所示。

图 7-7

图 7-8

多张图片融合，除了可以对图片放大缩小以外，还可以给图片加一些直线、边框以及文字内容，使图片组织更有序。图片之间的淡入淡出效果，需要蒙版工具来实现，如图 7-9 所示，在 7.2 节将学习蒙版相关知识。

图 7-9

7.2 图层蒙版

蒙版也是 Photoshop 中的一个重要概念，通过使用蒙版可以显示或隐藏图层的部分。图层蒙版是与分辨率相关的位图图像，它们是由绘画或选择工具创建的。

Photoshop 中蒙版分两类：图层蒙版和矢量蒙版。先来进行图层蒙版的练习。

练习 4：使用图层蒙板

在图 7-10 的两张照片中，一张是奶奶笑得好，另一张是爷爷笑得开心，现在想让他们在阳光下一起笑的特别开心，可以通过图层蒙版来实现。

（1）将需要合成的照片分别置于图层 0 和图层 1 中。

（2）创建图层蒙版。单击图层面板下方图层蒙版按钮 。

（3）认识图层蒙版。在图层面板中，图层蒙版和矢量蒙版都显示为图层缩览图右边的附加缩览图。

图 7-10

（4）编辑蒙版。激活"图层蒙版缩览图"，选择画笔工具在蒙版上进行编辑。用黑色画笔涂抹将显示图层 0 的内容；用白色画笔涂抹将显示本层内容，灰色画笔显示类似羽化效果，如图 7-11 所示。

（5）使用选区编辑蒙版。先选取选区，选择菜单命令【图层】|【图层蒙版】来决定是"显示"还是"隐藏"选择区域，并填充黑色或白色，效果与用画笔编辑类似。

图 7-11

总结：图层蒙版是一种灰度图像，因此用黑色绘制的区域将被隐藏，用白色绘制的区域是可见的，而用灰度梯度绘制的区域则会出现在不同层次的透明区域中。再添加一图层，用图层蒙版技术，为图像更换背景，如图 7-12 所示。

提示：外出摄影时，除了拍摄对象外，也要留心周围美景，顺手拍下一些有用小品，以备他用。

图 7-12

7.3 认识 Photomerge

  Photomerge 可以将连续的几个照片整合成一个完整的影像。例如，可以采取几张照片的天际线重叠的照片，然后将他们合并到一个全景中，如图 7-13 所示。

图 7-13

  从图 7-13 可知，Photomerge 是否成功，源图像是至关重要的决定因素，所以在拍摄源照片时就要注意以下几个方面，如图 7-14 所示。

1. 充分重叠图像

图像应重叠约 40%。如果重叠较少，Photomerge 可能无法自动装配全景。但是，图像也不宜重叠太多。如果图像重叠 70%以上，照片可能无法融合。尽量保持至少在某种程度上彼此不同的单个照片。

充分重叠图像

2. 使用同一个焦距

拍摄照片的时候，如果使用的是变焦镜头，不改变焦距（放大或缩小）。

保持水平：使用带有旋转头的二脚架有助于相机保持平衡。

3. 保持相同的曝光

照片最好避免使用闪光灯，以确保所有的图像具有相同的曝光,避免由于曝光不同影响照片的合成。

充分重叠图像

图 7-14

练习 5：创建 Photomerge 的合成

创建 Photomerge 合成的操作步骤如下：

（1）选择菜单【文件】|【自动】|【Photomerge】命令。在弹出的【Photomerge】对话框中选择 Photomerge 源文件。

（2）从对话框中选择使用下列合成模式之一，如图 7-15 所示。

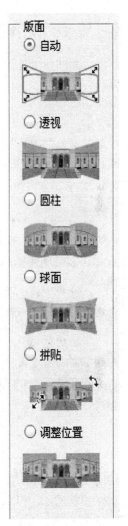

图 7-15

自动：Photomerge 自动实现源图像识别、分析、图层排列与定位，图层的无缝混合，自动建立最终的全景图，适用于任何一个角度看，一般情况下默认是这个选项。

透视：指定源图像之一，作为中心参考图像，其余图像做透视变换（重定位、拉伸、扭曲）使全景为透视图像，可建立 360°全景。拼接普通全景不必使用这个拼接模式。

圆柱：消除高低视角的透视变形失真，保持一定的小视角内正确拼接图像，参考图像放在中心，该合成模式使用于小视角范围的全景拼接。许多小于 360°的全景拼接均可使用该拼接模式，最终建立的全景是柱形全景。

球面：仅重新定位，使用蒙版修饰的效果。

拼贴：合成时只排列图像的位置，而不做任何透视变换，使用鱼眼镜头拍摄的照片可以用专用工具 panotool 做透视变换，再使用拼贴模式拼接全景，可用于拼接 360°全景。

调整位置 ：在上述拼接模式使用后，均不能顺利完成自动化拼接时，使用该模式。该模式自动拼接部分全景，把无法识别的照片留给用户自己手工拼接，并能提供重叠区域的自动捕捉功能，而不必手工识别对接。

此外，还有一项"混合影像"：自动化拼接失败并不意味着不能拼接，用手工识别对接，仍然能拼接全景。"混合影像"可以迅速准确对齐相邻的图层，也提供图层的编辑功能，可以选择、移动和修正每一个图层轻微的拍摄错误，查找和优化图像之间的边界接缝以及色彩搭配。使用"混合影像"的前提是会使用蒙版和混合图层。

（3）单击【确定】按钮。Photoshop 中创建一个从源图像多层图像，根据需要选择最佳的图像重叠层口罩。设计者可以编辑层口罩或添加调整层，以进一步微调全景的不同区域。

7.4 图层的不透明度和混合模式

图像处理中，一般都由多个图层组成，通过设置图层的不透明度，可以改变图层之间的色彩混合关系，从而创建视觉的特殊效果。

练习6：图层的不透明度

（1）新建文件。用不同大小笔刷分别在各层绘制不同颜色的圆，如图 7-16（1）和图 7-16（2）所示。

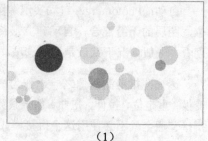

（1）

（2）分别激活各层，找到图层调板上的不透明度选项。单击三角形图标，然后拖动滑块，或者直接输入数值。数值越大，图层越不透明，如图 7-16（3）所示。

（3）分别输入不同的不透明度值，如 100%、70%、30%等，观察图像的颜色混合变化。

> 分析：通过改变"不透明混合度"的数值，来改变图层之间的颜色关系，这种关系比较简单。
>
> 当图像由多个图层组合的时候，使用"混合模式"可以创建出特别的视觉效果。试着改变一下图层的混合模式，观察混合模式改变与图层不透明度改变的区别。

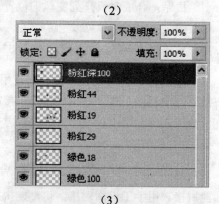

（2）

（4）选择要改变为"混合模式"的图层，然后在图层面板的混合模式菜单中找到所要的效果就可以了，如图 7-17 所示。但是，要准确地表达效果却不是一件简单的事。

（3）

图 7-16

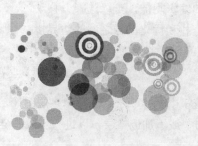

图 7-17

图层的混合模式可以将两个图层的色彩值紧密结合在一起，从而创造出大量的效果。在这些效果的背后实际是一些数学算法在起作用。下面将介绍 Photoshop 中适用于 RGB 图像的所有混合模式的混合效果。

练习 7：认识图层混合基本术语

在了解图层的混合模式之前，先来了解以下 3 个术语。

基色：是图像中的原稿颜色，如图 7-18（1）和图 7-18（2）中最底层的蓝色。

混合色：是通过绘画或编辑工具运用的颜色。如图 7-18（1）的混合色 1 是红色、混和色 2 是绿色。

结果色：基色与混合色混合后，呈现的颜色称结果色，如图 7-18（3）中，由于混合模式是"正常"，色彩结果色以原来的颜色呈现。而在图 7-18（4）中，红色与蓝色的混合模式为"变亮"，原图中的红色变成了洋红颜色。

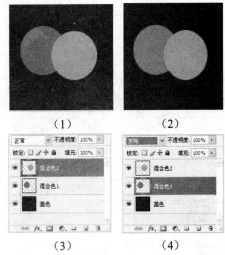

（1）　　　　　（2）

（3）　　　　　（4）

图 7-18

练习 8：初识图层的混合方式

Photoshop 的图层模式有 6 组，如图 7-19 所示。猛看起来非常复杂，其实每一组中的各种混合方式只是强度而已，只要先掌握几种常用的混合方式，然后触类旁通，很快便能分辨它们之间的差异。下面通过练习来认识图层的混合方式。

（1）打开"美女"图片文件，如图 7-20 所示。

（2）拖拽美女图层至新建图层，新建美女图层副本。

（3）在右下角作一矩形，选用七彩渐变色填充，观察图层混合效果。

（4）逐一改变图层混合方式，观察结果。

图 7-20

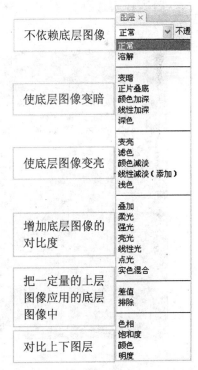

图 7-19

练习 9：正常混合模式

在图层混合模式中正常和溶解的模式是不依赖其他图层的。

混合方式、图例和效果说明见表 7-1。

表 7-1　正常混合模式的混合方式、图例和效果说明

混合方式	图例	效果
正常		编辑或绘制每个像素，使其成为结果色。这是默认模式（在处理位图图像或索引颜色图像时，"正常"模式也称为阈值。）
溶解		编辑或绘制每个像素，使其成为结果色。但是，根据任何像素位置的不透明度，结果色根据基色或混合色的像素随机替换。此例结果色不变
溶解边缘有羽化时		编辑或绘制每个像素，使其成为结果色。但是，根据任何像素位置的不透明度，结果色根据基色或混合色的像素随机替换

图 7-21 右边的 3 幅小图，分别示范了表 7-1 中正常、溶解和羽化溶解 3 种混合方式下的混合效果。

图 7-21

练习 10：结果变暗模式

结果变暗模式共有 4 种混合方式，其混合方式、图例和效果见表 7-2。

表 7-2　结果变暗模式的混合方式、图例和效果列表

混合方式	图例	效果
变暗		查看每个通道中的颜色信息，并选择基色或混合色中较暗的颜色作为结果色。比混合色亮的像素被替换，比混合色暗的像素保持不变
正片叠加		查看每个通道中的颜色信息，并将基色与混合色复合。任何颜色与黑色复合产生黑色，任何颜色与白色复合保持不变。当用黑色或白色以外的颜色绘画时，绘画工具绘制的连续描边产生逐渐变暗的颜色
颜色加深		查看每个通道中的颜色信息，并通过增加对比度使基色变暗以反映混合色。与白色混合后不发生变化
线性加深		查看每个通道中的颜色信息，并通过减小亮度使基色变暗以反映混合色。与白色混合后不发生变化

（1）

（2）

（3）

（4）

如图 7-22 所示是变暗混合模式的效果，其中图 7-22（1）为图层混合示意，其中图7-22（2）为原图，图 7-22（3）为正片叠底效果，图 7-22（4）为曲线调整后图像的最后效果。杂乱背景褪去，主体突出。

图 7-22

练习 11：结果变亮模式

结果变亮模式共有 4 种混合方式，其混合方式、图例和效果见表 7-3。

表 7-3　结果变亮模式的混合方式、图例和效果列表

混合方式	图例	效果
变亮		查看每个通道中的颜色信息，并选择基色或混合色中较亮的颜色作为结果色。比混合色暗的像素被替换，比混合色亮的像素保持不变
滤色		查看每个通道的颜色信息，并将混合色的互补色与基色复合。结果色总是较亮的颜色。用黑色过滤时颜色保持不变。用白色过滤将产生白色。此效果类似于多个摄影幻灯片在彼此之上投影
颜色减淡		查看每个通道中的颜色信息，并通过减小对比度使基色变亮以反映混合色。与黑色混合则不发生变化
线性减淡		查看每个通道中的颜色信息，并通过增加亮度使基色变亮以反映混合色。与黑色混合则不发生变化

如图 7-23 所示是滤色混合的效果图。

　　复制图层，用滤色混合，得到较亮的颜色，产生高光。

图 7-23

练习 12：亮的更亮、暗的更暗模式

亮的更亮、暗的更暗模式共有 4 种混合方式，其混合方式、图例和效果见表 7-4。

表 7-4　亮的更亮、暗的更暗模式的混合方式、图例和效果列表

混 合 方 式	图　　例	效　　果
叠加		复合或过滤颜色，具体取决于基色。图案或颜色在现有像素上叠加，同时保留基色的明暗对比。不替换基色，但基色与混合色相混以反映原色的亮度或暗度
柔光		使颜色变暗或变亮，具体取决于混合色。此效果与发散的聚光灯照在图像上相似。如果混合色（光源）比50%灰亮，则图像变亮，就像被减淡了一样。如果混合色（光源）比50%灰色暗，则图像变暗，就像被加深了一样。用纯黑色或纯白色绘画会产生明显较暗或较亮的区域，但不会产生纯黑色或纯白色
强光		复合或过滤颜色，具体取决于混合色。此效果与耀眼的聚光灯照在图像上相似。如果混合色（光源）比50%灰色亮，则图像变亮，就像过滤后的效果。这对于向图像中添加高光非常有用。如果混合色（光源）比50%灰色暗，则图像变暗，就像复合后的效果。这对于向图像添加暗调非常有用。用纯黑色或纯白色绘画会产生纯黑色或纯白色
亮光		通过增加或减小对比度来加深或减淡颜色，具体取决于混合色。如果混合色（光源）比50%灰色亮，则通过减小对比度使图像变亮。如果混合色比50%灰色暗，则通过增加对比度使图像变暗
线性光		通过减小或增加亮度来加深或减淡颜色，具体取决于混合色。如果混合色（光源）比50%灰色亮，则通过增加亮度使图像变亮。如果混合色比50%灰色暗，则通过减小亮度使图像变暗

如图 7-24、图 7-25 和图 7-26 是叠加混合效果后的效果图。

照片特点：光线柔和有点灰，构图很美。

需要修改：使得花瓣更富层次，花蕊更突出。

方法：复制一层，混合方式改为叠加，调整曲线。

图 7-24

照片特点：光线柔和但有点灰，构图很美。

需要修改：晚霞太灰

修改方法：复制一层，混合方式改为叠加。

图 7-25

图片设计：

实现：深色背景，浅色线条，模糊半径若干。复制一层，用颜色减淡混合。

图 7-26

练习 13：差值模式

差值模式有两种混合方式，其混合方式、图例和效果见表 7-5。

表 7-5 差值模式的混合方式、图例和效果

混合方式	图例	效果
差值		查看每个通道中的颜色信息，并从基色中减去混合色，或从混合色中减去基色，具体取决于颜色的亮度值更大的那一个。与白色混合将反转基色值；与黑色混合则不发生变化
排除		创建一种与"差值"模式相似但对比度更低的效果。与白色混合将反转基色值。与黑色混合则不发生变化，如左图所示

练习 14：颜色模式

颜色模式有 5 种混合方式，其混合方式、图例和效果见表 7-6。

表 7-6 颜色模式的混合方式、图例和效果

混合方式	图例	效果
色相		用基色的亮度和饱和度以及混合色的色相创建结果色
饱和度		用基色的亮度和色相以及混合色的饱和度创建结果色。在无（0）饱和度（灰色）的区域上用此模式绘画不会发生变化
颜色		用基色的亮度以及混合色的色相和饱和度创建结果色。这样可以保留图像中的灰阶，并且对于单色图像上色和彩色图像着色都会非常有用
亮度		用基色的色相和饱和度以及混合色的亮度创建结果色。此模式创建与"颜色"模式相反的效果
实色混合		通常情况下，当混合两个图层以后结果是亮色更加亮了，暗色更加暗了，降低填充不透明度建立多色调分色，如左图所示

练习 15：图层混合与色彩调节

调整图层，可以在不必永久修改图像中的像素的情况下进行颜色和色调调整。颜色和色调更改位于调整图层内，该图层像一层透明膜一样，下层图像图层可以透过它显示出来。必须使用 Photoshop 才能创建和编辑调整图层，但可以在 ImageReady 中查看现有调整图层。下面通过练习，体会图层色彩调节。

（1）打开"大象飞天"图片文件，打开图层面板，如图 7-27 所示。

（2）观察各个图层，从上至下逐一关闭图层的"眼睛"图标，观察图层的作用。

图 7-27

（3）分析图层可知："大海"层，是本图像的背景。大象为本图的主体，左翅在大象层的后方，无需修饰；右翅膀在大象的前方，其结合部需用蒙版遮挡，使其融合。

（4）调整左右翅膀的亮度，使其与大象的亮度匹配。单击图层色彩调节图标 ，调节亮度/对比度。

（5）大海与大象的融合。用白色柔化笔画雾气带，使用"滤色"功能使雾气带与下方图层混合，突出雾气，其操作结果如图 7-28 所示。

（6）调整井架与发电厂的散热塔，使其符合远小近大的原则。

（7）调整色彩颜色。添加图层，RGB 颜色值分别为"133、109、79"的褐色，混合模式为滤色。

（8）此时，颜色较浅，再增加一个新图层，RGB 颜色值分别为"71、83、104"的灰色，混合方式为叠加。

（9）复制图层，改变其不透明度，以使其有较为合适的色彩，结果如图 7-29 所示。

图 7-28

图 7-29

7.5　案例实现

（1）新建文件，文件大小为 800×600，背景设为黑色，分辨率为120。

（2）打开准备好的10个素材文档后，单击【排列文档】标签，文档排列如图 7-30 所示。这样可以提高工作效率。

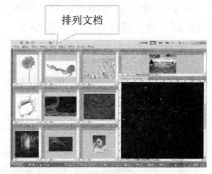

图 7-30

（3）编辑素材图像。将"镜子"图片拖入工作区。利用选择工具并结合快速蒙版工具，抠出镜子，并将其拖拽至图中位置，如图 7-31 所示。

图 7-31

（4）增加视觉效果。双击图层，打开【图层样式】对话框，选中【外发光】复选框，其参数设置如图 7-32 所示，为镜子增添了神秘感。

图 7-32

（5）编辑"红绸"图片。利用魔棒工具抠出红绸，并将其拖拽至图中，变换其大小以及方向，如图 7-33 所示。

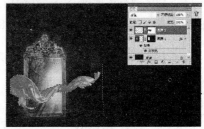

图 7-33

（6）穿越镜框。建立红绸图层蒙版，用黑色画笔涂抹，使其形成穿过镜框的视觉，如图 7-34 所示。

图 7-34

（7）丰富背景图案。拖入图片"红绸 2"。使用图层蒙版，使红绸在背景中渐渐隐去，如图 7-35 所示。

（8）融入背景。再用"曲线"工具使之变暗，适当调整曲线参数值，直至红绸与背景完全融合，如图 7-36 所示。

图 7-3

> 分析：上述操作中之所以一再使用图层蒙版，是因为蒙版是一种灰度图像，因此用黑色绘制的区域将被隐藏，用白色绘制的区域是可见的，而用灰度梯度绘制的区域则会出现在不同层次的透明区域中，以下不再赘述。

（9）丰富画面。拖入"满菊"图片，去背后，变换其大小、方向和色彩。添加蒙版，使部分花隐藏于镜框后，如图 7-37 所示。

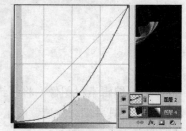

图 7-36

（10）打开"雏菊"图片，变换其大小和方向时可选取菜单【编辑】|【操控变形】命令来完成，大大节约了操作时间。下面的"丝"也可如法炮制。

（11）制作图形文字"丝"。打开"红绸 2"图片，对其进行变换扭曲操作，形成"丝"图形。

（12）用路径工具描绘丝绸节标志，描边。其方法详见第 9 章。

图 7-37

（13）调整图像细节，在红绸周围，用画笔画上散布的发光点，使其熠熠生辉，如图 7-38 所示。

（14）保存图片，分别保存为 JPEG 格式和 PSD 格式。

7.6 本章小结

图 7-38

通过本章学习和练习，读者应该掌握：

1. 建立图层：准确建立各种图层，精通图层合成图像的各种技法。
2. 图层编辑：掌握使用图层蒙版和编组等特效命令的方法；结合色彩掌握图层调整技巧。
3. 图层模式：准确理解图层混合原理。
4. 效果修饰：掌握一定修饰图像的技巧。

随着学习的进步和深入，要求对图像处理技术有更深层次的认识。下面将通过 7.7 节的小课题研究，进一步学习图像处理艺术与技术的融合知识。

7.7 小课题研究：形成视觉冲击的 10 种技术

技术 1：构图的层次感

图形和元素之间的层次感，可以在干扰视觉的同时，突出自己所想体现的主题，这种表现方式往往是比较直接而且有效的。

视觉干扰是指在分散欣赏者多余视线的同时，还能让欣赏者注意到设计的主题。用这种干扰方式所产生的图形称为主题的辅助图形。

如图 7-39 所示，图像中的线和点构成了纵深感和层次性。这些元素在分散视线的同时又将欣赏者的视线聚集到了中心人物身上。这种设计方式是现在比较常见的一种设计方式。

图 7-39

景物的明暗关系表现出图像上的明暗层次，是构成影像的基本因素。也是造型处理、画面构图、烘托气氛以及表达情感的重要表现手段。

如图 7-40 所示，由于影调的亮暗和反差的不同，分别以亮调、暗调和中间调，形成了丰富的明暗层次；影调是物体结构、色彩和光线效果的客观再现，也是设计师的创作意图、表现手段运用的结果，光线构成、拍摄角度、取景范围的选择，对影调的构成都有影响。

图 7-40

技术 2：构图的视觉牵引线

利用色彩或者元素来牵引欣赏者的视觉，让欣赏者随着设计师的思维去思考和欣赏作品。现在存在的大多数作品都是运用点、线、面来引导，却缺乏一种空间的想象。

如图 7-41 所示，在人和勺子之间没有用到任何点线面的元素，但却很好的让人感受到勺中食物的美味，利用的就是一种空间中的视觉牵引。有时候留白会比图像更有力量。

图 7-41

图 7-42

在图 7-42 中，放置了一条线式标题，不用担心它会打断照片的视觉，相反，它会非常自然地成为视觉焦点，利用的是平面中视觉。牵引绘制一条非常细的白色矩形，并降低它的不透明度，增加一个淡淡的阴影。然后把字设置成大写字母，使用了较大的文字间距。

技术 3：构图中的色彩引导

色彩的配搭与位置，即使只是一丝点缀，也能让画面具有很强的冲击力。因此这种表现手法常在摄影构图和绘画中使用。当然 Photoshop 作为融合摄影和绘画功能于一体的一种软件，在运用的过程中使用到色彩诱导这一技术也是必然的。

如图 7-43 所示是一幅呼唤世界和平的公益宣传海报。海报整体呈白色，以一点鲜艳的红色作为点缀。也正是这一抹红色，恰到好处地吸引了观者的目光，表达了"有压迫就有流血"的主旨。

图 7-43

图 7-44 是一张介绍服饰的图片，但原图中模特表情普通，绿色背景却非常抢眼，想要解决这些问题，可以用轮廓化色彩引导来解决：用深色块指示模特的姿态，保留原图的服装信息，时尚服饰就映入读者眼帘。为了使模特显得有活力，可以用橡皮擦和画笔增加或减少轮廓，还可以改变她的发型。

图 7-44

技术 4：构图中的明暗引导

明暗引导是指通过由光感折射、光感捕捉、动态光感及明暗差异性的一些共性来烘托主题。

如图 7-45 所示是一张 UNHCR 国际难民署专员办事处的宣传广告。图片通过灰暗的色调烘托出难民生活的灰暗，从而唤起人们对他们的关注。

图 7-45

如图 7-46 所示是一张春天大减价的广告，通过明亮、多彩的图案和文字，引起消费者对春天的遐想，以诱导消费者购买消费。

图 7-46

技术 5：构图中的瞬间捕捉

该技术是指利用眼睛感官的瞬间接受来捕捉视觉点，从而让欣赏者读出图中的信息。

如图 7-47 所示，图中雨伞飘起来，这一瞬间，能立即引起视觉的反应。虽然这只是一个很平凡的景色，但却能带给人一种的震撼感！

图 7-47

技术 6：抓突破点

突破图形图像本身的视觉平衡点来达到视觉要求。运用图片素材本身来寻找设计的突破点，利用图形自身所产生的空间感、光感、意向突出设计的主题。

如图 7-48 所示是 CNN 电视台的系列宣传画。图中分别利用拉链、钻头以及蛛网这 3 个元素来表现出电视台对于新闻的挖掘及网络力度。拉链的寓意是发现故事背后的故事，如图 7-48（1）所示；钻头的寓意是挖掘深层次的新闻，如图 7-48（2）所示；蛛网的寓意是没有任何有价值的新闻能逃脱，如图 7-48（3）所示。

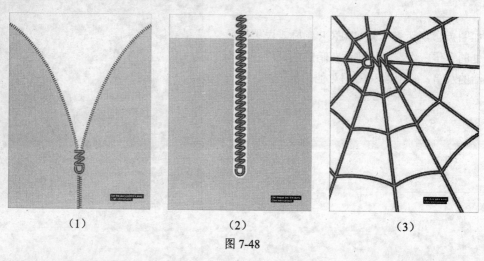

（1）　　　　　　　　　（2）　　　　　　　　　（3）

图 7-48

技术 7：构图中的比例大小

依据事物本身的比例关系，在等比的关系上追求视觉上的平衡关系，突破事物本身的等比关系，进而推出自身的视觉重点以求突破。如在漫画中，经常以一个大头小身子的人物形象出现，一种夸张的歪曲正常比例的方式，在不经意间往往能产生奇效。

如图 7-49 所示的两张图片都是运用了小小的视觉错误的原理，使主体的比例大小起了变化，失去了平衡关系，让平凡的画面在视觉上有了突破。

图 7-49

技术 8：运用比拟手段

依据欣赏者的接受能力及欣赏者的情感因素，利用平时生活的一些元素，充分考虑欣赏者对图形的认可能力，以自然美及突破普通接受能力的残酷美来打动欣赏者的情感，从而获得人们对图形的深刻记忆。

图 7-50

如图 7-50 所示，烟蒂和骨灰的一幅 PK，没有用过多的语言，却让人深刻地感受到烟对生命的危害。

而图 7-51 则是应用一定的 Photoshop 技术形象地表达了"吸烟是焚烧生命的一种表现"的思想。

图 7-51

技术 9：运用视觉幻象

利用视觉幻象获得空间感来突出整体设计的视觉中心。

如图 7-52 所示，车身和象腿的组合，表达一种车内宽敞的空间意境。

图 7-52

如图 7-53 所示，通过一定的视觉角度的方式表达应该像保护自己眼睛一样保护我们头顶这片蔚蓝的天空的思想。

图 7-53

技术 10：抽象的表现方式

如图 7-54 所示是某清洗剂的广告。从广告图片中可以发现，图像中所有物品的主题部分都被清除，从而抽象地表现出清洗剂去污能力极强的良好效果。

（1）　　　　　　　　　　　（2）　　　　　　　　　　　（3）

图 7-54

本章要点：

- 图层样式
- 样式参数：结构、图素、品质

本章难点：

- 用路径制作基本形状
- 调试样式参数表达材质

第 8 章

图层样式

Photoshop 的图层样式有 10 种：投影、内阴影、外阴影、内发光、外发光、斜面和浮雕、光泽、渐变、叠加和描边。通过调试结构、图素或品质等参数，可以创造出各种材质效果，表达细腻质感。

Photoshop 的图层样式功能丰富，是设计师制作各种材质效果的法宝。图层样式无论是单独使用还是结合 Photoshop 软件中的其他处理技术，都能创造出非常棒的视觉效果。

本章通过练习来认识各种图层样式，在案例"十分钟"中，通过制作一枚时钟，展示图层样式的特效功能。本章小课题研究了图层样式的各种应用以及重要参数的作用。

本章案例：十分钟

最亮的东西是阳光，最宝贵的东西是时光。

本案例要用十分钟的时间，来绘制一枚时钟。最终时钟的效果图如图 8-1 所示。

实现本案的 3 大步骤如下：

（1）时钟边框设计

利用"图层样式"制作有金属质感的边框，十分方便，其中"图层样式"的参数是最终效果的关键。

（2）时间刻度的制作

可以利用路径与笔刷的功能，制作时间刻度。

图 8-1

（3）指针的制作

用画笔的属性和图层样式的结合，方便地完成指针的制作。

图层样式是 Photoshop 中较简单的一种效果处理工具。它是通过对图像处理所显现出的艺术效果的剖析、归纳和总结，从具体的操作到程序的归纳，从而将形象艺术思维归结到数字逻辑思维来实现其功能的。但是在它丰富的效果后面，有着十分严格的参数结构。如果设计者不能驾驭这些参数，就无法完成图层样式的艺术效果创造。

8.1 图层样式

Photoshop 提供了丰富的图层效果和样式（如阴影、发光、斜面、叠加和描边），这些效果能够快速更改图层内容的外观。当图层效果与图层内容链接、移动或编辑图层内容时，图层内容会相应地自动进行修改。

下面将通过电影《蜜蜂》的文字效果，学习"图层样式"的使用和文字效果设计，效果如图 8-2 所示。（源文件位置：第 8 章\案例与练习）

图 8-2

应用"图层样式"的效果将转变为图层自定义样式的一部分。如"BEE"图像，就包含了"图层样式"的使用。"BEE"的图层名称的右侧有一个 ● 图标，表示其可以在图层面板中展开样式，以便查看组成样式的所有效果并且可以对其样式进行更改，如图 8-3 所示。

图 8-3

练习 1：初试图层样式

（1）新建文件，命名为"BEE"。输入相应的文本，这里需要一种像蜜蜂一样鼓鼓的字体，如图 8-4 所示。例如 95 号的 Frutiger 字体，也可以尝试 Arial 字体，或者从网站下载一个不错的字体。

图 8-4

（2）将"图层样式"应用到文本。双击"BEE"图层。弹出【图层样式】对话框，如图 8-5 所示。为了完全使文字能够产生图示一样的效果，将对参数进行如下设置，其中除非特别指出，其余均默认：

阴影：角度为"90"，距离为"3"，大小为"3"；

内阴影：角度为"90"，距离为"3"，大小为"16"；

内发光：大小为"9"；

斜面和浮雕：样式"内斜面"，深度为"246"，方向为"上"，大小为"8"，软化为"1"；阴影：角度为"90"，高度为"60"；

图 8-5

渐变叠加：线性渐变，从#e64803 到#fbb202 渐变。

描边：大小为"1"。

（3）如果参数设置有所改变，那么效果就会差异，但是一定要注意比较，完美的效果图如图 8-6 所示。

图 8-6

（4）新建图层，选择一个较小的字体，添加"MOVIE"字样，如图 8-7 所示。

图 8-7

（5）改变"MOVIE"字体样式。注意，字号改变后，参数也要随之改变。

（6）实验比较。重新设置【图层样式】的各项参数，最终效果如图 8-8 所示。

图 8-8

> 提示：实际操作中，复制图层样式共有以下 4 种方法：
> 复制图层样式方法 1：在【图层】面板中，按住【Alt】键，将"BEE"样式的效果列表拖移至"MOVIE"图层，有效果，但不明显。
> 复制图层样式方法 2：在图层调板中，右击"BEE"图层，弹出【图层】菜单，选择"拷贝图层样式"。
> 复制图层样式方法 3：在图层调板中，右击"MOVIE"图层，弹出【图层】菜单，选择"粘贴图层样式"。粘贴的图层样式将替换目标图层上的现有图层样式。
> 复制图层样式方法 4：还可以将图层样式拖移到图层调板底部的"新建图层"按钮上，那么此后的图层都会自动生成现有样式。

到此为止，已经大致了解了图层样式的使用方法、作用和效果，这些都是在编辑图像中最实用的技巧。其实在图层效果和样式中起决定作用的是参数，应用时需要了解相应的参数设置，下面将对其重要参数进行详细介绍。

本练习要点：图层样式；

图层样式复制；

图层样式缩放。

> 注意："图层样式"的文字效果会依赖文字本身的属性，如字体大小、粗细等，当文字的属性改变时，浮雕斜面等参数相应地也需适当地调整。

8.2 图层样式详解

Photoshop 提供的图层样式十分丰富，但图层样式的种类和设置太多。下面将初步介绍图层样式。

练习 2：5 种打开图层样式对话框的方法

图层效果和样式只能应用于普通图层，不能直接应用效果和样式的背景和锁定图层，图层效果作用于图层中的不透明像素，图层效果与图层内容链接。这样，如果图层内容发生改变，那么图层效果也相应地作出修改。

（1）打开图层样式对话框。可以用几种不同的方法调出图层样式对话框。

（2）选择菜单【图层】|【图层样式】命令，再从样式列表中选择具体的效果。

（3）单击图层面板的底部的"F"按钮。

（4）直接双击要添加样式的图层。

（5）查看【图层样式】对话框的左侧栏，是不同种类的图层效果，包括样式、投影、内阴影等，如图 8-9 所示。

图 8-9

练习 3：对话框中的样式和混合

除了 10 种默认的图层效果之外，图层样式对话框中还有两种额外的选项。

（1）【样式】选项：它显示了所有被储存在样式面板中的样式，如图 8-10 所示。可见图层样式就是一种或更多种的图层效果或图层混合选项的组合。如果想效果更丰富一些，可以在此基础上，手工调整，如图 8-11 所示。

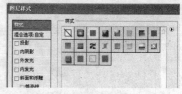

图 8-10

原图：　**PHOTOSHOP**

自动样式：　**PHOTOSHOP**

手工调整后：　**PHOTOSHOP**

图 8-11

（2）【混合】选项：它分为常规混合、高级混合和混合颜色带 3 个部分。其中，常规混合包括了"混合模式"和"不透明度"两项，这两项是调节图层最常用到的，是最基本的图层选项。它们和图层面板中的混合模式和不透明度是一样的。下面将详细了解"图层样式"的各种效果及其关键技术。

练习 4：图层样式的关键技术

Photoshop 的"图层样式"效果非常丰富，一些图片文字效果在事先设定的"样式"中对参数进行设置即可，这也是设计师制作图片效果的重要手段之一。但也正因为"图层样式"的种类和设置参数很多，导致应用起来不知道如何着手。下面将样式效果、样式示意图及其关键技术以列表的方式做详细解释，以便快速了解和掌握"图层样式"的技术。

打开"苹果"图片文件，逐项试用，注意在设置新的选项前，请取消其他项的设置。表 8-1 详细介绍了每一种样式的效果。（源文件位置：第 8 章\案例与练习）

表 8-1　样式效果介绍

名　称	图　例	效 果 介 绍	关 键 技 术
投影			层的下方会出现一个轮廓和层的内容相同的"影子"，这个影子有一定的偏移量，默认情况下会向右下角偏移 角度：确定效果应用于图层时所采用的光照角度 距离：指定阴影或光泽效果的偏移距离 扩展：模糊之前扩大杂边界 大小：指定模糊的数量或阴影大小
内阴影			很多选项和投影是一样的，投影效果可以理解为一个光源照射平面对象的效果，而"内侧阴影"则可以理解为光源照射球体的效果 不透明度：设置图层效果的不透明度，输入值或拖移滑块 阻塞：模糊之前收缩"内阴影"或"内发光"的杂边边界
外发光			层下面好像多出了一个层，这个假想层的填充范围比上面的略大，从而产生层的外侧边缘"发光"的效果 方法："柔和"不保留大尺寸的细节特写 "精确"使用距离测量技术创造发光效果，主要用于消除锯齿形状（如文字）的硬边杂边。它保留特写的能力优于"柔和"技术

名　　称	图　　例	效 果 介 绍	关 键 技 术
斜面和浮雕			包括内斜面、外斜面、浮雕、枕形浮雕和描边浮雕，虽然每一项中包涵的设置选项都是一样的，但制作出来的效果却大相径庭 方法："平滑"可稍微模糊杂边的边缘，并且可用于所有类型的杂边 "雕刻清晰"使用距离测量技术，主要用于消除锯齿形状（如文字）的硬边杂边 "雕刻柔和"使用经过修改的距离测量技术，不如"雕刻清晰"精确，但对较大范围的杂边更有用
颜色 渐变 图案叠加			颜色叠加：最简单的样式，相当于为层着色 渐变叠加：指定图层效果的渐变。可以使用渐变编辑器来编辑渐变或创建新的渐变。样式选项包括：渐变、样式和缩放 图案叠加："图案叠加"样式的设置方法和前面在"斜面与浮雕"中介绍的"纹理"完全一样
描边			用指定颜色沿着层中非透明部分的边缘描边，很常用，主要选项位置是指定描边效果的位置是"外部"、"内部"还是"居中"

请分析图中图层样式效果的主要关键步骤：

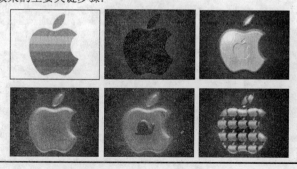

练习 5：用图层样式创建 Web 2.0 风格的按钮

Web 2.0 的风格没有精确的标准，但有几个典型特征，如简单、明亮、透明以及颜色干净等，使用很多渐变。下面来练习使用 Photoshop 创建 Web 2.0 风格的按钮。

图 8-12

图 8-13

图 8-14

图 8-15

图 8-16,

（1）新建文件，分辨率为 282×187，如图 8-12 所示。

（2）画一个半径为 15 像素的圆角矩形，颜色自选。

（3）添加效果。右键单击矩形图层面板层，弹出【样式】对话框，选择混合选项，如图 8-13 所示。

（4）设置【渐变叠加】效果参数：第 1、第 2 色标的颜色为"#434343"，第 3 色标的颜色为"#000000"。

（5）设置【描边】的参数为"#363636"，大小为"1"。

（6）设置【内发光】效果参数的颜色为"#747474"，大小为"10"，结果如图 8-14 所示。

（7）按钮眩光：使用圆角矩形工具创建矩形，圆角半径为"15"，如图 8-15 所示。

（8）右键单击矩形图层面板层，选择混合选项：设置【渐变叠加】效果参数：第 1 色标的颜色为"#a5a5a5"，第 2 色标的颜色为"#a2a2a2"，第 3 色标的颜色为"#525252"。

（9）添加文本和图标：设置阴影效果参数添加阴影距离 0，扩散为"13"，大小为"3"，结果如图 8-16 所示。

（10）设置【内发光】效果参数：颜色为"#747474"，大小为 10，结果如图 8-17 所示。

提示：请尝试改变"眩光"按钮的【渐变叠加】参数和渐变方向，得到图 8-17 所示的按钮。（源文件位置：第 8 章/案例与练习）

图 8-17

练习 6：用图层样式创建文字特效

下面综合运用学过的 Photoshop 曲线知识和图层样式工具，制作一个金属镀铬字。

（1）新建文件。大小为 800×800，分辨率为 96。选择灰色作为文本颜色，颜色值为"#B3B3B3"。

（2）使用图层样式的"浮雕效果"，参数设置如图 8-18 所示。文字大小应适合图像的大小。

图 8-18

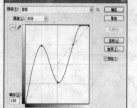

（3）栅格化图层。选择菜单【图层】|【栅格化图层】命令。

（4）使用曲线调整图像明暗。按【Ctrl】+【M】键，打开【曲线】对话框，然后编辑曲线，如图 8-19 所示。

图 8-19

（5）调整颜色。选择菜单【图像】|【调整】【变化】命令，在弹出的【变化】对话框中，进行如图 8-22 所示的这些操作。

（6）在图 8-22 中选择【当前挑选】框一次，一次选择【加深蓝色】框，然后再一次选择【加深绿色】框，最后单击【确定】按钮。

（7）再次按【Ctrl】+【M】键，在【曲线】对话框中，修改曲线。

图 8-20

（8）添加一个阴影层。选择菜单【图层样式】|【内阴影】命令，使用默认设置，单击【确定】按钮。

（9）添加内发光。选择菜单【图层样式】|【内发光】命令，使用图 8-20 所示的设置。

（10）添加第 2 个"斜面和浮雕"，使用图 8-21 所示的设置。

图 8-21

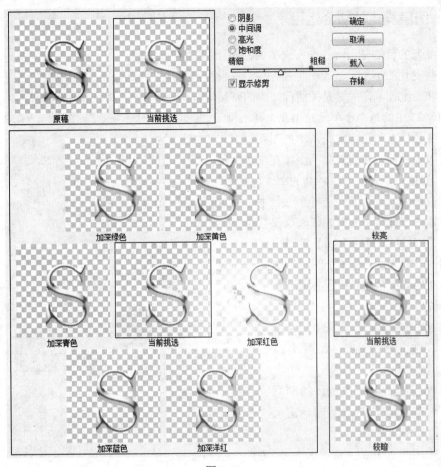

图 8-22

（11）创建一个选择区域。图层面板中的层，按住【Ctrl】
键，单击缩览图，选中字母"S"。

（12）选择菜单【选择】|【修改】|【收缩】命令，并设置
收缩量的值为"3"。然后选择菜单【选择】|【修
改】|【羽化】命令，设置羽化半径为"3"。

（13）使文字变为金属字。铬效果，在图层面板底部，单
击创建新的填充或调整图层按钮 ，选择【渐变】
选项，弹出【渐变填充】对话框，在【渐变】的下
拉列表中选择"金属"渐变。应用渐变从左至右（黑
色>白色>黑色）从上到下，然后将这个图层的混合
模式设置为"叠加"即可。

练习 7：图层样式的综合运用

这个练习的目的是用一些非常简单的同心圆构建一个小单元，由一些变化的小单元组成一幅抽象图。在此项练习中，运用到渐变和图案技术，关键是图层样式中的图层混合。

图 8-23

在图 8-23 中的每个小单元是由几个同心圆组成的。然后对其进行渐变色填充和图案填充，增加图案的细节和深度。

在进入设计前，需要建立两个填充图案，过程如下：

（1）创建一个大小为 40×40 的文件，并放大图像，用参考线确定文件的中心，然后画一个圆圈。按住【Alt】+【Shift】键的同时拖拽鼠标从中心向外，以确保它是一个正圆。

（2）按住【Ctrl】+【Alt】键同时拖动圆圈，重复 4 次，使 4 个圆心恰好位于在画布的 4 个角上。智能参考线能指出中心位置。

（3）选择菜单命令【编辑】|【定义图案】，定义填充图案，如图 8-24 所示。

（4）再创建一个新文档，绘制两个占用了画布 1/4 的黑色正方形。定义方形图案，如图 8-25 所示。

图 8-24 　　　　　　　图 8-25

（5）创建一个新的文档，大小为"A3"、分辨率为"300"的海报，背景色值为"#f4f5e7"。

（6）从作品中的一个单元开始。在画布上用椭圆工具划一正圆，用蓝色填充背景。

图 8-26

（7）改变圆的颜色外观。双击图层面板中的"圆"层使用图层样式中混合模式，在【图层样式】对话框中选中【渐变叠加】复选框，保留默认黑白色填充，并且改变混合模式为"柔光"。这将使渐变色与灰色混合，让亮度更亮，暗调更暗，形成柔和的色彩渐变，增加圆的质感，如图 8-26 所示。

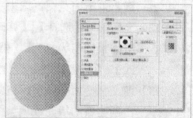

图 8-27

（8）添加细节。在【图层样式】对话框中选中【图案叠加】复选框，从下拉菜单中的选择第（3）步中定义的样本之一，改变混合模式为"柔光"，如图 8-27 所示。

（9）添加描边。在【图层样式】对话框中选中【描边】复选框，为圆添加一个白色描边的外边缘，如图 8-28 所示。

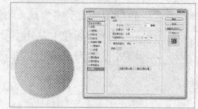

图 8-28

（10）新建图层，画一个较小的同心圆，给这个小圆填充灰色，然后用图层样式添加渐变叠加和投影。重复第一个圆的工作，并对其添加白色描边。再给这个圆添加一个投影，注意，投影的角度为 90°，距离为 0，大小为 2，如图 8-29 所示。

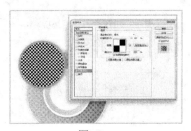

图 8-29

（11）新建图层，另外再画一个单元，方法同上，但是在叠加图案时，换上方形图案，注意图案叠加中可以缩放图案，以改变图案在圆中的填充密度。其他参数可随个人喜好调整，如图 8-30 所示。

图 8-30

（12）不断重复上述工作，制作出更多变化的单元，直到充满画布为上。

（13）在单元制作过程中，注意观察以下几个关键问题：色彩的配置，本图像采用浅色对比色蓝色和橙色，图从左到右的颜色值分别如图 8-31 所示。

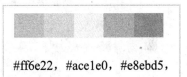

#ff6e22，#ace1e0，#e8ebd5，
#fb8932，#ff6e22。

图 8-31

（14）在图案叠加时要注意填充的混合方式和填充缩放比例大小，以改变单元细节和颜色深度。渐变叠加，要注意研究渐变的方向和色彩模式。描边，要注意研究描边宽度，与圆有恰当的比例，各种配置如图 8-32 所示。

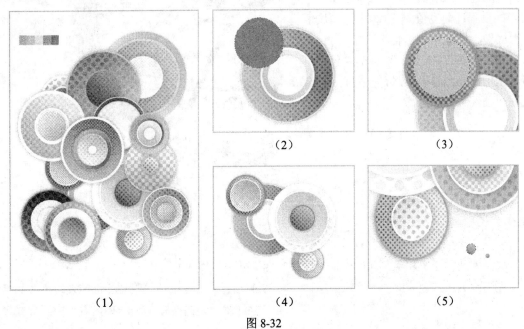

图 8-32

8.3 案例实现

（1）新建大小为 800×800、分辨率为 96 的"时钟"文档。

（2）画时钟边框。新建"时钟"图层，用选择工具，或椭圆选框工具画如图 8-33 所示的圆圈，制作时钟的边框。

（3）添加时钟边框效果。双击"时钟"图层，具体添加图层样式如图 8-34 所示。

（4）其中相关参数设置如下：

① 投影：距离为"3"，大小为"13"。

② 内阴影：距离为"3"，阻塞为"18"，大小为"13"。

③ 外发光：扩展为"22"，大小为"43"。

（5）要特别注意"斜面和浮雕"中阴影的设置：角度值为"120"，高度值为"60"，尤其是"光泽等高线"为自定义，曲线如图 8-35 所示，目的是使得时钟边框的高光和暗调能够有个突变。其含义与"曲线"相同。

（6）裁剪。将制作好的时钟图层置入图中，裁去多余部分，最后效果如图 8-36 所示。

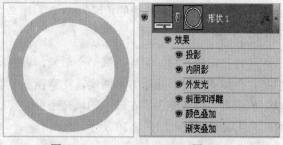

图 8-33　　　　　　　　　　图 8-34

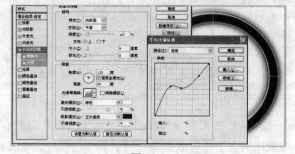

图 8-35

图 8-36

8.4 本章小结

通过本章的学习和练习，读者应精通各种图层效果和样式的使用方法。

在下面的小课题研究中，将对图层样式与 Web 设计、工业设计、服装配饰等表现形式相结合来展开讨论。从中既可提高制作技术，又可获取创意设计的灵感。进一步拓展"图层样式"的运用，以达到举一反三、触类旁通的学习目的。

8.5　小课题研究：图层样式在各种场合中的应用

从课程的练习中，已经体会 Photoshop 的图层样式的魔力。（源文件位置：第 8 章\案例与练习）因为都是分层 PSD 文件，可以按图索骥地学习，也可以按需要调整后直接使用。

应用 1：在 Web 设计中的应用

如图 8-37 所示，用 Photoshop 的图层样式创造具有美观、醒目的可视性良好的网页设计元素，如图标、按钮以及界面等。

在网页中，经常看到的透明按钮就是多次运用图层样式中的"渐变叠加"来制作的。

图 8-37

具体操作步骤如下：

（1）创建圆选区，填充任何颜色，如图 8-38（1）所示。

（2）添加"渐变叠加"图层样式，如图 8-38（2）所示。

（3）再创建另一圆选区，填充渐变色，如图 8-38（3）所示。

（4）在圆选区内添加文字，如图 8-38（4）所示。

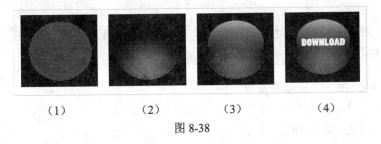

　　（1）　　　　　　（2）　　　　　　（3）　　　　　　（4）

图 8-38

类似 Web 2.0 风格的按钮，都可用"图层样式"的效果来完成。

你认为调整什么参数可以让他们在十分钟内完成图 8-39 中所有的按钮效果呢？

　　（1）　　　　（2）　　　　（3）　　　　（4）　　　　（5）

图 8-39

应用2：在工业设计中的应用

在工业设计中经常要表现金属、水晶、珍珠等质感，利用图层样式的投影、渐变、斜面与浮雕以及图层混合模式的加深减淡工具，往往能表现出神入化的效果。

如图 8-40 所示是一个视听器的外观设计。此设备由底盘和各种大小按钮组成。

图 8-40

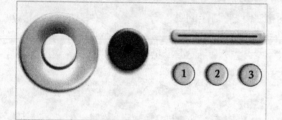

#c5c7ce、 #ececf2、 # 94aeca、 #abc5de

图 8-41 显示各种按钮的颜色值及大小。

图 8-41

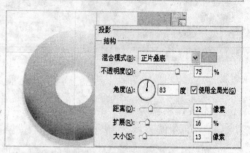

图 8-42

（1）新建图层 1，画一个渐变圆，使用加深工具涂抹边缘，选择图层样式为"投影"，投影参数，如图 8-42 所示。这一步骤的目的是增加底盘的二维质感。

（2）新建图层 2，画一个浅蓝渐变圆，图层样式选择"内投影"和"外发光"，参数设置如图 8-43 所示。

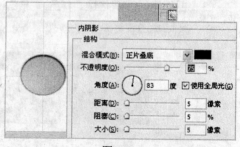

图 8-43

（3）新建图层 3，画上间隔条纹，与浅蓝渐变圆成"正片叠底"混合。

（4）复制图层 1 为图层 4，删除图层样式，然后轻轻位移，添加浮雕图层效果，以增加二维效果，如图 8-44 所示。

（5）观察效果，再用加深减淡工具对图层进行微调。

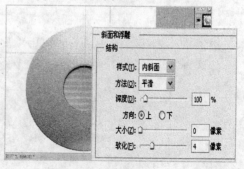

图 8-44

应用 3：电子产品外观设计

　　如图 8-45 所示是用同心圆构成的音箱组合图。

　　制作本图时反复使用"图层样式"中的"渐变叠加"制作不同明暗度同心圆，在视觉上造成质感差异。

图 8-45

如图 8-46 所示是制作音箱组合图的技术要点示意图，关键技术为渐变与图层样式，操作步骤为：

（1）画一个渐变圆，编辑渐变，如图 8-46（1）所示。

（2）再画一个同心圆编辑渐变，如图 8-46（2）所示。

（3）再画一个同心圆，编辑渐变，如图 8-46（3）所示。

（4）画一圆圈，添加图层样式，如图 8-46（4）所示。

（5）用柔笔画阴影，如图 8-46（5）所示。

（6）增加中心及小圆鼓，如图 8-46（6）所示。

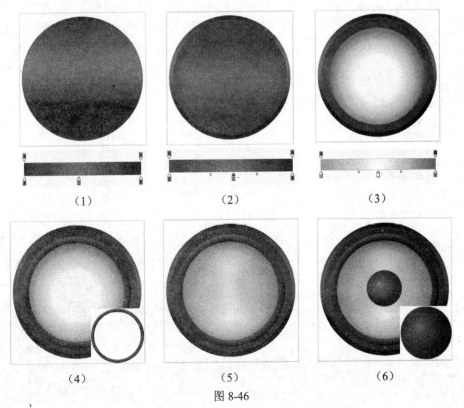

图 8-46

应用 4：在服装设计配饰中的应用

在服装设计中，经常要为模特配置一些珠宝项链等配饰，为服装增辉。

一个普通的小圆将会在十分钟内变成一颗晶莹润泽的珍珠！

利用图层样式中的投影、内发光、浮雕效果可以打造珍珠和宝石。关键技术在于控制参数的设置，尤其是浮雕的光泽等高线的调整，如图 8-47 所示。

图 8-47

制作珍珠项链的操作技术要点如下：

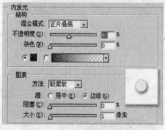

图 8-48

（1）画一个小圆：大小为 24×24 像素。

（2）投影：角度为 "120"，距离为 "3"，大小为 "6"。

（3）内发光：强调圆形的轮廓，参数如图 8-48 所示。

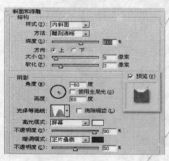

图 8-49

（4）斜面与浮雕：刻画圆形的立体感，需要强调要选择 "内斜面" 与 "精细雕刻"。还要强调阴影角度，使其能够产生强力高光与暗调对比，参数如图 8-49 所示。

（5）光泽等高线：刻画圆形珍珠光泽形态，如图 8-50 所示。

（6）等高线：刻画珍珠反光，如图 8-51 所示。

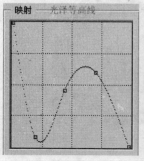

图 8-50

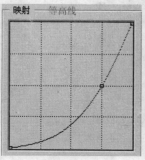

图 8-51

提示：操作技术要点中的参数仅供参考，因为 "图层样式" 的效果不仅依赖参数，也依赖对象的大小。

但 Photoshop 提供了一种可以灵活应用 "图层样式" 方法：在图层面板上，右击 "图层样式"，从弹出菜单中选择 "缩放效果"。就可以随意选用了，那么练习 1 中的难题也就解决了。

应用 5：在包装设计中的应用

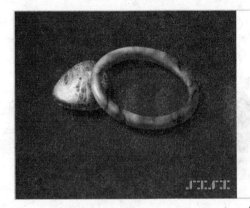

一个普通的圆圈，在十分钟内也可以雕琢成美丽的宝石。

运用滤镜中的"渲染"和"云彩"，做出纹理，然后用色彩调整调度合适的色彩，再用图层样式的浮雕效果制作出独一无二的宝石，如图 8-52 所示。

图 8-52

运用图层样式的浮雕效果和加深减淡工具可以制作出漂亮的包装盒。制作的关键在于减淡工具的样式，还有高光减淡工具的合理运用，如图 8-53 所示。

图 8-53

应用 6：在艺术表现中的应用

在艺术表现中，经常要表现事物的姿态，突出事物的轮廓最直接并且最有效，如图 8-54 所示。

从原图中精确选出运动员的轮廓后，将其单独拷贝一层，再为其添加图层样式中的"外发光"效果，混合方式为"强光"。

再经过模糊滤镜处理将其背景虚化，效果就更突出。

图 8-54

制作图 8-54 所示运动员轮廓的技术要点如下：

（1）选取轮廓，并复制，如图 8-55（1）所示。

（2）粘贴后设置图层样式外发光，如图 8-55（2）所示。

（3）模糊背景，如图 8-55（3）所示。

   （1）   （2）   （3）

图 8-55

本章要点：

- 文字工具
- 路径工具
- 文字图像

本章难点：

- 运用路径排列文字
- 使用文字填充路径

第9章

文字与路径

在视觉媒体中，文字是图像的重要组成部分。文字也称文本，文字工具也称文本工具。Photoshop 文字工具结合路径使用可以充分传达各种文字信息的视觉效果，例如，使用文字填充路径，可以创造富有寓意的文字图像。

本章将要学习 Photoshop 的路径和文字工具，它们都隶属于矢量工具，是图形设计的重要辅助工具。通过本章案例练习，读者可以认识文字工具和路径工具的相互关系，从而理解路径在设计过程所发挥的功能。

本章小课题研究可以帮助读者明晰文字在图文排版中的 6 条原则。

本章案例：心图文字，快乐祝福

文字传情达意，图像绘形绘色，图文并茂更胜一筹。让文字顺着路径勾勒爱心，可以传达无限的心意。体验 Photoshop 文字与路径功能的神奇魅力，案例效果图如图 9-1 所示。

实现本案例的 3 个关键步骤如下：

（1）确定主题

寻找恰当的表达方式，当要表达的情感比较丰富的时候，一般会选择文字，但是仅有文字还不能一目了然地体现主题，在此，可以选择用图像文字的形式传递新年的快乐。

（2）勾勒路径

制作两只快乐的小白兔，要注意体现出性别特征，并且让他们心心相映，快乐无比。

（3）排列、填充文字

图 9-1

在案例中，充分介绍路径的造型功能，尤其在文字图形制作中，发挥更大作用。

9.1 文字工具

文字有自己独特的属性，适当地使用文字属性，可以提高文字的阅读速度和阅读趣味。

单击工具箱中的文字工具，可以看到 4 种文字工具以及"文字工具面板"，如图 9-2 所示。

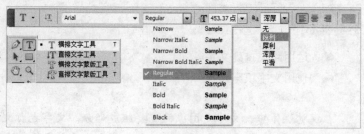

图 9-2

实际上，文字的属性也可以在菜单【窗口】|【字符】命令中进行设置，如图 9-3 所示。下面练习文字属性设置。

练习1：文字输入及文字属性设置

（1）输入文字。新建文件，选择横排文字工具后，在画面中单击，出现输入光标后，输入文字"新年快乐"，如图 9-4 所示。按【Ctrl】+【Enter】键或单击"公共栏"中的【提交】按钮✓。

（2）文字图层。输入文字后，会自动建立一个独立的文字图层，图层名称就是文字内容。文字图层具有和普通图层一样的性质，如图层混合模式、不透明度等，也可以使用图层样式，如图 9-5 所示。

（3）文字编辑。选择文字工具，将鼠标停留在文字上方，光标变为，单击后即可进入文字编辑状态。

（4）竖向排列文字。激活文字层，单击按钮来切换文字排列的方向。注意，此操作不能针对个别字符。

（5）选择字体。不同的字体有不同的风格。Windows 系统默认附带的中文字体有宋体、黑体和楷体等。可以为文字层中的单个字符指定字体。

（6）选择字形。字形有 4 种：标准、倾斜、加粗以及加粗并倾斜。可以为同在一个文字层中的每个字符单独指定字体形式。

（7）输入块文本。单击文字工具按钮"T"后，在画面中拖动光标，即出现文本输入框，此为"块文本"，相当于 word 文档中的一个段落，如图 9-6 所示。

图 9-3

图 9-4

图 9-5

> 提示：字体大小也称为字号，列表中有常用的几种字号，也可通过手动自行设定字号。作为网页设计来说，应该使用像素单位。如果是印刷品的设计，则应该使用传统长度单位。

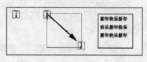

图 9-6

在 Photoshop 中可以改变文字的长度和宽度，将文字改变成"长字"和"扁字"，与改变字体字号一样，"长字"和"扁字"也在字符控制面板中进行编辑。

练习 2：长扁字属性设置

（1）将文本改成"长字"。在文字块中选取需要修改属性的文字，在 **IT** 后面的输入框中将原来的"100%"分别改成"200%"和"50%"，如图 9-7（2）和图 9-7（3）所示。

（2）将文本改成"扁字"。在文字块中选取需要改变属性的文字，在 **T** 后面的输入框中将原来的"100%"分别改成"200%"和"50%"，如图 9-7（4）和图 9-7（5）所示。

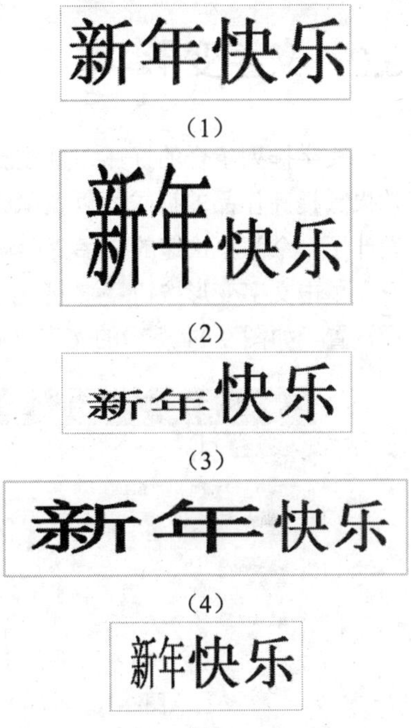

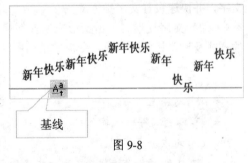

（1）
（2）
（3）
（4）
（5）
图 9-7

练习 3：文字的基线属性

（1）改变字间距。选取"新年快乐"文字内容，在 **AV** 的输入框中，修改间距值为 320。

（2）改变字符位置。正数为上移，负数为下移。

（3）基线上方文字。逐一选取文字块中需要改变文字属性的文字，在 **Aᵗ** 后的输入框中将原来的 0pt 分别修改为"4pt"、"8pt"、"12pt"、"16pt"、"18pt"、"22pt"、"26pt"、"30pt"、"20pt"、"–8pt"和"–16p"等，如图 9-8 所示。

图 9-8

> 提示：在文字区域中按住【Alt】键和键盘的方向键"←"、"→"、"↑"、"↓"，就可以对文字的间距，行距等进行调整，此方法比输入数值调整更快更直观。

练习 4：文字上下标的属性

在 Photoshop 中设置文字的上下标属性时，在 Photoshop 中将自动获取被选取文字的字号以及预先设定的离开基线的移动距离，如图 9-9 所示。

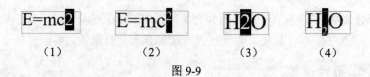

(1)　　　　　(2)　　　　　(3)　　　　　(4)

图 9-9

9.2　文字变形

　　文字排列组合的好坏，直接影响着版面的视觉传达效果。因此，文字设计是增强视觉传达效果、提高作品的诉求力以及赋予版面审美价值的一种重要构成技术。Photoshop 为文字排列设计了一个简单快速的文字变形功能，此功能可以使文字产生变形效果。

　　单击文字变形按钮，弹出如图 9-10 所示的【变形文字】对话框，在其中对相关参数进行设置，如图 9-11 所示的文字排列，给人一种空间感和韵律感。

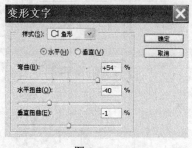

图 9-10

图 9-11

练习 5：使用文字变形

　　（1）输入文字。新建图像文件，选择文字工具输入文字，并快速设置文字颜色。

　　（2）文字变形。单击变形文字按钮，选择变形的样式及设置相应的参数，变形效果如图 9-12 所示。

> 　　注意：文字变形功能只针对整个文字图层而不能单独针对某些文字。要制作多种文字变形混合的效果，可以将文字分次输入到不同文字层，然后分别设定变形的方法来实现。
>
> 　　在文字的各个选项中，有一些选项是不能针对单个字符的，包括排列方向、抗锯齿、对齐以及变形。其中除了对齐选项可以针对文字行以外，其余都只能针对整个文字图层。

图层 1 利用拱形变形+50
图层 2 利用拱形变形-50

图 9-12

　　（3）编辑文字。文字层是一种特殊的图层，不能通过传统的选取工具来选择某些文字，而只能在编辑状态下，拖动鼠标选择文字中的某些字符。

　　（4）在以上各个选项中，多次提到某项功能的作用范围，有的功能只能针对整个图层，而有的功能可以针对某个字符。上述文字排列均为 Photoshop 提供的常规工具，因此变化不多，如果使用文字围绕路径排列工具，便可制作出更加流动、随意的文字图像。下面先来认识一下路径工具。

9.3　路径工具

钢笔工具是绘制路径的工具。路径在 Photoshop 中的地位非常重要，其主要作用是进行光滑图像选择区域及辅助抠图，绘制光滑线条、定义画笔、文字等工具的绘制轨迹；在辅助抠图上也显示其强大的可编辑性。

练习 6：使用钢笔工具

（1）使用钢笔工具。如图 9-13 所示，单击钢笔工具，会弹出 5 种"钢笔"工具和与之对应的"钢笔属性面板"。

（2）认识钢笔属性面板。分别单击钢笔属性面板中的 5 个按钮，它们在图中分别表示：

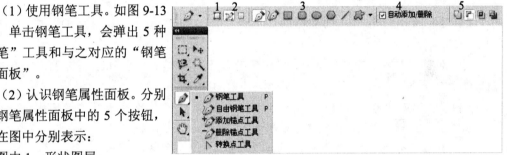

图 9-13

图中 1：形状图层

图中 2：路径

图中 3：各种形状

图中 4：自动删除添加

图中 5：路径运算

这些内容将在练习 16 中详细介绍，下面先来练习如何绘制路径以及存储路径的路径调板。

练习 7：路径面板

（1）打开路径面板。选择菜单【窗口】|【路径】命令，在工作区会打开路径面板，如图 9-14 所示。

（2）绘制路径。新建文件，在画布上用钢笔工具单击 A、B 两处，路径调板中出现"工作路径"，记录所画路径，是"工作路径"的临时存储区域。

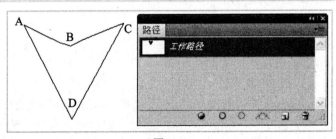

图 9-14

（3）绘制形状。如果绘制的路径、起点与终点重合封闭，则称为形状。形状可以像选区一样进行 4 种运算。

（4）更改路径名。双击"工作路径"，更改路径名为"直线路径"，这时路径仍然处于激活状态，但路径已被存储。

（5）存储路径。存储路径以备重复使用，要养成随时保存路径的习惯。每一条路径都要取名，下一条路径一定要新建，否则会被新建路径取代。

路径从它的形状可分为直线路径和曲线路径，从它的包围性又可分为开放路径和封闭路径。下面将分别练习。

练习8：绘制直线路径

（1）绘制 AB 直线路径。打开如
图 9-15 所示文件，单击 A 点，设置路
径起点，再单击 B 点，确定 AB 路径终
点。按住【Ctrl】键的同时，单击工作
区任意点，结束 AB 直线路径的绘制。

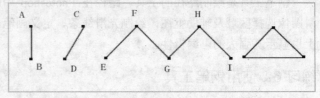

图 9-15

（2）创建 CD 直线路径。鼠标单击 C 点，再单击 D 点，按住【Ctrl】键的同时，单击工作区任意点。结束 CD 直线路径的绘制。

（3）创建多个片段的直线路径。鼠标单击 E 点，再单击 F 点，依次单击直至 I 点，按住【Ctrl】键的同时，单击工作区任意点，结束 EFGHI 直线路径的绘制。

（4）单击的同时按住【Shift】键，所绘制的点与上一个点保持 45°整数倍数的夹角（如0°、90°），这样可以绘制水平或者是垂直的线段。

（5）创建闭合路径。起点与终点重合，所绘路径是形状路径。

练习9：绘制曲线路径和封闭路径

（1）尝试创建曲线路径。单击和拖
拽可以创建曲线路径。第 1 次单击和拖
拽的时候，会设置曲线路径的起点，同
时也决定曲线的方向，继续拖拽的时候，
就会和当前点之间画出一条曲线路径。

（2）绘制"C 型曲线"。打开如
图 9-16 所示的文件，拖拽钢笔工具的指
针，从点 A 开始，在该点的方向线末端
红点处停止，释放鼠标。

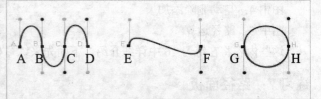

类似 AB 的路径称"C 型曲线"

类似 EF 的路径称"S 型曲线"

图 9-16

（3）从 B 点向其下的红点处拖拽，其后操作以此类推。按住【Ctrl】键的同时，单击工作区任意处，终止路径绘制。保存路径，路径命名为"C 型曲线"。

（4）绘制"S 型曲线"。从 E 点向其上的红点处拖拽。从 F 点向其上的红点处拖拽，形成一个新的工作路径，终止路径绘制。给新路径命名为"S 型曲线"。

（5）绘制"封闭型曲线"。从 G 点向其上的红点处拖拽。从 H 点向其下的红点处拖拽，再从 G 点向其上的红点处拖拽，形成一个新的工作路径，终止路径绘制。给新路径命名为"封闭型曲线"。

练习 10：连接曲线和直线路径片段

　　学习了绘制直线和曲线路径，在实际的绘图工作中可能要将它们结合在一起，如图 9-17 所示。

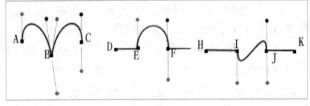

图 9-17

　　（1）连接锐角曲线。从点 A 向上拖拽到红点处，然后从点 B 向下拖拽到其下的红点处。

　　（2）创建角点。在 B 点处，创建一个角点，以改变下一段曲线的方向，按住【Alt】键单击，设置一个角点，将红点拖拽至 B 点的右上方，此时已改变了 BC 段曲线的方向。

　　（3）完成锐角曲线。从 C 点向其下的红点处拖拽，按住【Ctrl】键同时，单击工作区任意处，终止路径绘制。保存路径，路径命名为"锐角曲线连接"。

　　（4）以此类推，连接直线和 C 型曲线、直线和 S 型曲线。

练习 11：方向线和方向点

　　（1）选择连接曲线段的锚点（或选择线段本身）时，连接线段的锚点会显示由方向线（终止于方向点）构成的方向手柄。

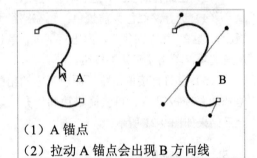

（1）A 锚点
（2）拉动 A 锚点会出现 B 方向线

图 9-18

　　（2）方向线的角度和长度决定曲线段的形状和大小。移动方向点将改变曲线形状，如图 9-18 所示。

练习 12：平滑点和角点

　　（1）平滑点始终有两条方向线，这两条方向线作为一个直线单元一起移动。

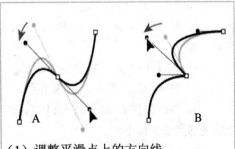

（1）调整平滑点上的方向线
（2）调整角点上的方向线

图 9-19

　　（2）角点可以有两条、一条或者没有方向线，具体取决于它连接曲线段的条数。方向线始终与锚点处的曲线相切。每条方向线的角度决定曲线的斜度，每条方向线的长度决定曲线的高度或深度，如图 9-19 所示。

练习 13：转换点练习

（1）新建文件，用钢笔路径建立一个如图 9-20 中 1 所示的封闭"形状路径"。

（2）选择"转换点"工具，单击锚点 A，并顺时针拖拽，改变角点为平滑点，调整平滑点曲线。增加 B 锚点并调整其为平滑点，创建一个心形路径并保存路径，如图 9-20 所示。

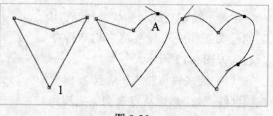

图 9-20

练习 14：路径描边和填充路径

路径只是画图的轮廓线，并非输出像素，当取消路径时，路径也就消失了。因此，只有通过描绘路径或填充路径，图形才可见。

（1）新建图层，选择"红色"为前景色，画笔像素为"9"。

（2）打开路径面板，激活练习 13 中保存的心形曲线路径。

（3）在路径面板上，选择"描边路径"，弹出对话框，默认所有选项，单击【确认】按钮。

（4）选择深红色为前景色。再在路径面板上，选择"填充路径"，弹出对话框，默认所有选项，单击【确认】按钮。

（5）也可直接单击路径面板下方的用笔描边路径按钮 ⊙，可快捷描边和填充，填充后结果如图 9-21 所示。

图 9-21

练习 15：编辑路径

（1）编辑路径包括移动路径、复制路径、删除路径以及改变路径形状。

（2）如图 9-22（1）所示，在工具栏选择"直接选择工具"，改变所在锚点或所在曲线段的位置。

（3）按【Ctrl】键，选中路径的所有节点，拖拽可以改变其位置。

（4）按【Alt】键，复制整个路径。

（5）按【Shift】键加或减选节点。

（6）同时按住【Ctrl】+【Alt】键，改变所在锚点的方向线，以改变锚点的曲线形状。

（7）按【Delete】键或【Back Space】键，删除节点或曲线段。

至此，读者已经能够绘制任何想绘制的路径形状了。Photoshop 还为用户提供了十分方便的各种形状工具，用于绘制形状，也可从大量的预绘制形状中进行选择，轻松地向图像中添加各种矢量形状，如图 9-22（2）所示。

（1）

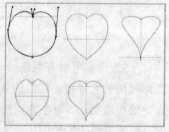

（2）

图 9-22

9.4　形状工具与矢量蒙版

以前画 logo，是通过选区的运算来完成的，现在可以通过形状工具更轻松地完成任务。形状工具包括矩形工具、圆角矩形工具、椭圆工具、多边形工具、直线工具和自定义形状工具。

练习 16：使用矩形、圆形形状工具

（1）选择形状工具，如图 9-23 所示，出现 6 种形状工具，上面有各种形状工具的选项栏。

"形状图层"按钮：可创建一个矢量形状，该形状会自动放在新图层上；

"路径"按钮：可以在当前图层上创建路径；

"填充像素"按钮：可直接绘制出栅格化形状，形状直接由前景色填充，属性栏上的模式选项，与图层混合模式效果一样，并根据不同的图层混合模式使形状图像和图层间产生不同的效果。

（2）使用圆形和矩形工具通过多次加减运算，得到的一个 logo，如图 9-23 所示。

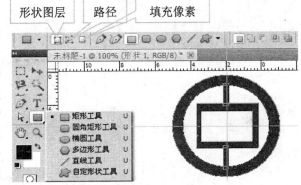

图 9-23

> 提示：按【Shift】键选择下面的工具可绘制出不同的形状：
> 选择矩形工具同时按住【Shift】键可以画矩形和正方形；选择圆角矩形工具同时按住【Shift】键可以画出矩形圆角还可以画出正方形；选择椭圆工具按【Shift】键可以画出正圆，选择直线工具按住【Shift】键可以画出 45° 角倍数的直线或带箭头的线。

练习 17：使用多边形及自定义形状工具

（1）单击自定义形状工具 的黑色箭头，在下拉列表中选择参数：

不受约束：是指可以任意的绘制形状；

定义的比例：是指按比例绘制形状库中的图形，不能改变其形状；

定义的大小：是指根据形状库中的图形本身的大小比例绘制出的形状；

固定大小：是指只能以输入的数值绘制形状；

中心：是指每当绘制一个形状时，起点就是该形状的中心点，同按住【Alt】键勾画选区的效果是一样的。

（2）单击形状工具 的黑色三角形，在下拉列表中的选择心形形状后，绘制心形形状，结果如图 9-24 所示。

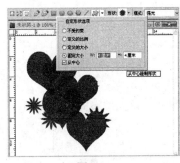

图 9-24

用形状工具绘制的形状图层或是矢量路径，可以选用工具箱中的路径选择工具、直接选择工具，来对路径进行复制、移动和变形等操作。

直接选择工具，可以选择单个锚点，并对其进行复制、移动和变形等操作，按住【Alt】键也可以复制整个路径或形状。

练习 18：形状复制、移动、变形

（1）绘制矩形。单击矩形工具按钮■，在画布上绘制一个矩形。

（2）移动矩形。单击路径选择工具，再单击矩形并拖拽鼠标，将矩形移动一个位置，释放鼠标。

（3）复制矩形。单击路径选择工具的同时，按住【Alt】键，将放在矩形上的鼠标拖拽至下方，就可以复制一个矩形。

（4）变形。选择直接选择工具，右键选择【添加锚点】命令，拖拽锚点至 B 点，此时矩形的一边变成了一条曲线，如图 9-25 所示。

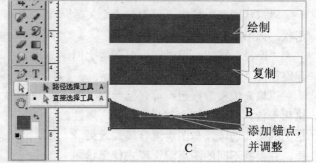

图 9-25

以上练习只是学习怎样绘制形状和路径，那么形状和路径在图层中又是怎样表现的呢？"形状"在图层中以"矢量蒙版"的形式出现。在第 7 章已经学习过，"图层蒙版"的作用就是通过"选区"遮住图层中不想看见的部分图像，而"矢量蒙版"的作用就是让路径包围的地方无法看见图像，其实就是一种用路径做的遮罩，有路径的地方遮住，没路径的地方露出来。

练习 19：矢量蒙版

（1）认识矢量蒙版。用矩形工具绘制一个矩形，并变形，在图层面板上自动建立了一个带"矢量蒙版"的色彩填充层。

（2）改变色彩填充。复制形状 1 图层为"形状 1 副本"，单击"图层缩览图"，弹出【拾色器】对话框后，选择一个颜色。

（3）移动形状位置。选择移动工具，将形状下移。重复第（2）步和第（3）步操作，得到效果如图 9-26 所示。

（4）如果绘制的是路径，那么在图层中并不会自动新增图层。只是在路径中存储了路径。

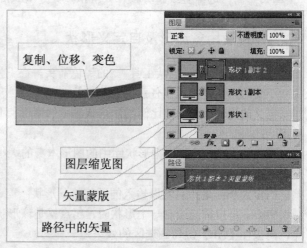

图 9-26

9.5 文字与路径

了解和学习了使用文字工具和绘制路径的方法，现在要结合这两个工具，创造出更有趣的文字排列效果。另外 Photoshop 还提供了很多现成的矢量图形，在做路径文字时可以直接加以利用。

练习 20：使用文字填充路径

（1）新建一个文件，然后单击工具栏上的自定形状工具按钮，从其下拉列表中选择第 1 种红色箭头为绘图方式（形状图层），如图 9-27 所示。然后在形状列表中选择一个心形，设置红色为前景色。

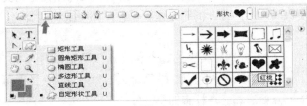

图 9-27

（2）创建心形矢量蒙版。在图像中画一个心形，建立一个带"矢量蒙版"的色彩填充层，如图 9-28 所示。

（3）填充路径文字。单击工具箱里的文字工具按钮T，并使其停留在这个心形路径之上，鼠标光标会随着保留位置的变化而变化。

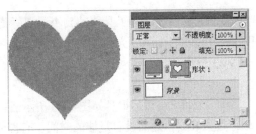

图 9-28

（4）体会光标的区别。光标停留在路径线条之上时显示为，停留在图形之内时显示为。前者表示沿着路径走向排列文字，后者则表示在封闭区域内排版文字，作用是不同的。

（5）封闭区域填充文字。将"文字工具"停留在心形之内，然后单击，出现文字输入光标，输入一些文字。将字号设置为较小号（如 6px），并复制粘贴几次，使其充满形状，效果如图 9-29 所示。

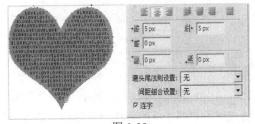

图 9-29

（6）体会填充文字规律。文字在图形内的排列并不对称，调整段落对齐格式，设置居中，并适当设置左缩进和右缩进的数值（如 5px），这样看上去就较为舒适了。一般来说在封闭图形内排版文字，都要进行这些设置以达到较好的视觉效果，如图 9-30 所示。

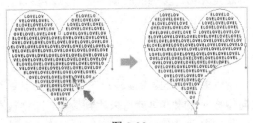

图 9-30

（7）隐藏或删除心形色彩填充层，不会影响排列好的文字行式。文字层的排版路径是借助填充层的矢量路径，但在完成后，也"克隆"了一条相同的路径并存储留用。

练习 21：沿路径排列文字

（1）新建一条路径，选择工具栏上的"文字工具"，将光标停留在路径线条上时显示为 ⟨ 。

注意在文字的起点处有一个小圆圈标记

图 9-31

（2）输入文字。此时文字可以形成沿路径走向排列的效果，如图 9-31 所示。

（3）更改文字位置。对于已经完成的路径走向文字，还可以更改其位于路径上的起始位置。使用路径选择工具可以实现。

（4）分别将文字的起点和终点移动到如图 9-32 所示的位置上，红色箭头处为起点，绿色箭头处为终点。从图中可以看见文字的起点标志和终点标志的小圆圈。

图 9-32

（5）将路径选择工具移动到小圆圈标记左右，根据位置的不同就会出现 ⟨ 光标和 ⟩ 光标，它们分别表示文字的起点和终点，如图 9-33 所示。

（6）如果终点标记是如图 9-33 所示箭头所指处的小标记 ⊕，表示起点和终点之间没有足够的空间，有部分文字未显示。

图 9-33

（7）改变文字内测与外侧位置。将起点或终点标记向路径的另外一侧拖动，将改变文字的显示位置，同时起点与终点将对换，如图 9-34 所示。

（8）路径文字基线。路径走向文字的一个特点就是它都是以路径作为基线的，即无论是内侧还是外侧，文字的底端始终都以路径为准。

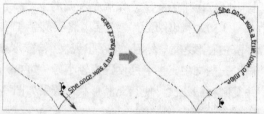

图 9-34

（9）改变基线位移。在字符面板中更改竖向偏移 ⟨ 的数值，就可以达到效果，即将现有的路径走向文字图层复制了两个，然后依次将竖向偏移的数值更改为 15px 和 -15px，如图 9-35 所示。

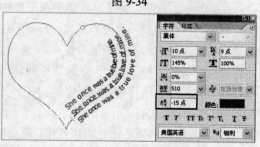

图 9-35

练习 22：综合路径文字

（1）绘制实心图案。尝试在原有的心形路径上排列多个文字图层，并调整颜色、字号、字体、竖向偏移等选项，形成错落有致的效果，如图 9-36 所示。

图 9-36　　　　　　　　图 9-37

（2）绘制空心图案。隐藏色彩填充层，并更改相应文字的颜色，形成如图 9-37 所示的效果。

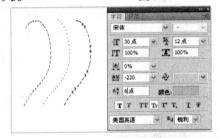

图 9-38

（3）绘制虚线和点线。分别以字符"-"和字符"."沿路径走向排列，即可形成虚线和点线。虚线的形态可以通过字符调板来控制，字号控制虚线的大小，字符间距控制虚线间隙，如图 9-38 所示。

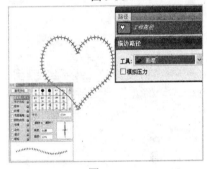

（4）用笔刷绘制各种图案。可以综合使用画笔工具、画笔属性面板和路径工具、描边路径来实现各种关于与走向有关的图案，如图 9-39 所示。

图 9-39

（5）文字转换路径。单击相应的文字图层，选择【图层】|【文字】|【转换为形状】命令，可以得到用文字转换为"矢量路径"或带"矢量蒙版"的色彩填充层，从而得到由文字轮廓形成的封闭路径，如图 9-40 所示。

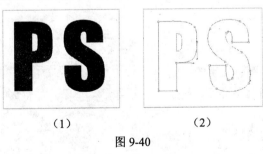

（1）　　　　　　　（2）

图 9-40

图 9-41

（6）自己动手绘制一个如图 9-41 所示的图案。

9.6　案例实现

如图 9-42 中的 7 幅小图，列出了实现本案的基本步骤。

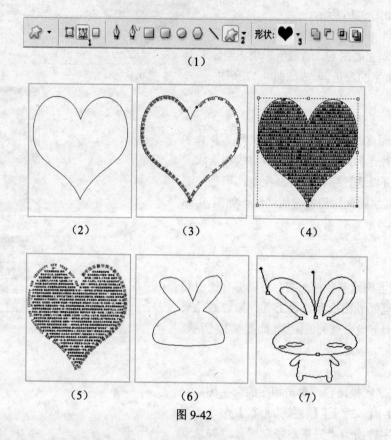

图 9-42

（1）新建文件，大小为 600×800，分辨率为 200。打开工具箱中的路径自定义形状工具，分别单击"形状工具属性栏"1、2、3 处。

（2）新建心形路径，调整至合适大小。

（3）设置红色为前景色，并填充文字。

（4）适当调整文字对齐方式、文字行间距、文字的字间距、颜色，以充满心形图案。由于练习中已有详细介绍，此处不再赘述。

（5）用钢笔工具勾勒小兔路径，分别用路径"加"和路径"减"逐步绘制。

（6）以此类推，完成小兔绘制作品，最终效果图如图 9-43 所示。

图 9-43

利用文字和路径工具还可以制作出如图 9-44 所示的马头和蜂鸟，读者可自行完成。

图 9-44

9.7 本章小结

通过本章的学习与练习，读者应掌握：

1．绘制图形。熟练使用钢笔、形状、文字等矢量工具；掌握路径曲线的各种变换技法；具有勾画复杂图形轮廓的能力。

2．填充图形。对图形进行正确填色和变化应用。

3．编辑变换。精通与其他功能的综合应用，编辑制作图形效果；掌握图形与图像的转换和综合应用。

4．效果修饰。能够与其他功能结合绘制和修饰效果图。

通过学习，读者也许体会到，当文字遇见 Photoshop，不再只是符号和字母，而变成充满情味的图像了，信息传达更直观。但是，文字始终还是文字，下面的小课题将研究在图像处理中的几种文字运用技术。

9.8 小课题研究：文字的运用技术

文字，用来被阅读、被表达、被感觉，是人类表达情感的有用工具之一。在这个小课题研究里，主要研究在平面设计中文字的基本属性、文字的情感以及文字编排组合中应注意的几点。

下面分别从以下几个方面具体讲述文字排列在平面设计中运用的关键点。

技术 1：提高文字的可读性

文字的主要功能是在视觉传达中向大众传达作者的意图和各种信息，要达到这一目的必须考虑文字的整体诉求效果，给人以清晰的视觉印象。因此，文字排列应以易读、易懂为原则，切忌为了设计而设计，忘记文字是一种更有效的传达作者的意图、表达设计的主题和构想意念的表达方式，如图 9-45 所示。具体操作时注意以下几点：

（1）文字内容清晰、醒目。让读者明白无误，不产生任何歧义，如图 9-45（1）所示。

（2）避免不清晰的字体，如图 9-45（2）所示。

（3）选择恰当的字体。字体是有情感的，文字的字体不能脱离作品的风格特征，以免破坏文字的诉求效果，如图 9-45（3）所示。

（4）精心处理，可以产生突出主题的效果，要注意文字的间距以控制文字的节奏，如图 9-45（4）所示。

（5）注意文字在编排时的方向，要考虑到读者的视线方向，扁字体有横向流动的感觉，如图 9-45（5）所示。

（6）合理运用文字的视觉动向，有利于突出设计的主题，引导读者的视线按主次轻重流动，如图 9-45（6）所示。

（7）总的基调应该是整体上的协调和局部的对比，于统一之中又具有灵活地变化，从而具有对比和谐的效果，如图 9-45（7）所示。

（8）最后，在通常情况下，文字应该紧凑地排列在适当的位置上，不可过分变化，以免因主题不明而造成视线流动的混乱，但在设计时可以把重点内容放在右边，如图 9-45（8）所示。

使你的内容清晰可见

（1）

不要使用不明晰的字体

（2）

不要使用过小过细的字体
你阅读的时候感觉舒服吗？

（3）

注意文字在浏览时的视觉顺序

（4）

注意文字在浏览时的视觉顺序

（5）

但是。。。　　做成这样
也是可以的

（6）

这样也仍然具有很好的方向性

（7）

记住把内容重点放在右边

（8）

图 9-45

技术 2：文字的位置要符合整体要求

文字在画面中的安排要考虑到全局因素，不能有视觉上的冲突；否则在画面上主次不分，很容易引起视觉顺序的混乱。而且作品的整个含义和气氛都可能会被破坏，这是一个很重要的问题，应引起重视，如图 9-46 所示。

具体操作时应注意以下几点：

（1）安排好文字和图形之间的位置，尽量做到既不影响图形的视觉，也不能影响文字的阅览，如图 9-46（1）所示。

（2）如果不小心做成了图 9-46（2）所示的那样会给读者带来一种那只鸟会因为负重，飞不起来的感觉。

（3）文字一定不能顶着画面的四边角，这样看起来很不专业，显得很紧张，如图 9-46（3）所示

（4）文字的末尾也不应紧贴画面边沿，这是容易忽视的地方，也是容易出问题的地方，如图 9-46（4）所示。

（5）如图 9-46（5）所示的设计，看起来就比较好。

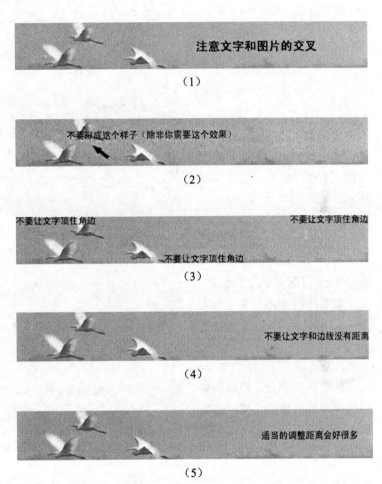

图 9-46

技术 3：在视觉上应给人以美感

在视觉传达的过程中，文字作为画面的形象要素之一，具有传达感情的功能，因而它必须具有视觉上的美感。良好的字形设计，巧妙地组合文字能使人感到愉快，留下美好的印象，从而获得良好的心理反应；反之，则使人看后心里不愉快，难以留下深刻的印象，甚至会让观众产生反感心理，这样势必难以传达出作者想表现出的意图和构想，如图 9-47、图 9-48、图 9-49、图 9-50 和图 9-51 所示。

举例如下：

（1）

（1）字间距处理：

小字体的字间距要大一些，感觉舒张，如图 9-47 所示。

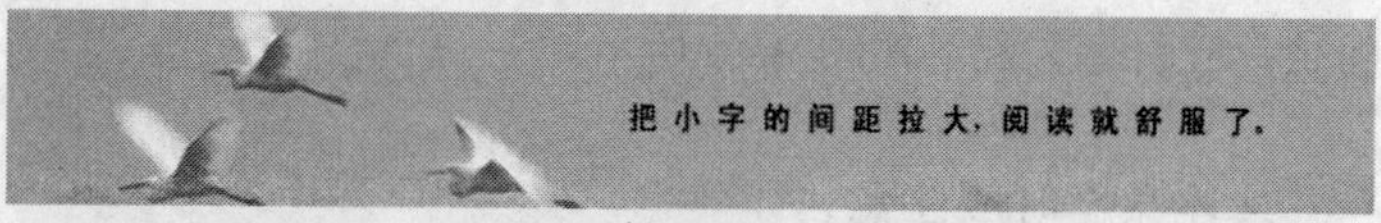

（2）

图 9-47

大字体的字间距要近一些，感觉就紧凑。字与字之间对应关系也出来了，如图 9-48 所示。

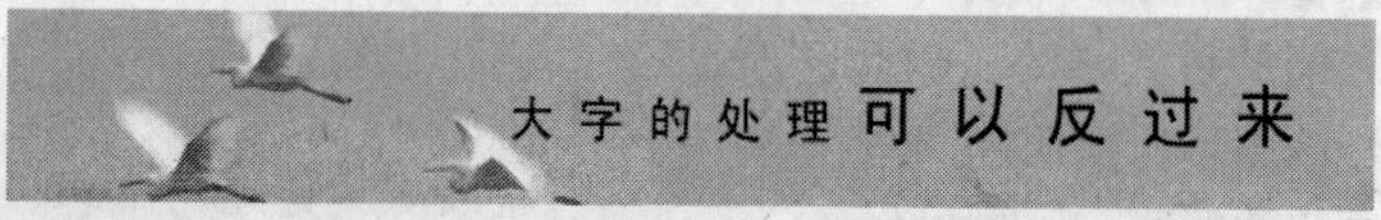

（1）

（2）

图 9-48

（2）段落文字的处理：

如图 9-49 所示，字体加大后，段落之间的距离也随之调整。

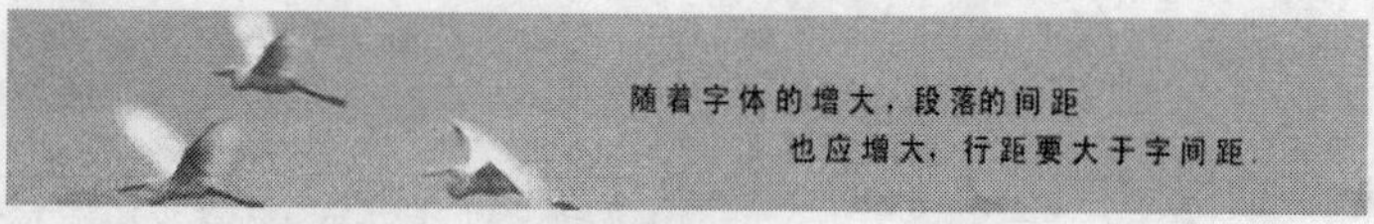

图 9-49

如图 9-50 所示，没有调整段落距离的时候是这样，感觉紧张不舒服，改进成下图会好看很多。

图 9-50

如果有多个段落，就要注意更多的问题，例如主次和轻重，以及在内容表达方面的重要程度等，如图 9-51 所示。

图 9-51

技术 4：在设计上要富于创造性

根据作品主题的要求，突出文字设计的个性色彩，创造与众不同的独具特色的字体，给人以别开生面的视觉感受，有利于作者设计意图的表现。设计时，应从字的形态特征与组合上进行探求，不断修改，反复琢磨，这样才能创造出富有个性的文字，使其外部形态和设计格调都能唤起人们的审美愉悦感受，如图9-52、图9-53和图9-54所示。

举例如下：

（1）图9-52（1）是一个很普通的文字版面。

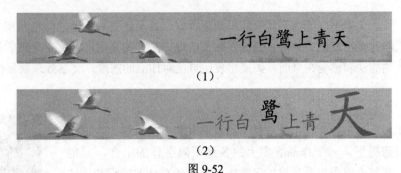

（1）

（2）在图9-52（1）中，对文字的大小、间距、透明度做些调整，效果完全不同了，如图9-52（2）所示。

（2）

图9-52

（3）根据画面或作品的要求，可以使用一些图形化的文字，如图9-53 所示是一个带有图形的文字版面，这样也不错了。

图9-53

（1）

（4）现在试着改一下文字的位置和大小，效果如图9-54所示。

（2）

图9-54

> 提示：所谓"文字图形化"即将文字笔画作合理的变形搭配，使之产生类似有机或无机图形的结构。强调字体本身的结构美和笔画美。

也许只是一点小改动，就会有很大的差别，但是如何改动是需要更多思考的。有时候对文字的笔画做特殊的加工处理往往会产生一些意想不到的效果。在9-55中的"锐"字，由于使用了不同的字体，由平淡转而变得锐意进取，意境因此升华，而这样的处理是带有创造性的，同时人性化的味道也会更浓一些。这是电脑字体所无法替代的效果，带给读者的感受要强烈得多。

（1）

（2）

图9-55

技术 5：更复杂的应用

文字不仅要在字体上和画面配合好，甚至还要对字体的颜色和部分笔画进行加工，这样才能达到更完整的效果。而这些细节的地方需要的是耐心和文字处理的基本功。一定要有设计者的想法和感受在里面，如果想表达自己对作品的态度，文字处理就显得更加有必要。

对作品而言，每一件作品都有其特有的风格。在这个前提下，一个作品版面上的各种不同字体的组合，一定要符合整个作品风格的风格倾向，形成总体的情调和感情倾向。

总的基调应该是整体上的协调和局部的对比，于统一之中又具有灵活的变化，从而具有对比和谐的效果。这样，整个作品才会产生视觉上的美感，符合人们的欣赏心理。除了以统一文字个性的方法来达到设计的基调外，也可以从方向性上以及色彩方面的心理感觉来达到统一基调的效果，如图 9-56 所示的 Adobe 设计的广告，就体现了这样一种理念。

图 9-56

如图 9-57 所示，这个画面中出现的所有文字元素都经过了仔细地处理，这是根据主题的需要来设计的。如果没有这样的文字设计或许作品的感染力会弱得多。

在有图片的版面中，文字的组合应相对较为集中。如果是以图片为主要的诉求要素，则文字应该紧凑地排列在适当的位置上，不可过分变化分散，以免因主题不明而造成视线流动的混乱。

图 9-57

技术 6：精彩作品欣赏

如图 9-58 所示,这幅作品文字版面和样式的设计与图片的配合比较完美。对所有元素的搭配关系进行了良好的处理。对主要文字元素运用了图形化的手法。尤其是辅助文字元素的安排和设计是该作品中的亮点。

图 9-58

注意作品中左下角段落文字的设计,既让人感觉到存在,又不影响作品的感观,同时对行距控制的较好,没有产生拥挤的感觉。整个作品整体同一,细节丰富,完整地表达了作者的思想诉求和意念,值得借鉴。

如图 9-59 所示是一幅宣传中国形象的招贴。这幅作品运用了一些汉文化中比较有代表性的图像元素,文字元素在这里可以说是简约到了极致。但是能够看出设计者在作品中的字上下了不少工夫,对整幅作品起到了画龙点睛的作用。并且字与图形的搭配天衣无缝。

这幅作品不论是字体、样式还是颜色的应用都是恰到好处的,作品给人留下的是震撼和深刻的印象。

文字版面的设计也是创意,创意是设计者的思维水准的体现,是评价一件设计作品好坏的重要依据。在现代设计领域,很多制作的程序由电脑代劳,使人类的劳动仅限于思维上。省却了许多不必要的工序,为创作提供了更好的条件。但是,在某些必要的阶段上,还是不能完全由电脑来代做的,毕竟人才是设计的主体。

图 9-59

本章要点：

- 各种滤镜
- 滤镜效果
- 滤镜技巧

本章难点：

- 理解滤镜在图像中的地位
- 灵活运用滤镜

第 10 章

Photoshop 的滤镜

滤境是 Photoshop 的特色工具之一，充分地利用滤镜不仅可以改善图像效果、掩盖缺陷，还可以在原有图像的基础上产生许多特殊炫目的效果。

在本章，将要学习 Photoshop 提供的滤镜，包括艺术效果、模糊、画笔描边、扭曲、杂色、像素化、渲染、锐化效果、素描、纹理、视频以及其他等 17 组滤镜的作用效果、参数含义、设置和实例应用等。通过本章案例练习，来认识和学习"滤镜"特效的相关知识。

本章小课题研究部分帮助读者进一步总结探索图像特效在图像处理中的各种表现技术。

本章案例：饥渴的地球之梦

在生活的周围，关于水环境保护相关的宣传画很多，现在尝试用 Photoshop "梦境"画面来快速呈现地球心声，体验滤镜的神奇效果。案例示范如图 10-1 所示。

实现本案例的 3 大步骤如下：

（1）集合素材

本案主题既已定为"梦"，那么用虚拟人物来表达将最为贴切了，图中使用的素材是开始学习时自己的作品，现在要赋予他们新的意义。

（2）综合技术

本案例乎涵盖所有 Photoshop 提供的技术，如图层、蒙版、样式、路径、色彩调度，当然还有滤镜特效。

图 10-1

（3）使用纹理滤镜

通过使用纹理滤镜，制造纹理模拟干裂的土地，使用光照效果，模拟深海，最终实现"梦境"画面。

通过本案将了解和学习滤镜的工作原理及特效魅力。

10.1 认识滤镜

滤镜来源于摄影的术语，意为增加特殊效果而设置的镜头，在 Photoshop 中，滤镜主要用来实现图像的各种特殊效果。

Photoshop 的"滤镜"有很多种，因此，"滤镜"被分为 4 大类放置在菜单中，使用时只要从菜单中选择执行命令即可。但要想发挥滤镜在图像处理中的作用，必须具备两个条件：其一，理解滤镜的原理；其二，要有艺术的想象。

本节将介绍常用的 Photoshop 滤镜，这是每个设计者都应该、并且必须掌握的技术。希望通过使用滤镜，知道滤镜能做什么，更重要的是要知道为什么这样做。

练习 1：初识滤镜

（1）打开"美女"图片文件，如图 10-2 所示。选择【滤镜】命令，将弹出所有滤镜菜单，如图 10-2 所示。

（2）观察滤镜菜单。单击各项滤镜菜单命令，发现有的是灰色的，表明当前菜单不适用于当前色彩模式。

（3）选择"像素化"滤镜组中的水彩画纸，改动右侧"水彩画纸"的各项参数，观察效果，如图 10-3 所示。

（4）单击对话框的右侧底部"新建效果图层"按钮，可以对图像继续应用一次滤镜效果，删除按钮可删除一次滤镜效果。

（5）单击"眼睛"图标，可以显示图像的原始效果。重新选择滤镜并设置参数，达到满意效果后，单击【确定】按钮即可。

图 10-2

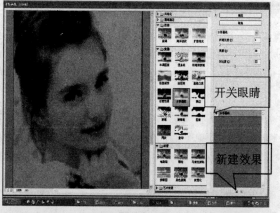

图 10-3

> 提示：滤镜不能应用于位图模式、索引颜色和 48 位色彩模式的图像，某些滤镜只对 RGB 模式的图像起作用，例如描边滤镜和素描滤镜就不能在 CMYK 模式下使用。如果想用滤镜，可以选择菜单【图像】|【模式】|【RGB】命令以改变图像模式。另外，滤镜只能应用于图层有色的区域，对完全透明的区域没有效果。

下面从专项滤镜开始，认识滤镜并通过练习掌握其用法。

10.2 专项滤镜

"抽出"滤镜是一种专项抠图工具，对于边缘细微、背景复杂，如毛发之类的图像来说，"抽出"是较快捷、最出效果的抠图工具。但是，此滤镜参数设置较多，数值的变化对结果的影响较大。如图 10-4 所示，是利用"抽出"滤镜为美女换背景，观察到美女的头发与背景关系复杂，在此使用抽出滤镜比较有效。

练习 2：认识抽出滤镜

（1）打开"美女"图片文件。

（2）认识抽出对话框。选择【滤镜】|【抽出】命令，弹出【抽出】对话框，如图 10-4 所示。选择"边缘高光器"工具，按图像中人物的外轮廓描边，随时调整描边大小，头发用细小的笔触来描。

（3）单击"填充工具"按钮将人物头像轮廓中间部分进行颜色填充。

（4）预览效果并调整。如果发现不满意，可以使用调整工具进行调整。

（5）调整颜色覆盖的边缘。单击"清除工具"按钮以调整细节，这个比较关键。用"边缘修饰工具"沿着边缘拖动，可以有效的优化图像的边缘。在去除"杂边"的同时也恢复边界内被误删的区域，可以节省很多时间和精力。

（6）复位。如果调整效果不佳，按住【Alt】键的同时单击对话框中的"复位"按钮，可使图像恢复初始状态。

（7）覆盖保留区域调整完后，可单击【确定】按钮退出【抽出】对话框，这时图像中人物未描取的部分将变为透明区域，"抠图"完成。

（8）应用。如图 10-5 所示的新娘背景做了润饰处理，户外摄影不要选用复杂的背景，要简化背景，否则它会分散照片中的视觉。

（9）小技巧：可以在拍照片的同时，顺便拍下附近的简单背景，以备他用。

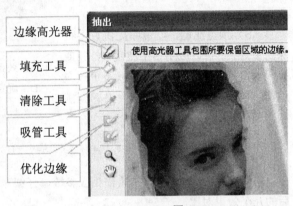

图 10-4

（1）

（2）　　　　　　　（3）

图 10-5

"滤镜库"是存放常用特效滤镜的小仓库，在这里可以浏览许多不同类型的滤镜，可以多次使用不同的滤镜、更改应用顺序，直到做出满意的图像效果为止。

练习 3：认识滤镜库

（1）打开"罗马斗兽场"图像文件，如图 10-6 所示。

（2）认识"滤镜库"。选择【滤镜】|【滤镜库】命令，弹出"滤镜库"对话框。"滤镜库"中将常用的"滤镜"组合在一个面板中，并以折叠菜单的方式显示。

（3）预览滤镜。滤镜库提供许多特殊滤镜效果，可以应用多个滤镜、打开或关闭滤镜效果、复位滤镜选项以及更改应用滤镜的顺序。如果对预览效果感到满意，则可以将它应用于图像。

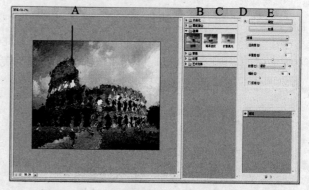

A. 效果预览　　B. 滤镜组　　C. 相应滤镜
D. 确定　　　　E. 新建或删除

图 10-6

> 提示：滤镜库并不提供【滤镜】菜单中的所有滤镜。

（4）选用其他滤镜，并调整相应参数，仔细对照前后效果，如图 10-7 所示是应用滤镜前后的几个效果对比。

（1）

（2）

（3）

（4）

图 10-7

　　"液化"滤镜可以制作出各种类似液化图像变形效果。"液化"滤镜可用于推、拉、旋转、反射、折叠和膨胀图像的任意区域。所创建的扭曲可以是细微的或剧烈的，这就使"液化"命令成为修饰图像和创建艺术效果的强大工具。可将"液化"滤镜应用于 8 位/通道图像或 16 位/通道图像。

练习 4：使用"液化"滤镜制作变形

　　（1）打开"荷花"图像文件，如图 10-8 所示。

　　（2）认识【液化】对话框。选择菜单【滤镜】|【液化】命令，弹出【液化】对话框，发现它分为 3 个区域，即"液化"滤镜的工具、"选项"和"图像预览区域" 3 部分，如图 10-8 所示。

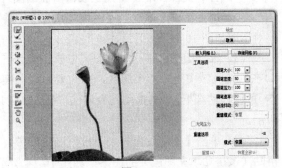

图 10-8

　　（3）使用"液化"滤镜。在预览图像中将图像放大或缩小，在【液化】对话框中选择缩放工具，然后在预览图像中单击或拖动，可以放大图像；按住【Alt】键并在预览图像中单击，可以缩小图像。另外也可以直接在对话框底部选择缩放比例，如图 10-9 所示。

　　（4）移动预览图像。在【液化】对话框中选择抓手工具或者在选择了其他工具时按住空格键，都可在预览图中看见一个小手的图标，然后拖动预览图像即可移动图像位置。这两种操作在图像放大至预览框中无法全部显示的情况下是很实用的。

图 10-9

　　（5）使用"液化"滤镜后的效果图，如图 10-10 和图 10-11 所示。

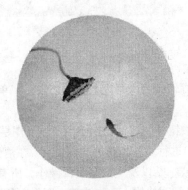

图 10-10

图 10-11

"图案生成器"滤镜会将图像切片并重新组合来生成图案。"图案生成器"采用以下两种方式工作：使用图案填充图层或使用图案填充选区。图案可能由一个大拼贴或多个重复的拼贴组成。

练习5：使用图案生成器创建图案

（1）打开文件，准备图案生成器所需的图片。

（2）选择菜单【滤镜】|【图案生成器】命令，弹出对话框如图 10-12 所示。

图 10-12

（3）选择图案样本。使用图案生成器的选框工具[ ]在预览区域中绘制一个选区，此为要生成图案的样本。可以移动选框，将其拖动到合适的位置，如图 10-13 所示。

（4）单击【使用图像大小】按钮以生成带有一个拼贴（该拼贴填充图层）的图案，如图 10-14 所示。

（5）单击【再次生成】按钮可使用同样的选项生成其他的图案，或者调整选项然后单击【再次生成】按钮。

（6）平滑度，样本细节：指定拼贴中图案切片的大小。较大的值表示可以在图案中保留更多的原始细节。较小的值表示会在拼贴中使用较小的切片。如果使用较大的值，则生成拼贴所花费的时间较长。

图 10-13

（7）在【拼贴历史记录】面板中浏览生成的拼贴以便选择要用于填充图层或存储为图案预设的拼贴。

（8）要在生成的拼贴之间移动，单击【第一个拼贴】按钮、【上一拼贴】按钮、【下一拼贴】按钮或【最后一个拼贴】按钮；或者直接输入要查看的图案预览号，然后按【Enter】键。

（9）要在预览区域中查看拼贴显示为重复图案的效果，要确保"更新图案预览"处于选定状态。如果拼贴预览速度较慢，取消选中此选项，找到所需的拼贴，然后再选中该选项。

图 10-14

（10）如果设计者对图案预览感到满意，并且已存储了将来可能要使用的拼贴，单击【确定】按钮以填充图层或选区。

（11）如果只是要创建预设图案，单击【取消】按钮关闭对话框，不需要填充图层。

"消失点"滤镜可以简化在包含透视平面的图像中进行透视校正编辑的过程。在消失点中，可以在图像中指定平面，然后应用绘画、仿制、拷贝或粘贴以及变换等编辑操作。所有这些编辑，借助消失点操作，需要将它们缩放到透视平面。当需要修饰、添加或移去图像中的内容时，可以确定正确的操作方向，使结果更加逼真。

练习 6：使用消失点滤镜

（1）打开"天坛"图片文件，如图 10-15 所示。为天坛增加两层。

（2）选择菜单【滤镜】|【消失点】命令，或按【Alt】+【Ctrl】+【V】组合键也可执行此命令。

（3）"消失点"对话框中包含了定义透视平面的工具、用于编辑图像的工具和图像预览。每个工具相对应的都有一些设置选项。与 Photoshop 工具箱的用法类似，如图 10-16 所示。

（4）创建平面工具：定义平面的 4 个角节点、调整平面的大小和形状并拉出新的平面。编辑平面工具：选择、编辑、移动平面并调整图平面大小。

（5）选框工具：建立方形或矩形选区，同时移动或仿制选区。此例在平面中双击选框工具选择整个平面。然后按住【Alt】键往上拉动复制一层，重复此操作，结果如图 10-17 所示。

（6）其他工具的用法以此类推，在适当时使用。

（7）图章工具：使用图像的一个样本绘画。与仿制图章工具不同，消失点中的图章工具不能仿制其他图像中的元素。

（8）画笔工具：用平面中选定的颜色绘画。

变换工具：通过移动外框手柄来缩放、旋转和移动浮动选区。它的行为类似于在矩形选区上使用"自由变换"命令。

（9）吸管工具：在预览图像中单击时，选取一种用于绘画的颜色。

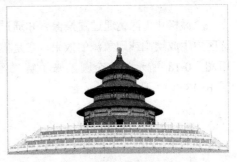

图 10-15

图 10-16

图 10-17

（10）抓手工具：在预览窗口中移动图像。在预览窗口当图像放大时，无论选择了任何工具只要按住空格键，都可在预览图像中拖动。

（11）缩放工具：在预览窗口中放大或缩小图像的视图。这一点在定义平面时放置角节点和处理细节时特别有用。

10.3 各类特效滤镜

特效滤镜主要是用来实现图像的各种特殊效果，充分地利用滤镜不仅可以改善图像效果、掩盖缺陷，还可以在原有图像的基础上产生许多特殊炫目的效果。

认识 1："风格化"滤镜

"风格化"滤镜通过置换像素和通过查找并增加图像的对比度，在选区中生成绘画或印象派的效果。它是模拟艺术手法来实现的。下面将用图 10-18 所示的这个圆，来了解"风格化"的各种效果，原图如图 10-18（1）所示。

（1）

1. 风效果

用于在图像中创建细小的水平线来模拟刮风的效果，如图 10-18（2）所示。

（2）

2. 浮雕效果

通过将选区的填充色转换为灰色，并用原填充色描画边缘，从而使选区显得凸起或压低，如图 10-18（3）所示。

（3）

3. 扩散效果

根据选中的选项搅乱选区中的像素，使选区边缘显得有些散点，不平滑，如图 10-18（4）所示。

（4）

4. 拼贴效果

将图像分解为一系列拼贴（就像瓷砖方块），并使每个方块上都含有部分图像，如图 10-18（5）所示。

（5）

5. 照亮边缘效果

照亮边缘滤镜可以搜寻主要颜色变化区域并强化其过渡像素，产生类似添加类似霓虹灯的光亮效果，如图 10-18（6）所示。

（6）

图 10-18

练习 7：使用"风"滤镜制作日食"贝利珠"

　　如图 10-19 是充满活力的日食"贝利珠"。制作过程中将用到以下技术：

　　技术 1："风"＋"光晕"滤镜；

　　技术 2：色彩调度。

图 10-19

操作要点和步骤如下：

　　（1）在黑色背景上，选择菜单【滤镜】|【渲染】|【光照效果】命令，如图 10-20（1）所示。

　　（2）选择菜单【滤镜】|【风格化】|【风】命令，从"左侧"一次，再从"右侧"一次，如图 10-20（2）所示。

　　（3）翻转图像，选择菜单【滤镜】|【风格化】|【风】命令两次，如图 10-20（3）所示。

　　（4）选择菜单【滤镜】|【扭曲】|【极坐标】命令，参数设置如图 10-20（4）所示。

　　（5）选择菜单【图像】|【调整】|【色相饱和度】命令，选中【着色】复选框调整色彩，效果如图 10-20（5）所示。

　　（6）旋转画布，选择菜单【图像】|【调整】|【色相/饱和度】命令，选中【着色】复选框，选择蓝色，效果如图 10-20（6）所示。

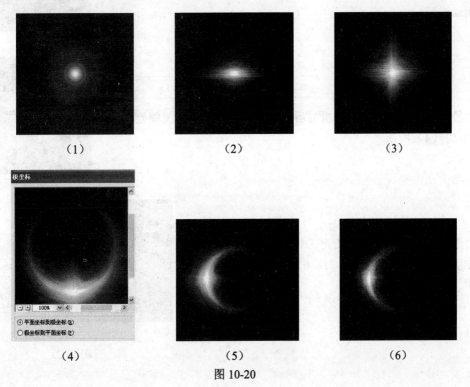

图 10-20

认识2："模糊"滤镜

"模糊"滤镜效果共包括 6 种，其作用是使图像中过于清晰或对比度过于强烈的区域产生模糊效果。它通过平衡图像中已定义的线条和遮蔽区域清晰边缘旁边的像素，使图像变化显得柔和。下面将通过一个圆来了解"模糊"滤镜的各种效果，如图 10-21（1）所示。

（1）

1．"动感模糊"滤镜

"动感模糊"滤镜可以产生动态模糊的效果，类似于以固定的曝光时间给一个移动的对象拍照，如图 10-21（2）所示。

（2）

2．"高斯模糊"滤镜

"高斯曲线"指的是 Adobe Photoshop CS5 将加权平均应用于像素时生成的钟形曲线。"高斯模糊"滤镜通过添加低频细节产生一种朦胧的效果，如图 10-21（3）所示。在进行特殊效果的字体制作时，经常应用此滤镜。

（3）

3．"径向模糊"滤镜

"径向模糊"滤镜模拟相机前后移动或旋转时产生的模糊效果，如图 10-21（4）所示。

（4）

4．"形状模糊"滤镜

"形状模糊"滤镜按照指定的相撞轮廓产生模糊效果，如图 10-21（5）是图 10-21（6）中灯泡形状模糊的效果图。

（5）

（6）

图 10-21

练习 8：使用"径向模糊"滤镜制作光芒

图 10-22 中的照片背景是有着浓密树丛的小山坡，绿色塞满了画面，有点压抑的感觉。在画面左上女孩的视线方向，增加一束光，即可让画中姑娘的视线有了着落，凭空增添了空间，给人的感觉也轻松多了。

技术上可以用"径向模糊"滤镜来实现。

图 10-22

操作要点如下：

（1）打开图片文件，如图 10-23（1）所示。

（2）新建图层画笔加白色圆点，如图 10-23（2）所示。

（3）选择菜单【滤镜】|【模糊】【径向模糊】命令，执行命令后的效果，如图 10-23（3）所示。

（4）选择复制、旋转、加亮模式、加上文字，如图 10-23（4）所示。

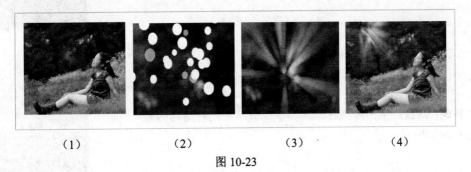

（1）　　　　　　　（2）　　　　　　　（3）　　　　　　　（4）

图 10-23

除了"径向模糊"滤镜之外，以下的模糊（见图 10-24（1））、动感模糊（见图 10-24（2））和缩放模糊（见图 10-24（3））效果也经常被用于制作点状光芒、直线光芒和圆形光芒，如图 10-24 所示。

（1）　　　　　　　　　（2）　　　　　　　　　（3）

图 10-24

认识3："扭曲"滤镜为之几何扭曲

（1）

"扭曲"滤镜分为两部分介绍，首先来看一下使用"扭曲"滤镜进行几何扭曲，创建 3D 效果的情形。

注意，滤镜可能占用大量内存。下面通过一个填充了渐变色的矩形来了解"扭曲"滤镜的各种效果，原图如图 10-25（1）所示。

（2）

1. "波浪"滤镜

"波浪"滤镜是 Photoshop CS5 中比较复杂的一个滤镜，它通过选择不同的波长来产生不同的波动效果，如图 10-25（2）所示。

2. "波纹"滤镜

"波纹"滤镜在选区上创建水纹涟漪的效果，像水池表面的波纹。也可创建出模拟大理石的效果。选项设置包括波纹的数量和大小，如图 10-25（3）所示。

（3）

3. "玻璃"滤镜

"玻璃"滤镜产生一种透过不同类型的玻璃来观看图片的效果，如图 10-25（4）所示。

（4）

4. "海洋波纹"滤镜

"海洋波纹"滤镜将随机分隔的波纹添加到图像表面，使图像看上去像是浸在水中，如图 10-25（5）所示。

（5）

图 10-25

练习 9：使用"波浪"滤镜制作格子布纹的背景

　　Photoshop 涉及的邻域非常广泛。在纺织品纹样设计中，经常看见类似的方格布丁设计，这种设计借助"波浪"滤镜能很容易地实现。如图 10-26 所示的设计使用了以下技术：

　　技术 1：渐变编辑；

　　技术 2：波浪滤镜；

　　技术 3：图层混合。

图 10-26

操作要点：如图 10-27 所示。

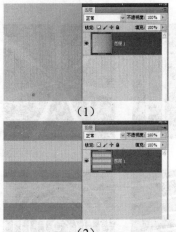

（1）新建一个大小为 400×400 像素的文档，命名为"格子布"。

（2）直接将背景转换为图层 1。

（3）选择渐变工具，由左至右拉出黄色至蓝色的线性渐变，如图 10-27（1）所示。

（1）

（4）制作横条。选择菜单【滤镜】|【扭曲】|【波浪】命令，参数设置如图 10-27（2）所示渐变。颜色值为：#efc161，06acf9。

（2）

（5）制作格子。复制横条图层，并将其旋转 90°，然后将两个图层混合，混合模式为"色相"，如图 10-27（3）所示。

（3）

（6）设置图层混合模式为"色相"，如图 10-27（4）所示。后续还需加工，详见综合练习。

（4）

图 10-27

认识4："扭曲"滤镜之极坐标

将选区从平面坐标转换到极坐标，可以将直的物体拉弯，圆的物体拉直。对于一些重复且有规律的图形，用极坐标滤镜可以又快又好地完成，而且变化更多。极坐标的各种效果如图10-28所示。

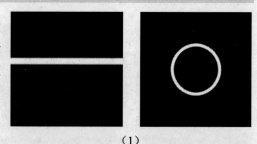

（1）

1. 同心圆的制作

使用极坐标滤镜主要用于画圆，或者说画以圆为基础的图像。水平线可画圆，多条水平线可画同心圆，如图10-28（1）和图10-28（2）所示。

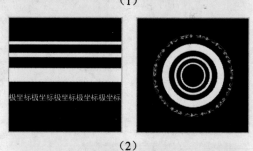

（2）

2. 放射线的制作

垂直线可画放射线，如图10-28（3）所示。

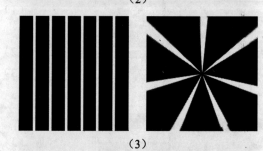

（3）

3. 螺旋线制作

斜线可制作螺旋线，如图10-28（4）所示。

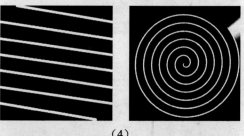

（4）

4. 扇形、环形制作

图像中不完整的垂直线为扇形，不完整的水平线为环形，如图10-28（5）所示。

（5）

图10-28

练习 10：使用"极坐标"滤镜制作光芒

制作如图 10-29 所示的 Banner。

图 10-29

操作要点：

（1）素材准备一：如图 10-30 所示，打开"美女"图像，裁剪"美女"图片至适当大小，选择菜单【滤镜】|【抽出】命令，去掉背景。

图 10-30

（2）素材准备二：新建一个大小为 800×800 像素的正方形图像，命名为"光芒"，画上如图 10-31（1）所示垂直直线，选择菜单【滤镜】|【扭曲】|【极坐标】|【平面至极坐标】命令，此时图像变为放射状，如图 10-31（2）所示。特别注意：用正方图像可以确保变换等距，如图 10-31 所示。

（1）　　　　　（2）

图 10-31

（3）制做网页 Banner。新建一个大小为 800×96 像素的新文件，用渐变工具进行填充，如图 10-32（1）所示。

（4）将"光芒"素材拖入，变换调整至适当位置，如图 10-32（2）所示。

（5）用"叠加"方式混合图层，拖入"美女"素材，调整至适当大小，如图 10-32（3）所示。添加其他元素，添加完成后，保存图像。保存格式分别为 PSD、JPG、WEB 格式，以备用。

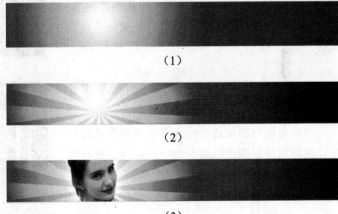

（1）

（2）

（3）

图 10-32

提示：Banner 可以是网站页面上的横幅广告，也可以是游行活动时用的旗帜，还可以是报纸杂志上的大标题。主要用于体现中心意旨，形象鲜明地表达最主要的情感思想或宣传。图 10-29 是微笑网站的 Banner。

认识 5："扭曲"滤镜之变形

扭曲的另外一种形式就是变形，因此该滤镜组还包括"挤压"滤镜、"扩散亮光"滤镜、"切变"滤镜等效果。各种滤镜效果如图 10-33 所示。

1．"挤压"滤镜

"挤压"滤镜可以将一个图像的全部或部分选区向内或向外挤压，如图 10-33（1）所示。

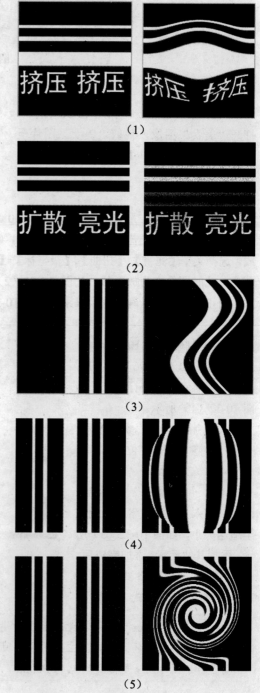

（1）

2．"扩散亮光"滤镜

"扩散亮光"滤镜产生一种弥漫的光热效果。此滤镜将透明的白色杂色添加到图像，并应用从选区的中心向外"退去"的亮光，如图 10-33（2）所示。

（2）

3．"切变"滤镜

"切变"滤镜可以在竖直方向上将图像扭曲。通过拖移框中的线条来指定曲线，形成一条扭曲曲线，如图 10-33（3）所示。

（3）

4．"球面化"滤镜

"球面化"滤镜通过将选区折成球形，通过扭曲图像或伸展图像以适合选中的曲线，使对象具有 3D 效果，如图 10-33（4）所示。

（4）

5．"旋转扭曲"滤镜

"旋转扭曲"滤镜可以产生一种旋转的风轮效果。中心的旋转程度比边缘强烈，如图 10-33（5）所示。

（5）

图 10-33

练习 11：使用“切变”滤镜打造酷女孩背景

下面运用“扭曲”滤镜创作如图 10-34 所示的酷女孩背景。

图 10-34

操作要点：如图 10-35 所示。

（1）打开一个女孩的照片，如图 10-35（1）所示。

（1）

（2）

（2）复制图层，去色，调整对比度，选择菜单【滤镜】|【模糊】|【高斯模糊】命令，模糊半径设置为 1~3，效果如图 10-35（2）所示。

（3）选择菜单【滤镜】|【扭曲】|【切变】命令，参数设置如图 10-35（3）所示。

（3）

（4）

（4）改变图层混合模式为“叠加”模式，如图 10-35（4）所示。

图 10-35

认识6："锐化"滤镜

图 10-36

"锐化"滤镜通过生成更大的对比度来使图像清晰和增强图像的轮廓。这组滤镜可以减少图像修改后产生的模糊效果。如图 10-36 是原图，各种效果如图 10-37 所示。

（1）

1．"USM 锐化"滤镜

"USM 锐化"滤镜是图像处理中一个常用的技术。对于高分辨率的输出，其锐化后的效果在屏幕上通常比印刷出来的更明显，如图 10-37（1）所示。

（2）

2．"进一步锐化"滤镜

"进一步锐化"滤镜可以产生强烈的锐化效果，用于提高对比度和清晰度。"进一步锐化"滤镜比"锐化"滤镜应用的锐化效果更强，如图 10-37（2）所示。

（3）

3．"锐化"滤镜

"锐化"滤镜可以通过增加相邻像素点之间的对比，使图像清晰化。此滤镜锐化程度较轻微，如图 10-37（3）所示。

4．"锐化边缘"滤镜

"锐化边缘"滤镜只锐化图像的边缘，同时保留总体的平滑度。此滤镜是在不指定数量的情况下锐化边缘，如图 10-37（4）所示。

（4）

图 10-37

练习 12：使用"锐化"滤镜制作小广告

粉丝手中的小广告，与屏幕上的图像有些不同。通过增加相邻像素的对比度使模糊图像变清晰。但锐化也不是万能的，要适当使用。不然会失真，效果如图 10-38 所示。

图 10-38

操作要点：

（1）打开"美女"图像，如图 10-39 所示。

（2）复制图层，把原图层的"眼睛"图标关上，将图放大到 100%。

（3）选择菜单【滤镜】|【锐化】|【USM 锐化】命令。

（4）移动"数量"、"半径"和"阈值"的滑块，边观察边调整。

图 10-39

需要锐化的图像大小不同，设置的数值也不一样，请仔细分辨一下，如图 10-40 所示。

数量：是指多少个像素发生变化。即有多少像素要通过增加对比度来起到锐化作用，数量越多效果越强，图大数量就大一些。

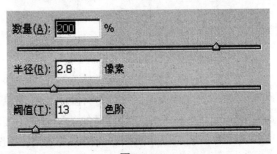

图 10-40

半径：是指发生变化的像素中，不能一起变，是以几个像素的范围开始，使靠近它的像素再跟着逐渐变。也就是在"数量"栏所确定的像素中，作为边缘的像素是以几个像素为范围来开始变化的，半径值越大，锐化的范围越大，锐化的效果越强，这也得看图大小设定。

认识7："渲染"滤镜

图 10-41

"渲染"滤镜产生三维映射云彩图像、折射图像和模拟光线反射。这是最有趣的一组滤镜。也可在 3D 空间中操纵对象，并从灰度文件创建纹理填充以产生类似 3D 的光照效果。下面将用图 10-41 所示的图片来认识各种"渲染"滤镜效果。

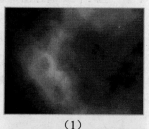

（1）

1．"分层云彩"滤镜

"分层云彩"滤镜随机生成的介于前景色与背景色之间的值，生成云彩图案。此滤镜将云彩数据和现有的像素混合，其方式与"差值"模式混合颜色的方式相同。第 1 次选择此滤镜时，图像的某些部分被反相为云彩图案。应用此滤镜几次之后，会创建出与大理石纹理相似的凸缘与叶脉图案，如图 10-42（1）所示。

（2）

2．"光照效果"滤镜

"光照效果"滤镜通过改变 17 种光照样式、3 种光照类型和 4 套光照属性，可以在 RGB 图像上产生无数种光照效果。还可以使用灰度文件的纹理（称为凹凸图）产生类似 3D 的效果，并存储自己制作的样式以在其他图像中使用，如图 10-42（2）所示。

（3）

3．"镜头光晕"滤镜

"镜头光晕"滤镜模拟亮光照射到相机镜头上时所产生的折射。单击"图像缩览图"的任意位置或拖移其十字线，可以指定光晕中心的位置，如图 10-42（3）所示。

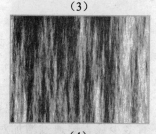

（4）

4．"纹理填充"滤镜

"纹理填充"滤镜用灰度文件或其中的一部分填充选区。若要将纹理添加到文档或选区，请打开要用作纹理填充的灰度文档。并将它装入要进行纹理填充的图像的某一通道中（新建），执行命令后，可以看到灰度图浮凸在该图像中的效果，如图 10-42（4）所示。

（5）

图 10-42

5．"云彩"滤镜

"云彩"滤镜使用介于前景色与背景色之间的随机值生成柔和的云彩图案。若要生成色彩较为分明的云彩图案，需要在按住【Alt】键的同时选择菜单【滤镜】|【渲染】|【云彩】命令，如图 10-42（5）所示。

练习 13：使用"镜头光晕"滤镜营造黄昏气氛

下面使用"镜头光晕"滤镜来营造一种黄昏的气氛。最终效果图如图 10-43 所示。

使用技术有：

（1）彩调度；

（2）光照效果。

图 10-43

操作要点如下：

在原图（见图 10-44（1））的基础上去色，效果如图 10-44（2）所示；然后选择菜单【滤镜】|【渲染】|【镜头光晕】命令，效果如图 10-44（3）所示。

（1）　　　　　　　　　　（2）　　　　　　　　　　（3）

图 10-44

类似地利用光晕效果，可以使照片更加完美。如图 10-45（1）是原图，图 10-45（2）和图 10-45（3）分别是利用"分次调色"和"镜头光晕"的滤镜效果图。

（1）　　　　　　　　　　（2）　　　　　　　　　　（3）

图 10-45

认识 8："画笔描边"滤镜

"画笔描边"滤镜主要通过模拟不同的画笔或油墨笔刷来勾绘图像从而产生的一种特殊的效果。图 10-46 为原图。图 10-47 为依次使用各种滤镜效果图。

图 10-46

图 10-47（1）是"强化边缘"滤镜效果图；图 10-47（2）是"墨水轮廓"滤镜效果图；图 10-47（3）是"喷溅"滤镜效果图；图 10-47（4）是"喷色描边"滤镜效果图；图 10-47（5）是"强化边缘"滤镜效果图；图 10-47（6）为"油墨概况"滤镜效果图；图 10-47（7）是"喷色描边"滤镜效果图；图 10-47（8）是"阴影线"滤镜效果图。

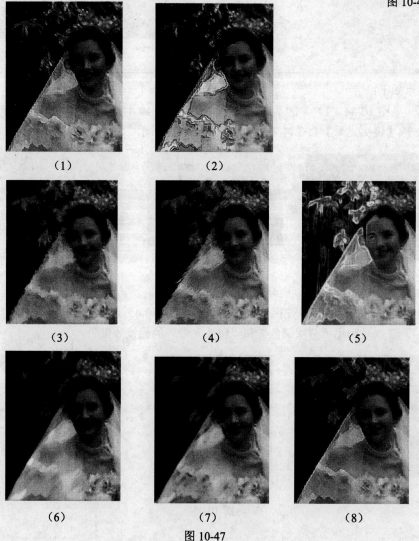

图 10-47

认识 9："纹理"滤镜

　　使用"纹理"滤镜可以赋予图像一种深度或物质的外观。下面将使用"纹理"滤镜制作各种相片边框，如图 10-48 所示。

　　1．"龟裂缝"滤镜

　　"龟裂缝"滤镜可以产生凹凸不平的裂纹效果，它也可以直接在空白的画面上生成各种材质的裂纹。使用此滤镜也可以对包含多种颜色值或灰度值的图像创建浮雕效果，如图 10-48（1）所示。

（1）

　　2．"颗粒"滤镜

　　"颗粒"滤镜使用多种方法并通过模拟不同种类的颗粒（常规、软化、喷洒、结块、强反差、扩大、点刻、水平、垂直和斑点）为图像添加多种噪波，使其产生一种纹理效果，如图 10-48（2）所示。

（2）

　　3．"马赛克拼贴"滤镜

　　使用"马赛克拼贴"滤镜，可以使图像看起来像是由小的、形状不规则的碎片或拼贴组成，然后在拼贴之间灌浆，如图 10-48（3）所示。

（3）

　　4．"拼缀图"滤镜

　　"拼缀图"滤镜将图像分解为用图像中该区域的主色填充的正方形。此滤镜通过随机减小或增大拼贴的深度来模拟高光和阴影。它在马赛克的基础上增加了一些立体效果，用以实现建筑物上拼贴瓷片的效果，如图 10-48（4）所示。

（4）

　　5．"染色玻璃"滤镜

　　"染色玻璃"滤镜可以产生不规则的分离的彩色玻璃格子，其分布与图片中的颜色分布有关，如图 10-48（5）所示。

（5）

图 10-48

练习 14：使用"艺术效果"滤镜制作素描效果

素描滤镜用于创建手绘图像的效果，如图 10-49 所示。

　　　　对于没有素描功底又想制作出素描效果照片的人来说，完全没有必要找专人来画。只要有一张人物与背景之间比较容易区分且人物整体轮廓比较清楚的照片，通过 Photoshop 中的"艺术效果"滤镜效果同样可以实现照片的素描效果。

图 10-49

　　处理照片时，通常需要使用多个滤镜才会产生比较好的效果。例如现在要做铅笔素描，就是要通过多个滤镜并且结合相应的技术，才能还原出照片的素描效果，包括高光和阴影。还原照片的素描效果操作步骤如下：

　　（1）打开"美女"图片，复制一个新图层，去色，此为图层 1；再复制两个新图层，分别为图层 2，图层 3，关闭图层 2、图层 3，如图 10-50 所示。

图 10-50

　　提示：素描灰度由灰、暗、亮 3 个层次组成，图层 1、2、3 分别为对应的 3 个层次。

　　（2）单击图层 1，选择【图像】|【调整】|【通道混合器】命令，弹出【通道混合器】对话框，设置参数如图 10-51 所示，这样设置参数的目的是为了去掉较亮和较暗的像素，而仅留下灰色。

图 10-51

图 10-52

（3）选择菜单【滤镜】|【艺术效果】|【胶片颗粒】命令，弹出【胶片颗粒】对话框，参数设置如图 10-52 所示。

（4）单击图层 2，选择菜单【图像】|【调整】|【亮度/对比度】命令，弹出【亮度/对比度】对话框，设置亮度为"64"，对比度为"74"，效果如图 10-53 所示。

（5）设置图层 2 的混合模式为"正片叠底"，不透明度为"70%"，设置后的效果如图 10-54 所示。

图 10-53　　　　　　　图 10-54

（6）单击图层 3，选择菜单【图像】|【调整】|【反相】命令，效果如图 10-55 所示。

（7）选择菜单【滤镜】|【其他】|【最小值】命令，弹出【最小值】对话框，设置半径参数为 3。

（8）设置图层 3 的混合模式为"颜色减淡"，不透明度为"80%"，设置后的效果如图 10-56 所示。

图 10-55　　　　　　　图 10-56

（9）单击"图层面板"底部的【创建新的填充或调整图层】按钮，选择【色阶】选项，在"调整面板"中设置参数，以准确表达并丰富层次。

（10）按【Shift】+【Ctrl】+【Alt】+【E】组合键盖印图层，得到"图层 1"，设置其混合模式为"叠加"并隐藏图像，效果如图 10-49 所示。

练习 15：综合运用滤镜创建银行铭牌

利用"浮雕"和"模糊滤镜"命令，再结合"曲线"功能，便能够制作出大理石般的铭牌效果，如图 10-57 所示。

图 10-57

创建银行铭牌的操作过程：

（1）打开"大理石"素材文件，如图 10-58（1）所示。

（2）打开"通道"浮动面板，新增 alpha 通道，绘制如图 10-58（2）所示的牛头。

（3）在 alpha 通道中，选择菜单【滤镜】|【风格化】【浮雕】命令，效果如图 10-58（3）所示。

（4）选择菜单【模糊】|【高斯模糊】命令设置相关参数，如图 10-58（4）所示。

（5）复制 alpha1 通道为 alpha2，如图 10-58（5）所示。

（6）选择菜单【图像】|【调整】|【反相】命令注意与 alpha1 比较。这一步为牛头塑造高光和暗调做准备，如图 10-58（6）所示。

（7）激活 alpha1 通道，选择菜单【图像】|【调整】|【曲线】命令，将曲线往暗处拉动，如图 10-58（7）所示。

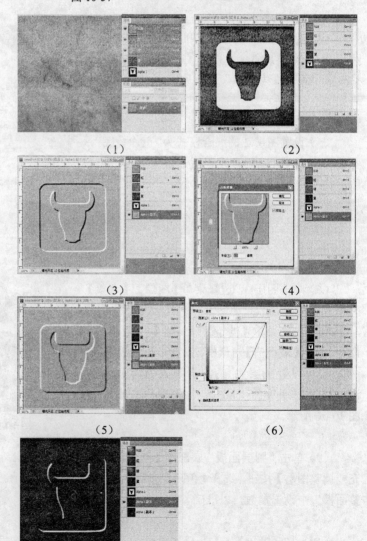

（1）　　　　　　（2）

（3）　　　　　　（4）

（5）　　　　　　（6）

（7）

图 10-58

（8）激活 alpha2 通道，操作同第（7）步，将 alpha2 通道也拉成黑色。注意，此时通道中只剩下大于 50% 的亮色了，如图 10-58（8）所示。

（9）激活图层，载入 alpha1 通道中的选区，如图 10-58（9）所示。

（10）选择菜单【图像】|【调整】|【亮度/对比度】命令，参数设置如图 10-58（10）所示。

（11）载入 alpha2 通道选区，再调整"亮度/对比度"参数如图 10-58（11）所示。

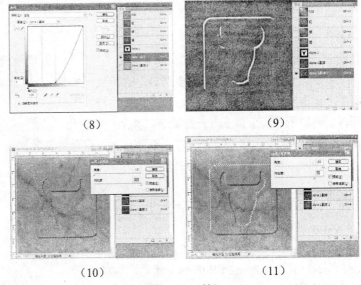

图 10-58（续）

其中，图 10-59（1）是上方调亮的效果；图 10-59（2）是下方调亮的效果；图 10-59（3）是增加光照滤镜效果果；图 10-59（4）是有图案的素材；图 10-59（5）是在通道添加图案；图 10-59（6）是突起效果；图 10-59（7）是木纹素材；图 10-59（8）是图案素材；图 10-59（9）是合成后效果。

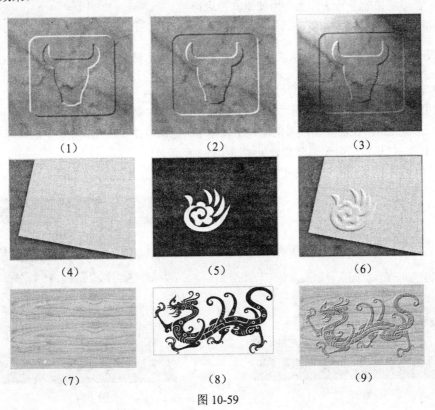

图 10-59

10.4 安装滤镜

本练习要实现从"平面"到"3D"的转换，如果用手工做很麻烦，如果 Photoshop 没带内置滤镜，用户可以去网站下载一个第三方外挂滤镜，然后直接使用。

（1）先将需要的"3D 滤镜"下载解压后，保存到一个文件夹，例如"第 9 章/外挂滤镜"，如图 10-60所示。

图 10-60

（2）打开滤镜文件夹，然后全选复制，并粘贴到Photoshop 的安装目录：

C:\Program Files\Adobe\Adobe Photoshop CS5\Plug-ins\Filters，其中"Plug-ins\Filters"就是滤镜的目录，然后把刚才复制的滤镜文件粘贴到这个目录中即可。

（3）关闭 Photoshop 软件，然后重新启动，打开文件 3D1 和 3D2，选择【滤镜】命令，在菜单的下方就可以找到刚才安装的滤镜"3DTransform"，即 3D变换滤镜。

（4）在需要加效果的图片上使用滤镜就可以得到自己想要的效果，如图 10-61 所示。

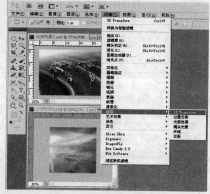

图 10-61

> 提示：由于版本不同，安装滤镜的文件目录也有所不同，但一定是在"Plug-ins"下。

（5）关闭 Photoshop，然后重新启动，打开文件"3D1、3D2"，选择【滤镜】命令在菜单的下方就可以找到刚才安装的滤镜"3DTransform"，即 3D 变换滤镜，如图 10-61 所示。

（6）滤镜应用：在需要加效果的图片上使用 3D 滤镜，在几种 3D 样式中选择球形，在效果预览中编辑 3D 形状，得到想要的效果如图 10-62 所示。

（7）将 3D1 结果应用于 3D2 中，效果如图 10-63 所示。

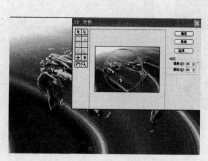

图 10-62

图 10-63

练习 16：畅想 Photoshop

如图 10-64 所示是综合滤镜、图层、样式、路径与文字打造的畅想 Photoshop 广告图片。

图 10-64

操作要点如下：

（1）打开两幅素材文件"眼睛"、"仙人掌"如图 10-65 所示。

（2）复制若干层，图层排列如图 10-66 所示。

（3）将"背景副本"层扭曲旋转如图 10-67 所示。

（4）将"背景副本 2"提升亮度后，与"背景混合"混合方式为"强光"，如图 10-68 所示。

（5）在"图层 1"上添加蒙版，让其只显示眼睛。

（6）添加"图层 2"，从图中吸取绿色后，填充图层，如图 10-69 所示。

（7）双击"图层 2"，在"图层样式"对话框的左侧选择"渐变叠加"选项，混合模式为"叠加"，然后设置其他参数如图 10-69 所示。

（8）仔细编辑渐变样式，直到满意为止，最终效果如图 10-64 所示。

（1）　　　　　（2）

图 10-65

图 10-66

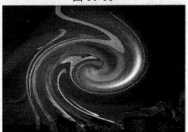

图 10-67

相关知识链接：

第 7 章：图层混合

第 8 章：图层样式

第 9 章：文字与路径

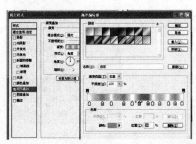

图 10-69

图 10-68

10.5　案例实现

（1）素材准备，如图 10-70 所示。

图 10-70

（2）制作背景。新建一个大小为 800×600 像素的图片。

（3）新建图层"网"。填充渐变如图 10-71 所示。

（4）选择菜单【滤镜】|【纹理】|【染色玻璃】命令，制作一层网，设置单元格大小为"8"，边框粗细为"5"，光照强度为"9"，效果如图 10-72 所示。也可根据需要及时调整大小。

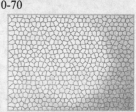

图 10-71　　　　　图 10-72

（5）单击网格颜色，选择菜单【选择】|【选区相似】|【选择】|【反向】命令，删除网格以外的所有颜色，如图 10-73 所示。

（6）选择菜单【滤镜】|【风格化】|【浮雕】命令，设置高度为 1 个像素，如图 10-74 所示。

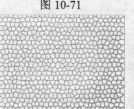

图 10-73　　　　　图 10-74

（7）设置图层混合方式为"叠加"，使网格线与背景色有相同的明暗。

（8）制作画框。新建一个图层，命名为"画框"。用矩形工具做一画框，如图 10-75 所示栅格化图层。

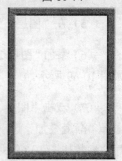

图 10-75　　　　　图 10-76

（9）选择菜单【滤镜】|【风格化】|【浮雕】命令，设置高度为 4 个像素。这里也可以用图层样式的浮雕效果，如图 10-76 所示。

（10）复制素材 1 至画框之下层，调整至合适大小，如图 10-77 所示。

（11）复制素材"海藻"至画框之下素材 1 之上层，图层混合方式为滤色，如图 10-78 所示。

图 10-77　　　　　图 10-78

（12）余下用第 4 章和第 6 章已完成的
作品——置入图中，改变图层混合方式，效
果如图 10-79 所示。

图 10-79

（13）继续用滤镜修饰可作用一页封面，如图 10-80 所示。

图 10-80

10.6 本章小结

通过本章知识的学习和练习要求掌握以下 3 项基本技术：

1．基础素材：掌握导入和制作素材的方法；

2．滤镜操作：了解滤镜的类别和功能，了解 KPT6、KPT7、Xenofex1.1、EyeCandy4000
等外挂滤镜和 Photoshop 内置滤镜的使用方法。

3．调整选项：掌握滤镜选项的调整技巧以及通道和图层的综合使用方法。

10.7　课题研究：滤镜在图像处理中的运用

滤镜的操作是非常简单的，但是真正用起来却很难做到恰到好处。滤镜通常需要同通道、图层等联合使用，才能取得最佳艺术效果。如果想在最适当的时候应用滤镜到最适当的位置，除了平常的美术功底之外，还需要用户对滤镜的熟悉掌握和操控能力，甚至要求设计者具有很丰富的想象力。这样，才能有的放矢的应用滤镜，充分发挥出设计者的艺术才华。

运用 1：橱窗效果

灯光下的橱窗美女，静静地看着夜幕下匆匆赶路的行人，如图 10-81 所示。

"光照效果"滤镜变化多端，可以独立使用也可组合使用，它的多变取决于参数设置。

图 10-81

光照效果十分丰富，使用时需对参数进行设置，如图 10-82 所示。

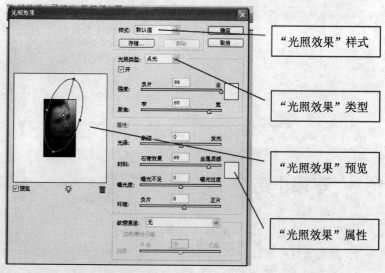

图 10-82

"光照效果"滤镜在 CMYK 和灰度模式下不能使用。

运用 2：像素画效果

　　如图 10-83 所示的图像是将像素分成一定的区域，再将这些区域转变为相应的色块，再由色块构成图像的，类似于色彩构成的效果。如图 10-83 所示的画面效果就是通过几个滤镜的综合使用做成的展厅艺术效果。

图 10-83

　　操作技术要点：如图 10-84 所示。
　　准备工作：
　　（1）裁剪并去色；
　　（2）用曲线改变对比度；
　　（3）去背，使之柔和；
　　（4）模糊滤镜，表面模糊，如图 10-84（1）所示。

（1）

　　特效设置：
　　（5）滤镜，半调图案；
　　（6）大小设为"2"，对比度设为"50"；
　　（7）网点：圆点；
　　（8）色彩选择头发，变色，如图 10-84（2）所示。

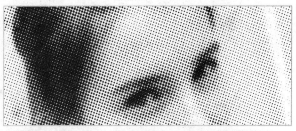

（2）

　　加色：
　　（9）图像，调整变化，加蓝，如图 10-84（3）所示。

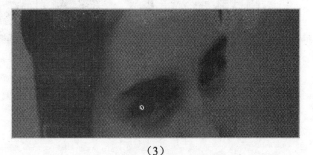

（3）

图 10-84

运用 3：车贴效果

通过对图像应用"扭曲变形"可以实现各种神奇的效果。很多情况下是为了让图像迅速融入环境。

将美女头像置入车身的效果如图 10-85 所示。

图 10-85

车贴效果的操作要点如下：

（1）将美女图片移到汽车图片上，如图 10-86（1）所示；

（2）进行"切变"变换，如图 10-86（2）所示；

（3）用蒙版隐去多余部分并改变图层混合模式，如图 10-86（3）所示。

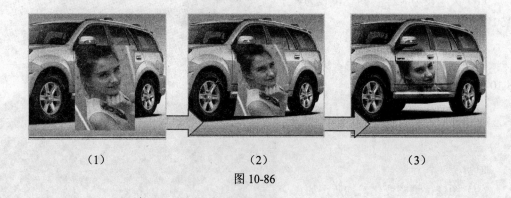

（1）　　　　　　　　　　（2）　　　　　　　　　　（3）

图 10-86

运用 4：展厅效果

为了表现展厅艺术氛围，首先要考虑室内灯光和人像相应的色调。

其中模糊滤镜主要是使选区或图像柔和，淡化图像中不同色彩的边界，以掩盖图像的缺陷或创造出特殊效果，如图 10-87 所示。

图 10-87

展厅效果的技术要点，如图 10-88 所示。

（1）用柔笔刷画上几笔，如图 10-88（1）所示。

（1）

（2）选择菜单【滤镜】|【模糊】|【高斯模糊】命令，此滤镜功能是降低像素之间的差别，产生一种朦胧效果，如图 10-88（2）所示。

（2）

（3）对美女图片进行复制（见图 10-88（3））、调色（见图 10-88（4））和模糊（见图 10-88（5））操作，最终可得到图 10-87 的效果图。

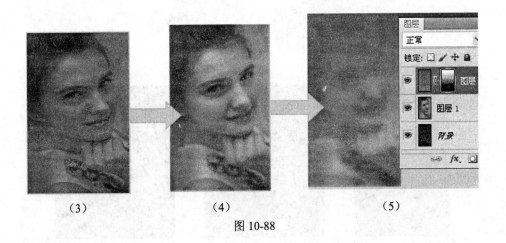

（3）　　　　　　　　（4）　　　　　　　　（5）

图 10-88

运用 5：粉笔画效果

"查找边缘"滤镜在创造具有绘画效果的作品中经常用到。但是，它要求原作具有强烈反差的边界和明显的直线条，最终的作品更像速写和铅笔画，如图 10-89 所示。

如果原作包含的层次较多，单用粉笔画效果滤镜是不容易找到边界的。因此此滤镜要求与其他滤镜或其他技术结合使用。

图 10-89

粉笔画效果的技术要点，如图 10-90 所示。

（1）打开"美女"图片，如图 10-90（1）所示，选择菜单【图像】|【去色】命令，如图 10-90（2）所示。

（2）选择菜单【调整】|【亮度/对比度】命令，使之有强烈的反差边界，并隐去一些浅灰杂质线条。

（3）选择菜单【滤镜】|【照亮边缘】命令，参数设置：边缘宽度为"3"，亮度为"13"，平滑度为"15"。

（4）将其复制一新图层,并改图层混合方式为"叠加"，这将隐去更多无用线条，再合并图层。

（5）将此图置入黑板图片，混合即成。

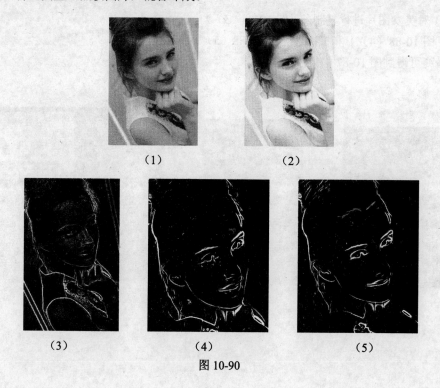

（1）　　　　　　　（2）

（3）　　　　　　　（4）　　　　　　　（5）

图 10-90

运用 6：视频效果

还记得 70 年代的黑白电视机吗，那是很多人儿时最大的快乐之一。

图 10-91

如图 10-91 就是一台黑白电视的视频效果。用到的主要技术有：

（1）图案叠加；

（2）扭曲滤镜。

视频效果的操作技术要点如下：

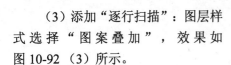
　（1）　　　　　　　　（2）

（1）去色，如图 10-92（1）所示。

（2）着色，如图 10-92（2）所示。

（3）添加"逐行扫描"：图层样式选择"图案叠加"，效果如图 10-92（3）所示。

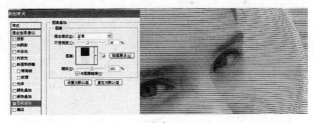
（3）

（4）扭曲滤镜，球面化，最终效果如图 10-92（4）所示。

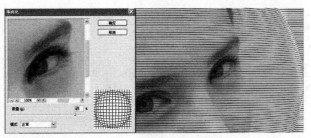
（4）

图 10-92

参 考 文 献

[1] 鉴君，王且力．Photoshop 照相馆的故事．北京：北京希望电子出版社，2003

[2] Adobe 公司北京代表处．Adobe Photoshop CS2 标准培训教材．北京：人民邮电出版社，
2006

[3] 美国纽约摄影学院．美国纽约摄影学院摄影教材．北京：中国摄影出版社，2009

[4] 康博创作室．Photoshop 图像处理方法与实力详解．北京：人民邮电出版社，2003